妖孽王子的救國日常
4
<END>
為你獻上的結局
草草泥 著
喵四郎 繪

序章

很久以前，有一位長生不老的魔法師，打從他有記憶以來，自己一直是孤單一人。他不明白為何只有自己存在於這個世界上，為了尋找真相，他決定踏上旅途。

魔法師來到一座已經成為廢墟的城堡，遇見了一名王子。

王子告訴他，這個世界曾經迎來終焉，如今這世上除了他們兩人以外，再無任何人了。於是他們彼此相伴，度過了一段漫長的時光。

魔法師只要能與王子在一起就滿足了，然而王子十分寂寞。王子告訴魔法師，他想要創造新的生命，讓這個世界再一次活過來。

為此，他們開始研究如何使整個世界再度充滿生命，最後善於繪畫的王子繪製出細膩的魔紋，創造了第一個魔像。

＋

「你的雕刻技術怎麼還是沒什麼長進？」魔法師盯著眼前的雕像，那外觀彷彿小孩捏出來的泥娃娃似的，令他眉頭不禁緊蹙。「跟古書裡的雕像差遠了。」

聞言，正在進行雕刻的金髮青年停下了動作。

俊美的王子殿下手持雕刻器具回過頭，深邃的紅色眼眸盈滿笑意。

「會嗎？我覺得挺可愛的啊。」他向後退了幾步，滿意地打量這由他一手打造出來的魔像。

「有種樸實的感覺，而且看上去跟我一樣眞誠。」

魔法師懶得吐槽了，一開始他還會反駁個幾句，但時間一長也習慣了，這位王子殿下就是如此自戀。

「你想好要取什麼名字了嗎？」魔法師走到王子身旁，仰頭望著尚未被賦予魔紋的石像。「他可是你的第一尊魔像，如果成功了，這個世界就會如你所說的，迎來新的開始。」

「我已經決定好了。」王子笑答。「這世界曾經迎來末日，而我希望他爲這個世界再度帶來希望，他象徵新的開始，也是破滅後的重生，所以我將他取名爲『霍普』。根據古書的記載，這個名字代表著新生。」

魔法師點點頭。「這名字不算太糟。」

「是吧？」

王子握住魔法師的雙手，當對上魔法師疑惑的目光時，王子微微低下頭，露出帶有幾分歉意的笑。

「對不起，厄密斯。」盯著他們交握的手，王子低聲道出心存已久的歉疚。「我知道你認爲沒必要這麼做，可是我眞的很想看到這裡重新繁榮起來。兩個人是不孤單，但世界這麼大，只有我們倆太可惜了……」

魔法師明白的，王子始終嚮往著古書裡所描述的世界。

很久以前，這世上生存著外貌跟他們相似的種族，還有各式各樣的生物，可如今周遭除了滿山遍野的花田，什麼也沒有。

他所認識的王子一直都是充滿好奇心、不甘寂寞的人，王子老是覺得世界安靜得令人害怕，經常依據古書中的紀錄試圖畫出世界過去的樣貌，每一幅圖都生動地展現出以往的景象有多麼繁榮熱鬧。

「沒關係。」魔法師深深凝視著情緒略顯低落的王子，微微揚起嘴角。「我相信你的看法，就照你說的去做吧。」

王子抬起頭，臉上的陰霾一掃而空，目光閃耀如星。

直至幾百年後，魔法師依舊無法忘懷當時王子那溫柔的笑顏。

第一章

厄密斯獨自一人站在空曠的神殿裡。

陽光透過碎裂的玻璃，灑落在神殿的地板上，叢生的荊棘遍布神殿的每一個角落，唯獨眼前這尊魔像除外。

灰石所打造的魔像手持巨弓直視前方，縱使經過了數百年，魔像腹部上的白色魔紋依舊像昨日才剛畫好一般，清晰明亮，很難想像這尊魔像已經守在這個破碎的廢墟裡有百年之久。

他神色複雜地仰望眼前的沉睡魔像，緩緩開口：「你還是不肯理我，是嗎？」

厄密斯對著魔像之神喃喃：「這個國家裡的所有魔像都聽我的話了，唯獨你充耳不聞，更別提讓我走進你的夢中。」

霍普維持著持弓的動作，沉默地注視前方。

「我沒有打算控制你，我只是想再見到他……你記憶中的他。」被無數人所畏懼的魔法師，在霍普面前難得展露出脆弱的一面。「我想要向他道歉，僅此而已。」

可惜不管是哪個世界裡的霍普，都不曾回應他的祈求。

在那個穆恩稱王的世界，霍普忠實遵守自己的指令，一心一意要殺掉怪物王子，而面對跟自己立場相左的厄密斯，霍普更曾直白地表示自己跟他無話可說。

霍普從不站在他這邊，每當他們相見，霍普總是舉起巨弓，毫不猶豫地射穿所有荊棘。霍普繼承了亞倫的意志，不允許任何薩滿修改那神聖的指令，並率領所有魔像將亞爾戴倫徹底困在了哥雷姆國。

沒有任何人能阻止霍普，即使強悍如厄密斯也無能為力。這也是厄密斯無法殺死穆恩的原因之一，霍普太強了，他可是爲消滅魔花怪而生的魔像。

只有厄密斯知曉霍普最初誕生的原因，但那又如何？即使霍普得知自己爲何來到這世界，也仍只會遵從自己被賦予的指令。

最後，厄密斯發出長長的嘆息，轉身離開了。

他已經決定放棄之前單打獨鬥的策略，畢竟眼前有一個身分未知的共同敵人，唯有合作才是上策。這個世界的亞倫還沒變成魔花怪，穆恩又很沒出息，一切都還有機會。

不過他沒有料到的是，在無數個平行時空裡令整座大陸風聲鶴唳的那位殘暴皇帝，在這個世界長歪的程度遠遠超乎他的想像。

+

「我總算懂了！」日出時分，某位獨自坐在旅館房間地上的人類騎士猛然跳了起來。他手持一本書跟筆，臉上流露出難以掩藏的興奮，急匆匆地走到隔壁的客房，也不管對方是不是還在睡，一把便推開門大聲嚷嚷：「快醒來！我解開所有題目了，包括那個你說我絕對解不出來的題目！」

可惜的是，房內空無一人。

穆恩愣了愣，這才想到王子現在已經很少睡覺了。他轉身走下樓梯，果不其然聽見樓下傳來某人溫潤優雅的輕笑。

「有了魔像後，日子也不孤單了對吧？但是呢，這些美麗優雅的小姐照顧起來可不容易，如果鎮上有人偶師的話，建議定期將人偶送去保養，這樣比較能延長人偶魔像的壽命……」只見哥雷姆王子站在一樓櫃檯前，正與旅店老闆相談甚歡，櫃檯桌面上坐了好幾個人偶，聽亞倫這麼說還一同點頭如搗蒜。

「咦，穆恩？你醒了？」一看到穆恩，亞倫嘴角的弧度上揚了幾分。「你怎麼拿著紙筆？一大早就這麼用功？」

「那當然，我可不想輸給你。」穆恩攤開書本，上面寫了密密麻麻的算式。「你看，我把這道稅務題算出來了！」

亞倫仔細檢視了算式，隨即發出小小的驚歎聲。

「居然是正確的，太不可思議了。」王子殿下爲他拍了拍手，櫃檯上的人偶小姐們也很配合地跟著鼓掌。「你進步好快啊。」

自從亞倫恢復精神後，穆恩比以前用功許多，比起去墓穴探險，他更常窩在羅格城的圖書館或自己的房間裡讀書，也因此進步神速。

現在穆恩在閱讀識字方面沒什麼問題了，亞倫相信再過一段時間，穆恩的知識水準便可以趕上當年的哥雷姆貴族。

聽了這番直白的稱讚，穆恩別過頭，吞吞吐吐地回了一句：「這沒什麼，我認眞起來可是學很快的。」

看著穆恩有些不好意思的模樣，亞倫心裡不禁暖暖的。他很清楚穆恩肯定下了許多工夫學習，畢竟他們約定好了要一起生活，而眼看離開哥雷姆國恐怕是無望了，所以穆恩才會這麼努力，因為穆恩終究要踏入他的世界。

「來來，給你愛的獎勵。」亞倫露出燦爛的笑容，朝穆恩抱了過去。

「你他媽是在懲罰我吧？噁不噁心！」穆恩嫌棄地推了推，但也沒有多認眞抗拒。見亞倫仍是黏到自己身上，他嘖了一聲，表情看似不情不願，卻伸出一隻手放在亞倫的後腦勺上。

就是這麼湊巧，此時魔像騎士推開大門，邊踏進來邊碎念著：「亞倫閣下，我們該走了——天啊！」

一看到眼前的畫面，加克立刻失聲慘叫。

「發生了什麼事？為什麼你們兩個會在大庭廣眾之下抱在一起？穆恩你怎麼就這樣任憑亞倫閣下抱著你胡鬧？你被抓到把柄了嗎？」

穆恩迅速推開亞倫，咬牙瞪著加克，亞倫則顫抖著肩膀努力憋笑。

「我知道了，你們又在玩打賭遊戲了對不對？亞倫閣下賭贏了對吧？」加克快步上前，不由分說地斥責起王子殿下：「您再怎樣都不可以提出這種要求，在公眾場合不顧旁人相擁太不成體統了。」

這會換亞倫無語了。自從獨自去墓穴探險的事被揭穿以後，他的信用度就大幅下降，如今遭受的責備快比穆恩還多了。

亞倫委屈地為自己伸冤：「你怎麼這樣說？我不過是來個愛的獎勵而已。」

「亞倫閣下，我聽羅格城的女性居民說過，一旦被擁抱的人對這樣的動作感到不舒服，這就叫性騷擾。」加克認眞地回應，亞倫頓時再度啞口無言。

穆恩正幸災樂禍地要表示自己覺得很不舒服，但仔細想想，這樣就等於承認自己被性騷擾了。

萬一亞倫反咬他怎麼辦？他可是對亞倫做過比擁抱更逾矩的行爲，要是那個混蛋王子刻意提及，他鐵定站不住腳，況且加克始終相當在意此事。

他得先發制人，否則等等亞倫拿他當擋箭牌就不妙了。

「沒事我舒服得很，沒有所謂的性騷擾。」

此話一出，所有人都望了過來，這時穆恩才發現自己講過頭了。

「你早說嘛，以後沒事就來抱一個。」亞倫憋笑憋到快內傷了。

加克則是晴天霹靂，他震驚地後退一步，而後全身僵硬地扭頭看向穆恩，驚疑不定地開口：「穆恩，你……」

穆恩生怕加克提起過去的事，於是靈光一閃，指著魔像騎士激動地說：「我開玩笑的懂不懂，有沒有幽默感啊你！而且這樣就叫性騷擾？你不是也對我做過嗎？那要關我之前先把你自己給關進去！」

加克沉默了，他確實曾經基於亞倫的思考邏輯給過穆恩愛的獎勵。如果要將擁抱當作性騷擾，他們三個都該關起來。

「還要在這愚蠢的話題上打轉多久？我先回房拿劍，今天差不多該給事情收尾了！」

穆恩趁勢裝出不耐煩的樣子，說完便迅速溜回房間，還不忘向亞倫使個眼色。

亞倫好笑地盯著他離去的背影，他明白穆恩的意思是，希望等等出來加克就不會再追究了。

他思索著該如何轉移加克的注意力，而魔像騎士憂心忡忡地率先開口：「亞倫閣下，穆恩沒有跟你求婚吧？」

「求婚？他？」亞倫被逗得噗哧一笑。「怎麼可能，你怎麼會這麼想？」

加克不曉得該從何說起，雖然穆恩曾言明自己跟亞倫只是酒肉朋友，然而經歷過亞倫消失風波後，加克便完全不相信這個說詞了。在亞倫剛擺脫魔化恢復理智時，穆恩不僅痛罵了王子殿下一頓，還提到了約定的事。

穆恩明明對約定相當排斥，更背棄過騎士誓言，結果竟反過來要亞倫守諾，加克無法理解這是什麼狀況。事後他詢問了這兩人，一個人激動地否認自己講過這樣的話，另一個人則是曖昧地打啞謎，說什麼也不和他解釋清楚。

至於亞倫是怎麼魔化的，這就更謎了。

「穆恩並不討厭您的擁抱，再加上之前穆恩趁您沉睡時強行餵血給您，我擔心他……是不是眞的對您有非分之想。」說著，加克不斷搖頭，語氣有些惶恐不安：「要穆恩當您的騎士可以，但絕對不能成爲皇后。」

「你怎麼還在提這件事？」亞倫沒想到加克這麼介意，他很好奇原因，於是故意反問：「不然你說說，他到底缺少什麼條件不適合當我的伴侶？」

「他並非胸部豐滿的女性，殿下。」

「什麼？」亞倫愣住了。

「國王陛下曾說過，理想的皇后人選必須是胸部大的女性。」

「……」

直到來到街上，亞倫還在笑個不停，並很沒良心地向穆恩分享了加克的發言，而穆恩見獵心喜，馬上抓著這點一路瘋狂調侃，害得加克窘迫不已，完全沒法回話。

看著他們竊竊私語、彼此推來推去的樣子，加克知道往後這兩人多半三不五時就會拿這事來揶揄他。

「殿下，我已經明白國王陛下是在開玩笑了。」加克覺得有些丟臉，經過亞倫的一番解釋，他才了解這純粹是哥雷姆國王的喜好。

「這是你講過最好笑的話了。」亞倫掩著嘴忍笑。「你這樣我真的很擔心你會吃虧。」

「什麼話？他當你的騎士已經夠吃虧了。」穆恩嘲弄地說。「你這副輕浮的模樣肯定也是跟你爸學來的。」

「我哪裡輕浮？至少我不會跟加克說這種話。」

「你要是不輕浮，就不會跟我約——」說到這裡，穆恩像是話卡在了喉嚨似的，猛然停下來，繃著臉瞄了加克一眼。

「約什麼？約哪裡？」亞倫不放過他，還抱住他的手。「跟你約會嗎？可以喔，只要能跟你一起走，去哪我都願意。」

「閉嘴！」穆恩頓時慌了，連忙摀住亞倫的嘴。他作賊心虛，這話聽在他耳裡令他不禁擔心事跡會敗露。

見亞倫悶聲嗚嗚抗議，穆恩則咒罵個不停，加克默默在內心嘆息一聲。無論是亞倫還是穆恩，必然有一人會成爲新任的哥雷姆王。可瞧瞧這兩人哪裡有大人物的樣子？加克不禁覺得哥雷姆國的未來堪憂。

「殿下，和我說明一下您今日的計畫吧。」無奈歸無奈，加克仍是試著把話題拉回正軌。

聞言，兩人停止打鬧，亞倫站到加克的身側，咳了一聲。

「可以喲。」亞倫微微一笑，從容地開口：「首先，我們要去巡視墓穴的復原狀況。目前復原的程度已達七成，大部分的魔像都甦醒了，待復原至八成左右，我們就可以前往下個城鎮了。」

「這禮拜就把這些事搞定，下禮拜有一支商隊將從羅格城出發，途中會經過魔花鎮。他們想僱用冒險者擔任護衛，我已經報名了。」穆恩雙手環抱在胸前，理所當然地爲大家做了決定。「一聽到你也會隨行，那些商人可興奮了，爭相搶著要你上他們的車。」

「萬一他們是看上了我該怎麼辦？你要保護好我。」亞倫故作柔弱地捉住穆恩的衣袖，一副委屈的模樣。

穆恩早已習慣了，立刻裝出可靠的口吻回應：「別擔心，我會把你賣給出價最高的那個。」

看著兩人又戲很多地鬥起嘴，走在一旁的加克有種莫名其妙一切全安排好了的感覺，這才意識到這兩人幼稚歸幼稚，但該做的事一件都沒落下。想到這裡，加克安心了，他的國家棟梁教育計畫還有救。

到了墓穴，在裡頭工作的人們紛紛向亞倫一行人打招呼。由於分工合作的關係，冒險者跟魔紋師都已經習慣了彼此的存在，他們甚至在路上與一群冒險者和魔紋師擦肩而過，對方友善地對他們點頭致意後，便有說有笑地繼續討論晚上要一起去哪裡喝酒。

穆恩看看他們和樂融融的樣子，再看看身旁的王子跟魔像，神情微妙起來。像是不想承認自己跟那些人一樣，他馬上表示自己要去墓穴深層巡視，很快脫離了隊伍。

凝視著穆恩離去的背影，亞倫的嘴角勾起一絲意味深長的笑。

「走得正好。」他抓住加克的手，加快了腳步。「快快，我們時間不多，快去找伊登艾。」

「您不是準備得差不多了嗎？」

「這事可不能馬虎，得多確認幾次才行。」

不出一會，兩人便來到了魔紋師的據點，魔紋師們見到他們紛紛殷勤地招呼，唯獨伊登艾僅是微微點了個頭，繼續做自己的事。

換作是以前，任誰如此對待哥雷姆王子都是非常失禮的，然而亞倫不以爲意，步履輕快地來到了伊登艾面前。

「伊登艾，我已經想好該怎麼製作，可以開始動工了。」亞倫從懷中抽出一張摺起來的羊皮紙，三兩下在伊登艾面前攤開。

泛黃的紙張上畫著一把劍，劍身繪有繁複細膩的魔紋，猶如脆弱的泡影般，輕輕一抹就會消失。

每當伊登艾看見這道魔紋時，總會忍不住聯想到哥雷姆王子。

哥雷姆王子是哥雷姆國最神祕的魔紋師，流傳於世的作品少之又少，大部分都留在了首都的城堡裡。一位體弱多病卻天賦異稟的魔紋師，就這樣在滅國災難中殞落。

可這個墓穴裡的鬼魂總是遠遠關注著亞倫，那個鬼娃娃也常眷戀地喊著亞倫「王子殿下」，這讓伊登艾一天比一天更加懷疑亞倫的眞實身分。但人是不可能活超過百年的，哥雷姆國的王子早就死了。

眼前這份設計圖上的魔紋，除了哥雷姆王子的影子外，還包含了伊登艾自己的特色。畢竟說到打造魔紋武器，伊登艾才是專家，所以當他得知亞倫想設計魔紋劍後，便給了不少建議。

如今他覺得這個設計可說是相當完善了，至少市面上那些魔紋武器完全無法跟這把魔紋劍相比，他都懷疑這把劍能強到足以劈開瀑布。

「可以。」他點點頭，認可了亞倫所設計的魔紋。「請工匠鑄造吧。」

「太好了。」亞倫收起設計圖，樂不可支地望向魔像騎士。「穆恩一定會很高興的。」

加克點點頭。

「您決定好魔紋顏色了嗎？一旦工匠開始打造，就不能再更改了。」

「嗯。」亞倫的語氣顯得欣喜而堅定：「只能用白紋。」

「白紋？」旁邊那些偷聽的魔紋師按捺不住了，他們對這把劍的誕生期待已久，亞倫這個決定卻讓他們晴天霹靂。

「您確定嗎！這麼好的劍，用白紋多可惜啊！」

「這把劍用料極佳，說不定能保存上千年，可如果用了白紋，就注定會在百年內報廢，簡直暴殄天物。」

面對眾人的勸告，亞倫笑而不語。

他才不介意，不如說這正是他所希望的。

與其他魔紋不同，白色魔紋是有壽命限制的。

有別於黃紋象徵和平、紅紋象徵戰鬥、藍紋象徵死亡，白紋——亞倫的魔花顏色——象徵著生命。厄密斯與亞倫的魔花顏色正好是相對的，一方是代表死亡的顏色，一方則是代表生命的顏色。

若說藍紋魔像是為了死者而存在，那白紋魔像就是為了生者存在，生者若是死亡，白紋魔像就沒有存於世上的必要了。

在過去的哥雷姆國，富裕階層的居民便特別偏愛白紋魔像，只為自己而活的魔像，聽起來既浪漫又忠誠。事實上，這也是控制魔像數量的手段之一。

同樣的，白紋武器也是。

一旦白紋武器認主，就不能再為他人所用，唯有在主人手中才會發揮魔紋的力量。當主人死去，白紋武器也會變回普通武器，再也無法展現魔力。

幾乎所有白紋魔像與武器壽命都不超過百年，目前唯一的例外就是魔像之神霍普。

之所以想打造一把白紋武器，是因為亞倫注意到穆恩似乎很羨慕那些擁有高階武器的人。事實上，泰歐斯的炎劍跟穆恩十分有緣，每一次炎劍總是會在恰到好處的時機落入穆恩手中，但由於亞倫的關係，穆恩三番兩次把炎劍退還了回去。

爲此，亞倫決定要打造出一把不亞於炎劍的寶劍給穆恩。

從選擇鑄造材料到設計魔紋，他參考了不少人的意見，雖然他不懂武器，不過加克懂，長期跟穆恩對練的加克也提供了不少建議，所以亞倫相信穆恩用起來一定會順手的。

「我今天就會去找你推薦的工匠，應該幾天的時間就好了？等我們前往魔花鎮時，就可以交給穆恩。」

伊登艾搖搖頭，一臉莫名其妙。「這魔紋較爲繁複，鑄造完畢大概需要半個月。」

「什麼？」亞倫呆愣在原地。他以爲一個禮拜的時間就足夠了，還想把劍當成驚喜送給穆恩。如今穆恩都安排好行程了，他總不能說要延後吧？這樣驚喜就會提前曝光了。

結果伊登艾漫不經心地補上一句：「我會派助手送過去的，他能輕鬆翻山越嶺，難不倒他。」

聞言，亞倫頓時放心了。他聽出了弦外之音，臉上的笑意越發擴大。

「你已經掌握飛翔魔紋了？這麼快。」

說到可以輕鬆翻山越嶺的魔像，肯定就是會飛的魔像了。這種魔像並不常見，因爲飛翔魔紋屬於高難度魔紋，極爲講求下筆的角度與細節，過程中一有失誤就無法發揮作用。就算是在百年前，能畫出飛翔魔紋的魔紋師也不多。

然而這位年輕的羅格城首席魔紋師聳聳肩，沒說什麼。看他一副沒什麼大不了的樣子，亞倫下定了決心，等成功拯救哥雷姆國，他一定要把伊登艾挖來城堡工作。

就在此時，一道黑影從上方落下，滾到了亞倫腳邊。

「啊，是妳啊，小淑女。」亞倫欣喜地撿起躺在地上的鬼娃娃，完全無視伊登艾驚悚到不行的神情。

這裡可是洞穴，上面的岩壁沒有任何空間藏東西的。

「我就要離開羅格城了，以後有空會再回來看妳的。」亞倫憐愛地輕撫娃娃的長髮，至今他依然把鬼娃娃當成魔像，而現在誰也沒辦法說服他了，因爲會動的人偶到處都是。

鬼娃娃緊抓著他的衣角低泣，看得一旁的伊登艾鬱悶不已。他很擔心鬼娃娃打算跟著亞倫到天涯海角，正想說些什麼，腳邊又竄出一個人偶。

「咦？夏綠蒂，妳也在啊。」亞倫蹲下身子，向羅格城的墓穴守護者打招呼。

夏綠蒂對他點頭致意，她手持鐮刀，沉默地盯著亞倫懷中的鬼娃娃，鬼娃娃嚶嚶兩聲，乖乖放開了亞倫。

如今羅格城很少有鬧鬼事件了，有夏綠蒂在，鬼怪都變得相當安分。

伊登艾安心地看著夏綠蒂把鬼娃娃拖走，並隨口提醒亞倫：「你那個夥伴要收斂點，魔花鎭的居民很排外。他們經歷過慘劇，對任何外人都抱有戒心。」

「慘劇？」在亞倫的記憶中，魔花鎭是一座聚集了許多優秀研究員的城鎭。魔花鎭的居民熱愛魔花，善於研發各式各樣的魔花產品，他們深信魔花是霍普賜予的禮物，能夠帶給人類更好的生活。

因爲魔花製品的熱銷，魔花鎭比其他城鎭都來得富裕，鎭上的富商們花費了大筆金錢投資研究團隊，久而久之，魔花鎭便成爲除了首都以外，規模第二大的學者之城。亞倫還知道，許多達官貴人——包含他的父王——對於研究計畫也多有資助。

可是在亞倫沉睡前，他從未聽說魔花鎭發生過什麼意外。

伊登艾猶豫了一會，似乎在思考該不該據實以告，最後還是湊到亞倫身旁，道出了魔花鎮民不願張揚的故事。

「百年前有位優秀的薩滿研究員，主導著一個跟長生不老有關的研究，但後來那名研究員為了獨占研究成果，把研究團隊的成員都殺掉了。」伊登艾低聲說。「當時鎮上其他優秀的研究員幾乎都死在他的手下，連貴重的研究心血也被帶走。居民們為了守護剩下的研究資料，便破壞了連接城鎮的橋梁，禁止任何外人進入魔花鎮，通往城鎮的密道只有當地居民知曉。其他城鎮的人若想進行交易，只能在他們指定的地點進行，所以就算你想去魔花鎮，也不一定有辦法進入。」

亞倫一愣一愣地聽完，百思不得其解。發生這麼大的意外，當年肯定轟動全國，為什麼他完全不知情？

想到目前蒐集到的種種線索，對於那名薩滿研究員為何要這麼做，亞倫心裡多少有譜。只要喝下足量的鮮血，薩滿就有可能長生不老，魔花鎮的研究團隊恐怕是全部成為那名薩滿研究員的養分了。

得知這一點的人越多，就越可能有人展露人性貪婪的一面，薩滿研究員不過是搶奪了先機，做出慘無人道的行為。而除了厄密斯，若要說誰有辦法潛入封閉的城堡找到他，恐怕也只有那個薩滿研究員有辦法。

亞倫明白，他一定得去魔花鎮一趟了。他必須趕緊離開這裡，幾天後商隊途經魔花鎮時，會跟那裡的居民進行交易，他們要想辦法趁機溜進去。

+

深夜時分，亞倫獨自站在墓園中。

鑲著藍邊的黑斗篷隨晚風輕輕飄揚，他的雙眼在魔花的微光映襯下，散發著淡淡藍光。亡靈們在安全距離外注視著他，低低呢喃著「王子殿下」，無比渴求把這個早該亡故之人拉進他們的世界。

「厄密斯。」亞倫對著一朵攀附在墓碑上的藍色魔花輕聲呼喚。「你在吧？」

魔花微微顫了下，沒有回應。

「你聽過魔花鎮的慘劇嗎？百年前有個薩滿為了竊取魔花鎮研究團隊的研究成果，殺了整個團隊的成員。你覺得……」亞倫頓了下，語氣染上一絲不安。「會是他嗎？他會不會還活著？」

涼風拂過，一道陰慘慘的嗓音從亞倫背後傳來。

「如果眞是這樣，你會有危險。」

聽見這個嗓音，亞倫原先略爲忐忑的心情稍稍放鬆，回過頭對厄密斯露出淡淡的笑容。

「這不是有你在嗎？」

月光灑落在厄密斯漆黑如墨的長髮上，俊美的怪物魔法師披著藍色法袍，鮮紅的眼瞳沉默地望著哥雷姆王子。

「你知不知道要救你有多困難？」厄密斯近乎咬牙切齒地吐出這段話。「眞有這麼容易，我就不會在這裡了。」

「那個人又不是拿著炎劍的穆恩。」

「他是未知的危險，魔花怪有多難纏，你又不是不曉得。我還是自己去吧，你待在這裡。」

「我不會坐以待斃。」亞倫乾脆地回絕。「這是我的國家，我要親手拯救。那個人手裡握有關鍵的研究成果，說不定其中隱藏著避免薩滿怪物化的方法。」

厄密斯顯得悶悶不樂，但亞倫仍提出了邀請：「你眞的不加入我們嗎？」

厄密斯沉默不語。

「這裡跟你過去所經歷的世界不一樣。」亞倫緩緩走上前，握住魔法師的雙手。

他已經克服對厄密斯的恐懼了，像這樣兩人單獨待在一起，對他而言反而是令人安心的事。

「我沒有變成怪物。我好好的在這裡。」他希望厄密斯能夠眞切地感受到他的存在。

厄密斯沒有回話，只是深深凝視著他。每當接收到這樣的目光，亞倫總是很想知道，究竟另一個世界的自己是怎麼跟厄密斯相識的。

他想要找回那些快樂的回憶，儘管那些回憶從來就不屬於他。

「雖然我不清楚我們是怎麼認識的，也無法與你談論過去的一切，不過我們可以一起創造新的回憶。我也希望你不要再孤軍奮戰了，我們的目標基本上是相同的，彼此合作一定能更快找到解決辦法。」

厄密斯躊躇許久，最終依舊沉默地別開雙眼。

時間。

冰山魔法師如果能這麼快妥協，就不叫冰山了。因此亞倫也並不氣餒，他明白這需要時間。

然而就在他們準備離開羅格城的當天，亞倫一大早到櫃檯辦理退房手續時，看見了一個熟悉的身影——

凍結了百年的冰山，居然短短幾天就融化了。

第二章

「所以你怎麼在這裡？」

「我不能在這裡？」

「好好的大魔王不待在城堡，來這裡做什麼？」

當穆恩來到旅店大廳時，徹底傻眼了。

曾經來無影去無蹤的神祕魔法師，此刻居然像個普通旅客一般，好整以暇地待在大廳，手中還抱著木偶艾爾艾特。

許久不見的艾爾艾特如今全新升級，披著一件手工縫製的藍色小斗篷，神氣地環抱著雙臂坐在厄密斯腿上，盯著穆恩的姿態頗爲趾高氣昂。

有幾個冒險者進出時瞄了厄密斯幾眼，雖然對那少見的烏黑髮色與鮮紅眼眸感到好奇，不過他們倒也沒找麻煩。即使眾多冒險者都曉得滅國魔法師是黑髮紅眼，也不至於一看到黑髮紅眼的人就要討伐。

「要不是爲了追尋眞相，我也不想跟你們同行。」厄密斯冷淡地回應完，本不想再多說，可眼角餘光卻瞄到一個令他十分介意的發現。「你那把炎劍去哪了？不是隨時隨地都帶著嗎？」

「早還回去了，我現在才沒有侵占別人物品的喜好。」穆恩翻了個白眼，沒好氣地答。

「還回去了？」厄密斯不敢置信，他的語氣眞切地表達出並不是在嘲諷：「你居然會把東西還給別人？」

「你認識的我到底是有多差勁啊？」穆恩也不敢相信另一個世界的自己如此素行不良。「他瘋了嗎？侵占物品會被加克罵的，他就不怕被念個三天三夜還沒完？」

厄密斯扶著額，一副頭很痛的樣子伸手制止穆恩說下去。「行了，這個世界的你就這點出息，我總算懂了。」

「你什麼意思！」

眼看兩人就要吵起來，亞倫趕忙介入。他一手勾住一個人，笑吟吟地開口：「好了好了，你們不要再為我吵架了。」

聞言，魔法師與騎士同時看他。

「你的耳朵聾了是吧？哪個詞提到你了？」穆恩嫌棄地推了一下亞倫的額頭。

「你倒是沒變，我認識的你就是這副德性。」厄密斯面無表情。

「還是殿下厲害。」站在大門口處的加克不禁感嘆，剛剛他看這兩人吵起來了，還在苦惱該怎麼勸架，結果亞倫一句話就成功讓他們停戰，這種話他可說不出來。

「厄密斯閣下，歡迎您。」加克走過來向魔法師點頭致意。「也歡迎你歸隊，艾爾艾特。」

艾爾艾特點點頭，從厄密斯身上跳了下來，轉頭要亞倫抱抱。

亞倫抱起艾爾艾特，環顧自己的隊友們。

那些從厄密斯口中得知的故事太過悲傷，不管是誰都沒能得到幸福。可是現在一切還來得及挽救，他必須走出一條不同的路。這一次，他一定要走向令大家都能幸福的結局。

望著透著陽光的大門，亞倫深吸一口氣，緩緩開口：「我們趕緊出發吧，一起去魔花鎮找出拯救哥雷姆國的方法。」

當亞倫一行人踏出旅店後，才發現今天的羅格城熱鬧非凡，冒險者們在各家店鋪採買物資、面帶興奮的表情手提大包小包，似乎也跟他們一樣準備離開這座城鎮。

「怎麼了？該不會其他冒險者也打算跟著商隊出發吧？」亞倫好奇地東張西望，多虧了人潮，他們和滅國魔法師一起在街上走也沒多少人注意。

「哦，他們啊。」穆恩瞄了厄密斯一眼，涼涼地說：「有冒險者通報首都佩爾泰斯的荊棘跟魔像沉睡了，所以他們趕著去首都搜刮財寶呢。」

此話一出，其他隊友紛紛看向那個操控荊棘與魔像封鎖首都的兇手。

佩爾泰斯原本四處皆是駭人的荊棘與魔像，一旦膽敢接近，不是被荊棘撕裂就是被魔像揍成肉餅，因此百年來許多試圖闖入首都的冒險者全都失敗了。儘管所有人都曉得首都的財寶最爲豐富，但沒那個實力，也只能眼巴巴看著財寶躺在那裡。

厄密斯掃視周遭的冒險者們，不慌不忙地解答：「我要節省魔力，所以只剩城堡裡的魔像和荊棘還被我控制著。」

「你可給我守好城堡，別讓半隻老鼠踏進去。那個王子說過，只要成功拯救哥雷姆國，城堡的財寶就隨我拿，不能讓其他人把我的財寶拿走了。」穆恩急忙提醒。

厄密斯直接已讀不回，頭還撇向一邊。

「喂，你快答應我啊，這關乎我下半輩子的幸福，要是我窮困潦倒都是你害的！」

亞倫擔心穆恩再窮追不捨下去就要惹怒厄密斯了，他正打算開口說些什麼，卻瞥見一個熟悉的人影，於是他嘴角一勾，高聲叫住那名站在人群中心的冒險者：「泰歐斯！」

一見到他們，泰歐斯反射性地肩膀一縮，雖然故作鎮定，眼神仍流露出忌憚。「是、是你們啊。」

「亞倫閣下！」祭司茉莉笑靨如花地朝亞倫揮了揮手。

「喲，你們也要去首都嗎？」女弓手蜜安興致高昂地招手要他們過去。「快來啊！有阿泰在就能輕鬆披荊斬棘，我們正討論要去哪搜刮財寶呢！」

泰歐斯的臉色越發難看，而亞倫故意裝出滿心期待的表情。「真是令人心動呢，我也想去。」

聞言，泰歐斯暗自倒抽一口氣。開什麼玩笑，要是這些人跟著去，他的地位要往哪裡擺！

「哎、那個，我沒看過這個人呢，是你們的新隊友嗎！」他趕緊指著厄密斯高聲詢問，此話一出，所有冒險者都看向厄密斯，原先歡樂的氛圍驀地冷卻下來。

根據那些哥雷姆國的歌謠，滅國魔法師正是黑髮紅眼。眼下在這個敏感的時機蹦出一個黑髮紅眼的人，任誰都會忍不住聯想。

厄密斯瞧了眾人一眼，淡淡別開目光。

「是的，他是我們招攬到的新隊友。」亞倫摟住厄密斯的手臂，笑容親切。「他是住在羅格城的魔紋師，我好不容易才把他從墓穴裡請出來。」

「你們總該聽過薩滿吧？有些厲害的哥雷姆薩滿眼睛會變成紅色。」穆恩立刻幫腔，絞盡腦汁急忙解釋：「當年那個公爵夫人就是紅色眼睛啊，你們不知道？」

「是這樣嗎？」

「我怎麼沒聽說除了那個人以外，有誰是紅色眼睛……」

「有沒有認眞冒險啊你們。」見眾人露出迷惑的表情，穆恩趾高氣昂地說：「怎麼連這都不知道？在羅格城都待多久了。」

冒險者們被唬得一愣一愣，如今穆恩的地位不可同日而語，更何況他是唯一一個同時跟魔紋師與魔像組隊的冒險者，對哥雷姆國的了解肯定是所有冒險者中最透徹的。

這時厄密斯面無表情地開口：「有問題嗎？」

被他冰冷的目光一掃，冒險者們本能地感受到這個人不好惹，立刻紛紛表示沒有問題。

「好了，亞倫閣下，別開玩笑了。」加克見縫插針，轉頭對王子殿下說：「今天不是說好要去魔花鎭嗎？首都以後再去。」

亞倫「哎呀」一聲，故作歉疚地對泰歐斯笑著說：「不好意思了，泰歐斯閣下，我都忘了還有事要去魔花鎭。我們下次再一起探險吧。」

泰歐斯的嘴角抽了一下，這才明白自己被亞倫耍了。看著那張想讓人一拳打過去的臉，他也不能怎麼樣，只能僵硬地微笑回應：「眞是太遺憾了，既然有重要的事也沒辦法，你們快走吧。」

最後那幾個字，泰歐斯幾乎是咬牙切齒地講出來，看他這個反應，亞倫如願得到了樂趣，便不再糾纏。揚起招牌笑容道別後，亞倫走在路上還忍不住感嘆。

「離開這裡就沒辦法捉弄他了，眞可惜。」

「擔心什麼？冒險者到處都是，再找一個玩具就好了。」穆恩說得輕浮，加克聽了不斷搖頭嘆氣。

「那個人是不是拿著你的劍？」厄密斯忍不住回頭多瞧幾眼，納悶不已。在他的印象中，穆恩可愛惜炎劍了，任何人敢碰它都會被砍斷手。

「那本來就是他的劍，我不是早跟你說還回去了嗎？」穆恩無語了，沒想到厄密斯還對這件事耿耿於懷。

「那你還有什麼用？」厄密斯不敢置信地問，表情眞誠得讓穆恩搞不清楚到底是在嗆他，還是厄密斯眞的如此認爲。「那把劍不在你手裡也沒用，那個劍士沒什麼魔力，完全無法激發炎劍的潛能。」

厄密斯還記得某次他見到穆恩帶著炎劍踏入首都，一揮劍就幾乎燒盡周遭的荊棘，而且那還是在沒戴上哥雷姆王戒的情況下。至於那個炎劍的原主人？能把一棟房子燒掉就不錯了。

「你以爲我沒炎劍就是個廢物是吧？」穆恩怒氣沖沖地問，就在其他人以爲他們又要吵起來時，穆恩指著厄密斯的鼻子，一臉認眞地反駁：「我還有腦袋懂不懂？沒看到我剛剛急中生智把我那些同行唬得一愣一愣的？要不是有我，你早就被發現是滅國魔法師遭受討伐了！」

厄密斯沉默了，這次的平行世界跟他經歷過的相差太多，穆恩的腦袋都壞掉了。

當一行人抵達城門處時，已經有好幾輛商家的馬車在門口聚集，而除了羅格城的居民，還有幾個冒險者在這。

「我以爲冒險者都去首都了。」亞倫有些訝異。

「有實力的都去首都了沒錯。」穆恩揮揮手，顯得毫不意外。「沒實力的就接接任務糊口，大多數的冒險者還是很惜命的。」

「穆恩！」一道喜出望外的嗓音傳來，一行人聞聲看去，只見一名冒險者興奮地跑過來。「原來你也要護送商隊出城啊，還以爲你要去首都。」

穆恩沒辦法告訴他，首都該討伐的怪物全在這支隊伍了，所以沒有去的必要。他聳聳肩，無所謂地指指亞倫。「我去哪都隨便，看他。」

這夫唱夫隨的態度讓在場的冒險者都目瞪口呆，也更加佩服亞倫。自從穆恩跟這位魔紋師組隊後，就像中邪了一樣，什麼背叛隊友囂張跋扈順手牽羊等令人詬病的行徑統統消失。無論如何，大多數的冒險者對穆恩一夥人也不再抱有敵意了，甚至可以說是信賴，所以對於他們也要去魔花鎮這件事，這些冒險者十分樂見。

在商人們熱情的安排下，亞倫等人跟著幾個冒險者上了載貨用的馬車。當馬車逐漸駛離羅格城時，亞倫的嘴角微微上揚。若成功拯救了哥雷姆國，他希望以後能每隔一段時間就微服出巡，他喜歡像這樣融入一般人的生活。

「不曉得夏琳在不在那裡。」亞倫拿出地圖，看著地圖中的魔花鎮，魔花鎮和首都佩爾泰斯的距離不遠。

「喂，魔法師，你對魔花鎮有印象嗎？」穆恩認爲厄密斯或許有來自其他時空的情報，可惜厄密斯搖了搖頭。

「我去過那裡，但大部分的研究內容早已在災難中付之一炬。」

在他們討論時，其它隨行的冒險者也跟他們一樣期待這次能有所收穫。

「你說，那些魔花鎮的商人願不願意賣魔花給我們？我聽說他們種植的魔花長得特別好，製成魔花茶的效果比其他城鎮的魔花茶要好上許多。」

「誰知道，他們不是討厭外人嗎？叫羅格城的商人多進一些貨吧，我們再跟他們買就好。」

「你們喜歡魔花茶啊？」亞倫正好聽到這段對話，於是似笑非笑地拿出一個小袋子。「我這裡有一袋魔花花瓣，效果肯定比魔花鎮的花更好……」

「你他媽夠了。」穆恩黑著臉把那個裝滿白色花瓣的袋子塞回去。

「賺點旅費嘛。」亞倫嘆息一聲，也不知是玩笑還是眞心想賣。

冒險者們把穆恩的反應當成私藏好貨，紛紛埋怨起來：「小氣鬼，分一點又不會死。」

「我現在一天不喝魔花茶就渾身不對勁啊。」

「我告訴你們，這種怪東西少碰爲妙。」穆恩指向亞倫，凝重地說：「這傢伙之前誤食過突變的藍色魔花，結果造成體內魔力紊亂，差點長眠不醒，你們也想變成那樣嗎？」

亞倫跟厄密斯沉默了。

一聽像亞倫這樣強大的魔紋師都遭遇了副作用，冒險者們全嚇到了，不再糾纏著要魔花瓣。

前往魔花鎮的路程說長不長說短不短，途中偶有意圖打劫的不法之徒，不過一見活生生的魔像騎士在商隊中便打消念頭了。

如今亞倫已經不會再受舟車勞頓影響，白天他到處跟人聊天，一下跑去別的馬車上跟商人攀談，一下又返回自己的馬車跟冒險者與夥伴們閒聊，晚上還很有精神地和加克一起守夜，短短幾天就傳出魔紋師都不用睡覺的謠言。厄密斯則與他相反，沒事就進入省魔模式睡一整天。

第三天，羅格城車隊終於抵達了與魔花鎮商人約定好的交易地點。

魔花鎮坐落於封閉的山谷中，通往城鎮的大馬路只有一條，但那條道路早就廢棄了，魔花鎮商人跟他們約在山谷外。

如同伊登艾所說，魔花鎮的人對外來者抱持著相當程度的戒心，通往鎮上的路徑被茂密的荊棘遮擋住，魔花鎮商人們宛如憑空出現一般，沒人知道他們是怎麼從那片荊棘叢林走出來的。

「入鎮？不行不行，魔花鎮不開放外人進入，就算是哥雷姆人也一樣。」其中一名魔花鎮商人露出嫌惡的表情，對亞倫揮了揮手。

「這些傢伙可真是我看過最會歧視的哥雷姆人。」早已習慣被排拒的穆恩嘖嘖稱奇，十分不客氣地以嗆辣的言語回應：「你們不是哥雷姆人吧？連同鄉都歧視，乾脆搬出去住好了。」

「你說什麼！」

見對方惱羞成怒，亞倫就曉得這場交涉是沒戲了。

但是都到這裡了，怎麼能打退堂鼓？他們決定留下來找找其他辦法。

「你們眞的打算進去啊？」交易結束後，一聽亞倫等人打算留下來，羅格城的商人們都頗爲驚訝。比起魔花鎭的居民，他們自然對幫了羅格城許多忙的亞倫更有好感，所以對於亞倫一行人打算混進去的行爲沒有意見。

況且，人人都很好奇與世隔絕的魔花鎭變成了什麼樣子。

「我們會再交涉看看，謝謝你們。」亞倫有禮地向商人們道別，見他心意已決，羅格城的商人們也不再多說。他們送了亞倫一些旅途上可能會用到的物資，載著滿滿的魔花鎭貨物，帶著其他的冒險者們回去了。

「那些人眞以爲自己藏得很隱密？」穆恩雙手環胸，似笑非笑地望向魔花鎭商隊消失的方向。

對經驗豐富的冒險者來說，要找出常人留下來的蛛絲馬跡太容易了，更何況那些商人才離開不到十幾分鐘。

穆恩很快就發現那些人遺留的腳印，看得出來商人們刻意抹除了行蹤，他們以地上的落葉遮掩足跡，也盡量不去碰觸周遭的荊棘和枝葉，然而凡走過必留下痕跡，穆恩依舊透過不自然碎裂的枯葉與微微凹折的荊棘，判斷出商人們所走的方向。

一行人跟在穆恩後頭，逐漸深入荊棘叢生的峽谷。這裡猶如一座迷宮，陽光難以透入，顯得陰暗潮溼不已，一般人若踏入很容易迷失方向。

「你還具備這種能力，眞是令人驚訝。」厄密斯一路跟著走，對於穆恩擁有追蹤技能感到十分意外。他還以爲穆恩的專長就是拿火燒荊棘。

「我的追蹤能力當然得好，畢竟那個路痴王子三不五時就迷路。」

「穆恩討價還價的能力也很好，羅格城的商人都不敢向他隨便開價。」像是要幫穆恩建立良好的形象，加克開口稱讚，卻換來了厄密斯詭異的目光。

「我們這次要跟穆恩學習當賊了。」亞倫興致勃勃地拉上兜帽。「先找到他們的據點，趁夜潛入，也許我們能拿出他們需要的東西跟他們交涉。」

哥雷姆國的王子連夜潛入自己國家的小鎮，這事怎麼聽怎麼滑稽，加克深感自己無能，只能在內心默默向哥雷姆國王道歉。

此時，亞倫低低驚呼一聲，指向了遠方。「你們看，那裡有座橋。」

眾人透過荊棘交錯的縫隙望見了山谷兩側的懸崖，有座大橋本該橫跨山谷的，卻像被炸毀了似的，中間斷了一大截。

大橋上面有幾個小黑點，是消失的魔花鎮商人們。

商人們站在橋梁的斷裂處前方，接著，奇蹟發生了。

大橋的下方忽然冒出大量荊棘，那些荊棘彷彿有生命一般，捲著木板爬了上來，以自身爲骨架連接起斷橋，並將木板整齊地在橋面上排成一排。面對這座荊棘所搭成的橋，魔花鎮商人毫不猶豫地踩了上去，就這樣帶著沉重的貨物不疾不徐前行。

亞倫一行人看得目瞪口呆，頓時確定魔花鎮的居民肯定比其他地區的哥雷姆人都還要接近怪物化。

「難怪他們不肯讓其他人進入鎮裡，這畫面要是被魔花鎮以外的人看見，肯定會被當成怪物的。」加克發出感嘆。

「所以呢？我們也得像他們那樣過去？」穆恩瞪著那座詭異的橋，在魔花鎮商人全數通過後，荊棘又慢慢匍匐縮回橋下。

「就這麼辦吧。」亞倫躍躍欲試，他們跟著魔花鎮商人的足跡，在彎彎繞繞的叢林裡走了一會，終於來到了大橋前。

可是那些荊棘宛如懂得認人，一行人都已經站在橋的斷裂處旁邊了，荊棘卻怎樣也不肯爬上來。

「這可不行喲。」亞倫抱著艾爾艾特蹲下，露出無可奈何的微笑，朝橋下的荊棘精神喊話：「我們也是要過橋的人，不可以差別對待。」

說完，橋面傳來一陣抖動，彷彿發生了地震。哥雷姆王子將手放到地上，自身的荊棘粗暴而凌厲地朝橋下衝去，攫住橋底所有捲著木板的荊棘，強硬地拖了上來。

「你溫柔一點，不要因爲這裡都是自己人就不顧形象。」穆恩無奈地提醒，橋梁的骨幹一下就被亞倫的荊棘給取代了，他可以踩上原本那些荊棘搭出來的橋，但由路痴王子所搭建的荊棘橋，他實在沒法信任。

看著眼前那歪七扭八的橋面，眾人一時間不曉得該不該通過。

「行不行啊？你知道建造橋梁是有技巧的嗎？萬一等等我們全摔下去怎麼辦？」穆恩說著，一把搶走了艾爾艾特，很沒良心把小木偶放到橋上，還推了下對方的背。「快點，你體重最輕先過。」

艾爾艾特回過頭，雖然木偶沒有表情，穆恩仍可以感覺到一股殺氣。

「別鬧了。」厄密斯淡定地抱起小木偶，毫不猶豫地走上了橋。「我們時間不多，快走吧。」

艾爾艾特對著穆恩抬高下巴，像是在說這就是厄密斯跟他之間的差距。

穆恩不耐煩地嘖了一聲，能靠荊棘自救的人當然不怕過橋了。

「如果不幸墜落山谷，就讓我們一起淒美地殉情吧。」亞倫抱住穆恩的左手臂，嗓音甜膩得令人頭皮發麻。

「別害怕，我會保護你，我們走吧，穆恩。」幾乎是同一時間，加克也牽住穆恩的右手。

這下換厄密斯無力回頭去看後方的情況了。外界都在謠傳穆恩跟邪教魔紋師組隊後就中邪了，現在看來還真有幾分可信度。

所幸亞倫強行搭起的橋走起來雖然有點晃，不過還算牢固。一行人小心翼翼地通過荊棘橋，終於來到了對面。

過橋之後，魔花鎮的商人們顯然鬆懈了，不僅足印變得清晰可見，更有一條疑似通往城鎮的道路出現。亞倫等人沿著道路前行，經過了幾個覆滿荊棘的黑暗山洞後，見到了那個神祕的小鎮。

他們佇立在位於半山腰的道路上，而魔花鎮就坐落於山谷間富饒的平原上。繽紛的魔花盛開在平原的每一個角落，這個與世隔絕的小鎮就像從未遭受侵擾，幾幢小屋的煙囪冒著裊裊炊煙，風車緩慢轉動著，每一棟建築物看起來都完好如初。

「如果當年讓你喝血的元凶就住在這，那也太明顯了。整個哥雷姆國就這裡一副沒有受到襲擊的樣子。」這是穆恩見過狀態最良好的哥雷姆城鎮，簡直就像在告訴大家這裡有能抵禦厄密斯攻擊的怪物。

一旁的厄密斯也露出凝重的神色。

「我的荊棘當初應該襲擊了哥雷姆國的每個角落。」厄密斯低聲說。可這些居民不僅把他的荊棘從這片平原上清除了，還反過來利用他所留下的荊棘打造出迷宮，不讓外人進入。「我們得趕快進去，這個城鎮恐怕會是第一個居民怪物化的城鎮。」

所有哥雷姆人都具備成爲怪物的潛能，就算亞倫沒變成怪物，也會有其他人代替他率先蛻變。

亞倫打量著魔花鎮的建築，回想著自己讀過的書籍中，所描繪的魔花鎮景象。大多數的城鎮都有自己的特色地標，奧爾哈村是麥田、阿德拉鎮是魔像英雄雕像、羅格城是墓穴、首都佩爾泰斯是城堡，而魔花鎮的地標則是圖書館。

他的方向感雖然不好，對圖像的記憶力卻相當優異，很快，他就找到了魔花鎮的圖書館。

「那棟灰白色建築是圖書館。」亞倫指向鎮中一棟田字型的建築。「裡面的藏書數量不輸首都的圖書館，也保存了許多研究成果。」

想當然耳，這樣的地方是絕不可能放外人進去的，一行人耐心地等到晚上，終於等來了潛入鎮中的機會。

對魔花怪和善於偷拐搶騙的冒險者而言，潛入城鎮是輕而易舉，不過對魔像騎士來說就不是了。加克一來不擅長偷雞摸狗，二來他走動時鎧甲會發出難以忽視的碰撞聲，因此只好放棄這次任務。

「請你務必保護好殿下，穆恩。」臨行前，加克語重心長地交代，他相信穆恩會全力保護亞倫，只是就怕他不在這兩人會想作怪。

穆恩故作不屑地回應：「這傢伙現在強得很，才不需要我。」聽穆恩這樣回答，加克安心了。他越來越懂穆恩，已經明白這句話的意思反過來理解就對了。

由於長年沒有外人入鎮，魔花鎮的戒備並不是特別森嚴，一行人在潛行經驗豐富的穆恩帶領下，很快地抵達圖書館。

「我們從上頭入侵。」穆恩指了指屋頂，厄密斯哼了一聲，隨手抓住垂下的荊棘，帶著艾爾艾特跳了上去。穆恩也想這樣帥氣地上去，但一看亞倫的表情就知道沒門。趕在亞倫像個軟骨妖怪纏過來之前，穆恩一把抱住了王子殿下，將對方的手壓在自己胸前。

「行了，我不會上當的。還不快拉我上去？」

穆恩看著被他箝制在懷中的亞倫，語氣有些得意。要是他反應不夠快，這個妖孽肯定會假藉要帶他上屋頂，故意軟綿綿地貼到他身上噁心他。

亞倫愣了愣，雖然詭計被揭穿，但穆恩突然這樣霸氣地一抱反而意外帶勁，亞倫在內心默默給了穆恩滿分後，乖乖讓荊棘垂降下來以便穆恩拉著爬上屋頂。

來到屋頂，他們找了個微微開啟的落地窗鑽了進去。魔花鎮的圖書館有兩層樓高，且占地寬廣，被劃分爲好幾個區域。眾人悄聲無息地走在高聳的書櫃之間，藉著月光慢慢觀覽這座靜謐的圖書館。

「這座圖書館維護得滿好的。」厄密斯隨意翻了幾本書，此處的藏書幾乎全是百年前的書籍，在他原本所生活的那個世界裡，多數古書由於沒有受到良好保存，幾乎都腐朽得差不多了。

「對魔花鎮的研究員而言，比起霍普，他們更信仰知識。」對此亞倫並不意外，他以前接觸過幾個魔花鎮的研究員，那些研究員認為霍普雖是魔像之神，但終究是個魔像。是創造出魔像的人賦予了魔像生命，所以他們該信仰的是人類本身，而不是魔像。

「這點倒是跟我們冒險者挺像的，比起神，我們更信賴自己的直覺。」穆恩忽然對魔花鎮的研究員有了親切感。所幸他現在識字了，只要不是太艱澀的詞彙幾乎都看得懂，能夠一起幫忙找資料，亞倫跟加克也誇讚過他學得很快。

厄密斯在陳列了許多魔花相關書籍的書櫃前停下來，抽出幾本書翻閱，表情逐漸變得不對勁。

「怎麼了？」注意到他的異狀，亞倫靠了過來。

「看得出來這些人很想自己製造出薩滿。」厄密斯神色冰冷，指向手裡那本書的其中一行字。

可悲的是，那些神學家認為薩滿是霍普給予的祝福。信仰蒙蔽了他們的雙眼，盲從限制了他們的發展。研究員派托拉斯在《薩滿的起源》一書中指出，薩滿是可以被人類祝福的，只要揭開薩滿誕生的奧祕，人類也可能讓薩滿誕生……

「那本書的作者我知道，他也是魔花鎮的研究員。」亞倫點點頭，他根據印象找到了幾本作者是魔花鎮研究員、主題與薩滿有關的書，裡面都在論述如何培育出薩滿。這些研究員堅信薩滿能夠以人爲的方式培育出來，而賦予魔像生命的魔花就是關鍵。

「人爲薩滿的部分你交給厄密斯蒐集資料，先跟我來。」穆恩走過來拉住亞倫的手。與厄密斯不同，穆恩比較想找出勸誘亞倫喝血的犯人，要是對方也在這個城鎮就不妙了，他們必須盡快揪出對方的眞面目。

亞倫乖乖被拉著來到了另一區，這個區域的書籍大多是記載跟皇家有關的資訊。

「你找這區的資料應該沒用，那個人可能只是戴著魔紋師的面具而已，不見得是皇家魔紋師，應該先從魔花鎮的研究員找起，殺了所有研究員的那名薩滿研究員很可疑。」語畢，亞倫準備帶穆恩去另一區，卻被穆恩拉回來。

「你不覺得奇怪嗎？」穆恩凝重地問。

「嗯？」

「你說過你剛出生時，曾經虛弱到快死掉，是厄密斯救了你一命，但救你的是其他世界的厄密斯。」穆恩停頓了下，緩緩說下去：「厄密斯原本就認識你，可是他總該有個認識你的契機，不是嗎？難道你不好奇他跟你究竟是怎麼認識的？」

亞倫愣了愣，終於搞懂穆恩的意思。

「這個世界應該也要有個厄密斯才對，不管至今他仍未出現的理由是什麼，總之他到現在都還沒出現，就代表你過去完全沒認識過他。」

「也就是說……」亞倫睜大雙眼，恍然大悟。「厄密斯最初應該是跟成年後的我認識的。」

「對，所以我想就算他當初沒有救你，你也會得救並平安長大，然後在十八歲喝下那杯血變成怪物，接著才遇見厄密斯。問題來了，百年前那個傢伙想要長生不老的話，對其他人下手就行了，畢竟所有哥雷姆人都有變成怪物的可能，爲什麼他偏要針對你，讓你喝血？再說了……」穆恩指出疑點。「他只要把你變成怪物就完事了，何必特地戴上面具？你自己說過，只有魔紋師才需要面具。」

亞倫沉默了一會，面有難色地點點頭。

目前確實還不能將矛頭指向薩滿研究員，他們必須思考其他可能性。

「你對那個面具有印象嗎？」

面對穆恩的問題，亞倫蹙緊了眉頭，而後露出困惑的表情。「好像看過又好像沒看過。戴面具的魔紋師太多了，很難光憑面具就辨認出來。」

他想了想，又補充：「但我大概還有印象，如果再讓我看到一次那張面具，應該就能認出是誰。我記得對方戴的是黑底白紋的面具，若他的身分是魔紋師，那多半就是擅長繪製白紋。魔紋師攜帶的面具通常會與自己擅長的魔紋有關。」

「白色魔紋？那種顏色能畫？」

見白魔花怪亞倫故意露出受傷的表情，穆恩沒好氣地解釋：「我的意思是，那可是霍普的顏色。」

「當然能畫，白紋魔像很受歡迎，因爲白紋魔像是有時效性的，一旦目的達成，白紋魔像就會自我毀滅。」

簡單來說，就是用完即可丟棄，不必擔心祕密走漏，穆恩立刻明白這類魔像一定很有市場。

「所有魔紋師在通過考核後，都會被載入錄取名單，但是從那份名單找等於是大海撈針，先看看他有沒有可能是皇家魔紋師。」

「我敢打賭就算把所有皇家魔紋師的名字列出來，你也找不到他。」穆恩斬釘截鐵地表示。他知道亞倫的圖像記憶很好，因此附有人像繪圖的書籍才有幫助。

所幸這樣的書籍並不少，在哥雷姆國全盛時期，成爲皇家魔紋師可是一大殊榮，許多史學家、畫家甚至民間作家都想捕捉皇家魔紋師的傳奇身影。

穆恩甚至看到了關於亞倫的書，這個作者八成是亞倫的粉絲，那些吹捧的詞彙穆恩看了就想笑，因爲太多與本人不符的敘述了。

穆恩忍不住翻了一頁又一頁，聽穆恩發出悶笑，亞倫正想問他在看什麼，結果一瞧見書名便認出來了。

「你怎麼在看那本書？」亞倫像是發現了穆恩的小祕密，賊笑著靠近穆恩。「這麼想了解我，可以直接找我啊？」

他一隻手蓋到書頁上，微微仰頭與穆恩四目相接，嘴角揚起曖昧的弧度。

「我們都已經這麼熟了……不管是我的事情還是我的身體，你比任何人都了解不是嗎？」

穆恩面無表情盯著他。什麼叫被黃色廢料潑滿身？這就是了。

「你知道你這行爲叫什麼嗎？我等等就跟加克說你在性騷擾我。」穆恩認爲要不是這傢伙長得帥還是個王子，八成早被抓去關了。

「你可以把我性騷擾你的話記錄下來，肯定多到可以出成一本書，書名就叫『哥雷姆王子的情話集』，你覺得如何？」

「書名改成『妖孽王子的性騷擾日常』，我還比較能接受。」穆恩推了一下亞倫的額頭，默默把書放回架上。此時，他的眼角餘光瞄到一本叫《當代知名皇家魔紋師》的書。

他拿下來隨手一翻，隨即看到亞倫的老師娜塔莉。

左頁是公爵夫人的畫像，只見公爵夫人抱著人偶，精緻美麗的面容流露出憂傷；右頁則簡單介紹了公爵夫人的來歷，內容主要著重在分析娜塔莉的魔紋風格。

「這本書我讀過。」亞倫跟著穆恩一起看了幾頁，越看越感到懷念，過去他曾花費許多時間鑑賞其他魔紋師的作品。「它的出版年份是在我成為皇家魔紋師的前兩年，應該滿有可信度的。」

「你說那個人可能擅長白紋是吧？」穆恩決定將整本書翻過一遍，善於繪製白紋的魔紋師意外的不少，但無論是哪一個，亞倫都說不是夢中那個人。

「喂，行不行啊？不是每個人都有戴面具喔，還認不出來？」萬一對方是隨手去店裡買了個面具就糟了，穆恩最怕這種情況。就在他打算放棄時，亞倫忽然睜大了雙眼。

「等等，你翻回去。」他伸出手，把穆恩方才飛快翻過的那頁翻回來。

書頁上畫了一名高高瘦瘦的魔紋師，他把自己包得密不透風，身穿寬大的白袍搭配黑色緊身衣與手套，臉上戴著黑底白紋的面具。他高舉著畫筆，魔紋猶如翅膀一般，從他的身後延展出去。

亞倫盯著這道身影，不知不覺恍了神。

他怎麼會沒有想到呢?是氣質相差太多了，才一時沒將那張面具跟這個人連起來嗎?明明……他認識這個人的。雖然沒有太深刻的印象，但起碼見過好幾次。

「是這個人。」亞倫神情恍惚地指著圖中的魔紋師。「我夢中的犯人，就是戴著這個面具。」

第三章

菲米，這是那名魔紋師的名字。

據說菲米十幾歲時就獨自來到首都拜師學藝，二十幾歲便成爲了皇家魔紋師。不過他爲人處事相當低調，從未在會議上主動發言，也總是避免與其他魔紋師交流。沒有人見過他拿下面具的樣子，亦沒有人見過他脫下手套，他總是穿著白袍與高領黑衣，把自己包得嚴嚴實實，彷彿空氣有毒一般，被其他皇家魔紋師視爲怪胎。

「沒有個性的魔紋師。」亞倫低聲說出其他皇家魔紋師對菲米的評價。「其他的皇家魔紋師偶爾會抱怨他爲何會在城堡裡，因爲他們認爲菲米不夠格。能夠成爲皇家魔紋師的人不是魔紋畫得特別出色，就是專精於某種魔紋，可菲米無論哪個都不是。」

「該不會是走後門吧？」穆恩嘖嘖稱奇。「任何職場都總有走後門的人，這傢伙八成也是。」

亞倫一時無語，然後搖了搖頭。「他的老師雖然是皇家魔紋師，但影響力沒有那麼大。更何況……這個人不是薩滿。」

這點亞倫非常確定，菲米是不折不扣的普通哥雷姆人。「會不會是菲米被陷害我的人殺了，所以對方戴了他的面具？」

「也許他是薩滿，只是沒向你們坦承。」這種雙面人穆恩看多了。

忽然，亞倫感覺到有人拉了拉他的褲管。

他低頭一瞧，只見艾爾艾特仰頭看著他，不知何時過來的。他不斷重複在內心說著菲米的名字，似乎想告訴亞倫什麼。

「怎麼了？艾爾艾——」

「什麼人！」一道又驚又怒的嗓音打斷了亞倫的話。

「你們是誰？爲什麼在這裡？」一名手持蠟燭的中年男子驚恐不已地瞪著他們，高八度的嗓音在靜謐的圖書館裡迴盪。「這裡不准任何外人進入！你們想竊取我們的研究成果嗎？入侵者、入侵者啊啊！」

穆恩皺著眉頭，正當他想上前摀住對方的嘴時，男子臉色蒼白地抬起手，荊棘瞬間從掌心冒出，迅速朝他們襲來。見狀，亞倫呆愣得忘了反應，所幸穆恩在荊棘碰到亞倫之前一劍斬斷。

「這是怎樣？荊棘已經變成人人都有的東西了是不是？」穆恩傻眼了，怎麼連這個看起來一臉路人的居民都可以操控荊棘？

「我們不會帶走這裡的任何物品，只是想閱覽一下書籍而已。」亞倫抱緊艾爾艾特，躲在穆恩身後急忙解釋。

「你騙誰啊？至今爲止有多少冒險者爲了追求長生不老想進入魔花鎮，你們肯定也是爲此而來的！」

「神經病，想活這麼久你自己去，別當所有人都跟你們一樣。」穆恩忍不住翻了白眼，覺得魔花鎮的人也太自我感覺良好。

這陣騷動驚動了其他在圖書館守夜的人員，以及熬夜投入研究的研究員們，一看到亞倫等人，他們的反應都好像研究成果要被偷走一樣驚恐。「把他們抓起來！」

「快叫鎮長來，有冒險者入侵啊！」

穆恩不耐煩了起來，他想動手，偏偏這些人是亞倫的子民，他不好對人家動粗。活了這麼多年，穆恩第一次感到騎士很難當，明明有劍卻不能砍。

正當他不甘不願地將劍入鞘，準備帶著亞倫逃跑時，一個女子跌跌撞撞地推開眾人來到他們面前。

「等等！」女子展開雙臂擋在他們前方。「這些人是我的救命恩人，請不要趕走他們！」

此話一出，魔花鎮的居民們一個個難以置信地盯著女子。

這名女子正是曾被當成阿德拉惡魔討伐的夏琳，夏琳很清楚居民們最在乎什麼，於是迅速解釋：「之前我在阿德拉鎮被當成怪物時，是他們幫助我變回人類的。如果沒有亞倫他們，我早就變成到處吸食人血的怪物被冒險者殺死了。」

「妳說什麼？就是他們嗎？怎麼可能？這些外人對魔花怪的事一點都不了解，怎麼可能有辦法把一個怪物變回人類！」

亞倫頓時無語，正當他想表示自己就是魔花怪時，一道身影默默從他身後飄出來。

「到底在吵什麼。」厄密斯板著臉，剛剛看了那些研究的內容讓他心情非常不好。「如果你們堅持要把我們趕出去，我只能把你們監禁起來了。」

面對這個威脅，居民們一時忘了生氣或恐懼，像中了石化詛咒一樣呆呆望著他。

「你的眼睛……」一名研究員渾身微微顫抖，指著厄密斯的紅眼。「就我所知，只有魔化程度非常高的怪物，眼睛才會呈現這個顏色……」

「不可能！照理說眼睛一旦轉紅就該失去理智了，爲什麼你好好地站在這裡？你也是薩滿嗎？怎麼做到的？」

厄密斯一聲不吭，見他什麼都不肯說，換成魔花鎮的研究員們按捺不住了。幾個研究員倉皇地朝圖書館大門跑去，剩下的居民則是態度一百八十度大轉變，不再叫囂著要他們滾出去。

「跟我來吧，我先帶你們去會客室。」見居民們眼巴巴盯著厄密斯，夏琳明白危機暫時解除了。她鬆了一口氣，主動領路。

「好久不見，妳過得還好嗎？」亞倫打量了下夏琳，感覺對方氣色還不錯，先前在阿德拉鎮顯得憔悴陰鬱的女子已經一掃陰霾，還能回以微笑了。

「托您的福，亞倫大人，在那之後我不再聽見魔像的聲音了。來到魔花鎮後，這裡的研究員也有幫助我控制魔花的力量與喝血的慾望，我目前還算正常。」

「那眞是太好了。」亞倫打從心底露出笑容。所幸他們的努力沒有白費，不然當初夏琳差點就要被殺死了。

穆恩走在隊伍最後方，他瞄了一眼與他們保持著一段距離、態度顯得小心翼翼的居民們，以所有人都聽得見的音量諷刺：「態度變得這麼快，這個城鎮的居民可眞勢利。」

居民們聞言全都一副敢怒不敢言的樣子，亞倫不禁覺得有些好笑。說實話，他不太確定這些人是怎麼看待厄密斯的，他們想必很希望跟厄密斯來場學術交流，但要是他們發現這個人就是百年前的滅國魔法師，又會怎麼想呢？

來到會客室後，爲了跟等等會來的鎮長解釋狀況，於是夏琳先離開了。

亞倫抱著艾爾艾特坐在沙發中間，厄密斯則坐在右側，他把這裡當自己家似的靠在沙發背上，雙手環抱在胸前，顯得難以親近；而穆恩坐在左側，他的慣用手放在劍柄上，另一手居然還拿著那本《當代知名皇家魔紋師》。

厄密斯神色微妙地盯著認眞看書的穆恩，他認識的那個穆恩雖然識字，但完全不碰書的。他側頭湊到亞倫耳邊，滿是懷疑地問：「這人腦袋壞掉了嗎？」

「他只是急著找出犯人。」亞倫笑著解釋，想了想又補充一句：「不過最近他比起練劍，更多時間都花在閱讀上。」

厄密斯已經放棄理解了，他決定將穆恩脫序的行爲全都當成中邪。

不久，鎮長進入了會客室。當亞倫等人見到他時，一時都被眼睛的顏色吸引了目光。

「各位好，我是魔花鎮的鎮長。方才夏琳向我說明了你們的來歷，不好意思誤會各位了。」

鎮長是一名五官立體的中年男子，他蓄著落腮鬍，明明有張俊臉卻帶著厚重的黑眼圈，氣色也不太好。他身穿白袍，雙眼竟是異色瞳，一邊是怪物才擁有的紅色，一邊則是普通的褐色。

「稍早我的團隊可能有諸多無禮之處，請你們見諒。我們只是很害怕研究的祕密被發現，要是情報洩露出去了，哥雷姆國會大亂的。」鎮長深深嘆息一聲，語氣充滿了疲憊。

「你們知道多少？」厄密斯漠然地拋出問題。

鎮長凝視著厄密斯的雙眼，思索了一番，而後慎重地開口：「我們知道的很多，但肯定不會有大魔法師厄密斯還多。」

厄密斯與他對視，雙方沉默不語，彷彿都在等對方先發言。當這場較勁久到穆恩都決定要放下書本，去拿桌上的點心來邊吃邊看戲時，鎮長終於先投降了。

「傳言大魔法師厄密斯擁有一對不祥的紅眼，但我們魔花鎮的居民很清楚，那絕不是什麼不祥的顏色，而是新人類的象徵。打從厄密斯第一次在世人面前現身拯救王子殿下時，我們魔花鎮的居民就在尋找他。」在眾人的注視下，鎮長彎下身子，在厄密斯身前單膝下跪。

「他不是滅國魔法師，而是拯救世界的英雄。」鎮長低著頭，以平靜的口吻陳述。「如果沒有他，世界會陷入一片混亂，可惜百年前沒有人明白這一點。如果有機會，我們魔花鎮民很想為他洗刷冤屈。」

厄密斯嘲諷地嗤笑一聲。「居然把滅國的元凶說成是英雄，你們的王子在棺材裡都要哭了。」

鎮長頓了頓，不太確定地望了一眼亞倫的方向。

眾人自然沒有錯過這個反應，顯然魔花鎮的鎮長不僅認為厄密斯還活著，也懷疑哥雷姆王子還活著。

「不要誤會，我當然很同情我們的王子殿下，不過我認為大魔法師厄密斯這麼做一定是有原因的。」鎮長重新站起身，雙眸盈滿了真誠。「比起魔像霍普，我們魔花鎮的學者更信仰大魔法師厄密斯。我們深信厄密斯的研究進度超前，比任何人都更加接近真相。」

對於不發一語的眾人，鎮長並不介意，他微笑表示今夜先不多談，等等會幫他們安排客房，請他們好好休息。

在鎮長離開後，亞倫跟穆恩看向厄密斯。

「我認爲這是個合作的好機會，他們跟你一樣研究魔花研究了百年，到現在也沒有放棄，我想合作應該會有所幫助。」

與他人分享研究成果，這是厄密斯從未嘗試過的事。換作是以前的他絕對不會想這麼做，可是如今……厄密斯有些動搖了。

原因無他，他深知自己時間不多了。要是不喝血，他很快就會陷入跟亞倫一樣的窘境，但他不願去冒那個險。比起喝血，與人合作或許還好一點。

「我會再考慮。」厄密斯沒有立即妥協，只是面色沉重地如此回應。

然而這時某個騎士居然說教了起來：「你啊，別想著光靠自己就可以了，很多時候只靠自己是不行的。」

「這是你身爲過來人的建議嗎？」亞倫笑得燦爛。當初穆恩正是跟泰歐斯、伊登艾等人聯手才拿下雷吉諾的，想到穆恩這麼做都是爲了救出自己，亞倫內心就輕飄飄的。

「才不是。」穆恩沒好氣地駁斥。

見穆恩這副嚴重中邪的模樣，厄密斯忽然覺得跟人合作好像也沒什麼大不了了。

很快，夏琳再度進來接應他們，鎮長安排的住處就在圖書館旁。當年魔花鎮常有外國研究員來訪，所以圖書館附近有許多旅店，即使百年後的現在這些旅店都不再營業了，不過依然保留了客房以備不時之需。

在客房卸下行囊後，穆恩表示要去把加克接過來便又離開了，厄密斯則再度陷入閉目沉睡的狀態。雖然厄密斯還未鬆口同意與魔花鎮的研究團隊合作，但亞倫見厄密斯不再皺著眉頭，便猜測厄密斯應該會答應，明天開始肯定有很多事要忙。

亞倫坐在客房的床上，低頭看向稍早一直欲言又止的小木偶。

「好了，你有什麼事想跟我說嗎？」

菲米，小木偶再度重複了這個名字，並握住亞倫的手，堅決的嗓音在亞倫的腦海響起。

「你要我……潛入你的內心？」亞倫睜大雙眼。

他知道艾爾艾特是父親所製作的魔像，卻從未潛入過小木偶的內心確認。如今艾爾艾特告訴他對菲米有印象，關於這名魔紋師的線索，就存在於小木偶的記憶裡。

艾爾艾特點點頭，他舉起亞倫的手，放到了自己的頭頂。

「我明白了……」一想到終於要潛入艾爾艾特的內心，亞倫不自覺地緊張起來。

他深吸一口氣，逐漸放鬆意識，緩緩潛入了那承載了無數記憶的深沉夢境。

+

「艾爾艾特、艾爾艾特！」

一道無比熟悉的嗓音傳入了亞倫耳中。

當他睜開雙眼時，一眼便見到那名佇立在走廊盡頭的高大男人。

哥雷姆國王披著厚重而華麗的披風，站在微光灑落的城堡走廊，背對著亞倫左顧右盼的，不斷喊著小木偶的名字。

看見這個身影，亞倫頓時熱淚盈眶。

他想要上前呼喚父王，但他知道不行，他不能干擾艾爾艾特的記憶。

在他的注視之下，小木偶從窗戶翻了進來，俐落地落在哥雷姆王身前。

「你怎麼還是從這麼奇怪的地方進來？我給了你通行名牌，不管你跑去哪都不會有人阻攔你的。」哥雷姆王無可奈何地一笑，溫柔地抱起小木偶。「所以呢？這次的旅途有收穫嗎？」

艾爾艾特搖了搖頭。

「沒關係，那個魔法師真的很難找。」即使嘴上說沒關係，國王的語氣卻充滿了遺憾。他抱著艾爾艾特漫步在長廊上，亞倫亦步亦趨跟著他們。「都已經過了多少年了？一點線索也沒有。魔花鎮的研究團隊也在找他，但那個人就像憑空消失了一樣，完全人間蒸發了……」

「你說你會繼續找？雖然很感謝你，不過你還記得我賦予你的指令嗎？你其實不用做這件事的。」

國王微微低頭，與懷中的小木偶四目相對，隨後露出釋懷般的柔和笑意。

「你說如果是我，一定會選擇這麼做的。說的對……如果我是你，就會以自己的方法去拯救亞倫。」哥雷姆王珍惜地抱緊了艾爾艾特。「謝謝你，作爲普通人活著的我。」

亞倫愣在原地。

他一時聽不太懂父親的意思，但仔細咀嚼這番話後，似乎漸漸明白了。

原來想要作為普通人活著的不只是他，他的父王同樣也希望能夠像凡人一樣，隨心所欲生活。

然而身為國王必須一肩扛起整個國家，於是他的父王創造了艾爾艾特，艾爾艾特就是哥雷姆王的分身。

艾爾艾特會試著以哥雷姆王的思路去行動，把哥雷姆王的家人當成自己的家人，只要哥雷姆王跟他說想去哪裡看看，艾爾艾特就會代為踏上旅程，返回城堡後再讓哥雷姆王讀取他的記憶。

亞倫終於明白為何艾爾艾特會站在厄密斯那邊了。

艾爾艾特想要拯救亞倫，所以選擇了不會殺死亞倫的那個人。

「雖然我想看看你這陣子經歷了什麼，不過現在不行，今天是面試皇家魔紋師的日子。」哥雷姆王放下小木偶，走進了會客用的大廳，小木偶跟在他後頭，在大門關上前悄悄找了個地方躲起來。

艾爾艾特在城堡裡就像個小精靈，他可能出現在任何角落，躲在人們看不到的地方，一旦快被發現就悄悄溜走。身為國王的魔像，他可不希望被其他薩滿逮住，因此行事相當低調，只有少部分的人曉得他是國王所打造的魔像。

由於這裡是自己家，亞倫熟門熟路地走進隱藏的密道，直接來到了大廳王座的斜後方。這個入口平時被厚重的紅色簾幕遮掩著，只有按下正確的開關，看似是片牆壁的旋轉門才會移動。

皇家魔紋師們列隊站在大廳紅毯兩側，即使國王就在此處，氣氛依舊輕鬆，時不時傳來笑聲與交頭接耳的談話聲。

「陛下，爲了強化我國兵力，這次請您務必多錄取幾位紅魔紋師進宮。」享譽全國，爲不少魔像繪製了強大紅紋的老魔紋師——馬洛尼——站在紅毯右側最靠近王座的位置，滿心期待地給予諫言。

「越多人死於戰場，便會產生越多亡魂。」多年前曾率領一群魔紋師讓整個羅格城靈異傳說消失無蹤的美女魔紋師——公爵夫人娜塔莉——站在馬洛尼的正對面，戴著遮住上半臉的魔紋面具，紅唇勾起迷人的微笑。「可別給我添麻煩了，馬洛尼大人。」

對於這番揶揄，老魔紋師並不在意，不慌不忙地笑著反駁：「只有內心弱小的人才會被鬼怪迷惑，所以我們不提升國力壯大國民的信心怎麼行？您說是吧，陛下？」

哥雷姆國王早已習慣這兩人的鬥嘴，僅是擺了擺手。「好了，會錄取怎樣的魔紋師進來，就看今天那些魔紋師的表現了。」

「直接錄取我吧，錄取我就沒這些煩惱了。」一個稚嫩的嗓音忽然從王座後方右側的簾幕後傳出，一顆有著閃耀金髮的小小頭顱冒了出來。看見那張臉，站在密道中的亞倫嚇得立刻關上旋轉門。

「亞倫！」哥雷姆王震驚地起身。「你怎麼在這裡？」

「我也想參與，父王！」小木偶記憶中的王子殿下相當年幼，他全身裹在簾幕裡，一點也沒有王子的風範，還笑嘻嘻地毛遂自薦。「既然我遲早會成爲站在這裡的一員，不如就先面試我節省時間，您說是吧？」

「說什麼傻話，你以爲能站在這裡的都是什麼人？他們可都是通過了艱難的魔紋師測驗，在魔紋領域中大放異彩的專業人士。你連魔紋師執照都還沒資格考，竟敢說自己遲早會站在這？」哥雷姆王把亞倫拖了出來，在魔紋師們充斥整個廳堂的竊笑聲中，國王備感丟臉地把王子一路拖向門口。

「未來我會去考的，父王您等著，我一次就能考過的。」

「別開玩笑了！你父王考了四次都沒過，憑什麼你一次就能過！」國王氣呼呼地將王子推出大門，侍衛們趕緊以最快的速度關門，免得王子殿下又溜進來。

「陛下，話別說得太早，王子殿下年紀雖小，但相當有才華。」身爲亞倫的魔紋老師，娜塔莉十分清楚哥雷姆王子的潛力。

國王扶著額，仰天深深嘆息。「那孩子存心給他父親丟臉。」

要是亞倫一次就考取魔紋師執照，那他這個國王的面子要往哪裡擺？全天下都知道他考了四次還沒過，這件事已經成爲人們茶餘飯後的話題之一了。要是有人考魔紋師落榜，身邊的親朋好友總會拿國王考了四次都沒過來安慰。

話雖這麼說，但在場所有人都明白，國王心底仍是對自己的兒子感到驕傲的。畢竟魔紋師是掌握哥雷姆國命脈的職業，更何況王子殿下還是個薩滿，這意味著亞倫在成爲國王之前，就能得到前所未有的民眾支持度。

直到魔紋師面試正式開始，成年的亞倫才小心翼翼地從密道探出身子。要是跟年幼的自己相遇了會很糟的，他深知這個年紀的自己對什麼都充滿好奇心，肯定會問他關於未來的事，小亞倫多半沒法承受這般沉重的未來。

忽然，他感覺到自己的褲管被輕輕扯了一下，低頭一瞧，艾爾艾特不知何時來到了這裡。

「你想給我看的就是這個嗎？」亞倫抱起艾爾艾特，透過簾幕縫隙觀察那些依序進來面試的魔紋師。雖然方才氣氛輕鬆，不過面試一開始，一眾皇家魔紋師便端正了態度，這般氣勢把不少來面試的魔紋師們嚇得連話都說不好，甚至有好幾個魔紋師由於無法好好毛遂自薦而落選。

來到這個最高殿堂肯定會緊張的，但也有人輕鬆得宛如來郊遊一般，踏著雀躍的腳步在眾目睽睽之下走到了王座前。

「尊敬的陛下您好，我叫菲米。」菲米說著不太成熟的謁見臺詞，傾身向國王行禮。他的模樣一如書中所繪，戴著面具並身穿寬大的白袍，沒有一吋肌膚露在外頭。

國王隨意瞥了眼侍衛遞上來的資料，不太感興趣地說：「你是之前那個離宮的皇家魔紋師的徒弟？提供的資料也太少了，出生地還不詳？在這個國家，很少人會不知道自己的出生地。」

在人人安居樂業的哥雷姆國，孤兒幾乎可以說是稀有的存在。國家會適度地對處境困難的家庭伸出援手，對於因意外而失去雙親的孩子，也有一套良好的政策能安排他們的去處。

「雖然出生地不詳，不過我的出生地跟我的專業度沒有任何關係，陛下。」這番彷彿在糾正國王的言論引起了騷動。「我只知道我的老師對我恩重如山，在我年幼時便收留了我，一路撫養並指導我成為合格的魔紋師。為了不負他的名聲，我才來到您的面前。」

菲米攤開雙手，態度充滿自信。「任何您想要的魔紋，我都能畫出來給您。我可以爲您量身打造只屬於您的魔像。」

「無稽之談，沒有自己風格的魔紋師還叫魔紋師？」一名皇家魔紋師高聲嘲諷。

菲米沒有發怒，他看向那位魔紋師，平靜地反問：「你不也是遵從了陛下的期望，才能站在這裡嗎？」

出聲諷刺的皇家魔紋師頓時語塞。

「哪怕那個魔像的指令是殺死我，只要雇主需要，我就會做出來。」

聽了這番宣言，在場的魔紋師無不感到驚訝，有的人甚至露出厭惡的神色。

「這也太瘋狂了吧？」

「爲了諂媚陛下還眞是什麼話都說得出來。」

然而當菲米拿出自己的作品時，一眾皇家魔紋師紛紛笑了出來。

不可否認，菲米的魔紋畫得挺好的，但僅止於此而已。

想成爲皇家魔紋師可不能只有魔紋畫得好，畢竟每個能踏入這裡的魔紋師都畫得很好，要打敗其他競爭者，就必須證明自己擁有無可取代之處，他們在菲米身上看不到任何贏過其他魔紋師的特色。

可令他們訝異的是，國王陛下最後錄取了菲米。

面試全部結束後，所有皇家魔紋師也準備返回自己的工作崗位，只是他們對這次的面試結果不甚滿意。即使有其他優秀的人才被錄取，可是口出狂言的菲米普遍沒有獲得大家的認同。

「陛下，您用人可要謹慎啊，您鑑賞過的魔紋如此之多，相信您的眼睛是雪亮的。」馬洛尼離去之前，不忘再勸諫一句。「更何況，連殺死自己的魔像都做得出來的魔紋師，指不定哪天也會製造出殺死您的魔像。」

「我知道。」國王隨意揮了揮手，把眾人都打發走後，再度喚人把菲米找來。

「尊敬的陛下，請問有什麼吩咐嗎？」菲米恭敬地詢問。

國王端坐在王座上，這會終於正眼瞧人了。「你的老師爲了讓你順利進宮，在這之前寫了推薦信給我，並附上了一疊你所繪製的魔紋作品。」

菲米身子一僵，沉默地站在原地。

「他認爲你肯定會搞砸面試，所以早就把一切都告訴我了。」國王仔細觀察著菲米的反應，嚴肅地表示：「跟你的老師寄來的圖紙相比，方才面試的作品簡直亂七八糟，你明明就有擅長畫的魔紋，爲何不在面試時拿出來？」

「我以爲單靠那些作品就能被錄取成爲皇家魔紋師。」菲米摸了摸後腦勺，不好意思地坦言。

「這份工作沒你想像的那麼簡單。要不是那封推薦信，你早在第一關被刷掉了。」國王冷冷回應。「既然成爲皇家魔紋師了，就拿出眞本事。你的老師可是在信中大力誇讚你，甚至說你是百年難得一見的魔紋師，告訴我一定要僱用你。」

菲米無奈地嘆息。「這個人怎麼連退休了都還這麼雞婆呢……」

話雖這麼說，不過亞倫聽得出來，菲米並沒有不開心。

「你的老師還說，你來自魔花鎭。」

「是的。」菲米不太甘願地承認。「我曾經屬於魔花鎮，但那已經是過去的事了。這件事本該只有老師跟我知曉，希望陛下能夠協助保密。」

「爲什麼要保密？這個來歷應該沒有任何讓人難以啟齒的地方吧？」

菲米低下了頭。

面具隱藏了他眞實的表情，亞倫聽見他用苦澀的語調對國王說：「我時常被故鄉的人取笑，所以不希望他們得知我來到了首都。您也知道，魔花鎮與首都距離很近，魔花鎮的研究員時常出現在此地。」

「就因爲這個原因？你都踏入魔紋師的最高殿堂了，誰還敢再取笑你？」國王皺起眉頭，很明顯對這個答案不滿意。

「抱歉……陛下。雖然聽起來十分荒唐，可是歧視不會因爲我成爲皇家魔紋師就停止。」爲了表現自己的誠意，菲米伸出雙手，抓住了自己的面具。「我沒有欺瞞您的意思，事實上正好相反，如果陛下不介意，我很願意向陛下坦白一切。」

在國王的注視下，菲米緩緩拿下了面具。

面具下是一張消瘦而憔悴的臉龐，菲米的膚色蒼白得有些病態，一頭淺色褐髮乾枯無比，綠色眼瞳深陷在眼窩裡，唇瓣也沒什麼血色。以不常生病的哥雷姆人而言，這副病弱的模樣算是相當罕見。

「你生病了嗎？」饒是見多識廣的國王，乍看他的外表也愣住了。

不需要菲米多加解釋，這副羸弱的模樣在這個富足的國家裡格格不入，確實無論走到哪都會遭受議論。

「我沒病，陛下。只是童年時期弄壞了身子，從那之後一直是這副模樣。」菲米在哥雷姆王面前單膝下跪，他一手放在膝蓋上，俯首說道：「這張不受國人歡迎的面容，放眼整個首都只有陛下知曉。」

他仰起頭，深深凝視著哥雷姆王。

「陛下，我在家鄉還有個可笑的名字，您要是信不過我，可以去打聽這個名字，肯定能得到有關我的訊息。」他深吸一口氣，像是鼓足了勇氣般，緩緩說道：「戴菲斯，這是我的另一個名字。請問您聽過嗎？」

他露出悲傷的微笑，等待國王的回答。

哥雷姆王靜默不語。

透過那宛如被拋棄的眼神，任誰都看得出來，他認爲國王應該要知曉這個名字。

然而國王搖了搖頭。他揮揮手，打發了本名爲戴菲斯的這名青年。

「行了，你退下吧。看在你的老師的分上，我給你一個機會，給我好好工作。」

亞倫躲在簾幕後，陷入了深思。

穆恩說的沒錯，不該放過關於這名魔紋師的線索。這個菲米……不，現在應該稱他爲戴菲斯了。

戴菲斯是爲了什麼才想隱瞞自己的眞名和出生地？不過顯然戴菲斯其實對自己的過去問心無愧，才會如此乾脆地說出自己原本的名字。

目前看來，當年屠殺研究團隊的薩滿研究員說不定跟戴菲斯有關，畢竟戴菲斯來自魔花鎮，而他看起來比任何人都需要長生不老的祕方，普通的醫療技術對戴菲斯想必是沒用的，否則他不會直到成年仍是這副病弱的樣子。

「艾爾艾特，你還在嗎？」讓戴菲斯離開後，哥雷姆王出聲呼喚了小木偶。艾爾艾特趕緊從亞倫身上跳下來，鑽出簾幕抱住國王的腳。

「讓你久等了。唉，當國王每天都有好多事要處理啊……等我退休後一定要去遊歷四方，到時候就拜託你當我的嚮導了。」此時的國王卸下了威儀，展露出普通人的一面。他抱起艾爾艾特，注視著方才戴菲斯離開的方向。「魔花鎮啊……我又想起多年前那件事了，我記得那孩子也是魔花鎮的人。算一算，他應該跟戴菲斯差不多大了。」

艾爾艾特點點頭，這件事他再清楚不過，因為國王所說的那個孩子就是他遇見的。

整個世界逐漸化為一片白光，亞倫知道場景要轉換了。他跟著闔上眼，準備迎來新的記憶。

+

在亞倫陷入小木偶夢中的同時，穆恩來到了加克待機的地方。當他領著魔像騎士進城時，不少居民都受到了驚嚇，這裡是座封閉的小鎮，居民們完全不曉得許多魔像已經甦醒了，自然也沒聽說過這支名聲響亮的冒險小隊。

兩人費了好一番工夫才解釋清楚為何魔像會出現在這裡，不料聞風而來的民眾越來越多，穆恩解釋到後來失去了耐性，乾脆直接叫大家明天去問亞倫。

加克佇立在一旁，而穆恩把民眾打發走後，又去找了夏琳說了些什麼，接著用眼神示意他跟上。

「你跟夏琳小姐說了什麼?」

「我叫她帶我們去當年研究團隊遭到屠殺的地點。」

「已經很晚了，我們可以明天再去。」加克好心勸告，他明白穆恩認眞起來比誰都還拚命。

「明天就晚了，你看他們戒心這麼重，看個幾本書就斤斤計較，怎麼可能會讓我們去當年發生屠殺的地點?趁現在大半夜的，還有許多居民不知道我們的存在，先把那地方探查完。」

穆恩一心想揪出讓亞倫飲血的犯人，戴著面具的白魔紋師雖然令人介意，但仍不能放過關於薩滿研究員的線索。

「多年來魔花鎭也一直在找那個薩滿研究員，他們認爲對方一定還活著。」夏琳走在前方，一路東張西望，生怕一不小心就被發現。「這座城鎭的人所知的太多了，所以他們比其他地方的居民都還要謹愼戒備。」

「這裡的居民眞的有夠奇怪，那個鎭長還說什麼要爲厄密斯洗刷冤屈。」穆恩滿臉嘲諷。「他們贊同厄密斯的行爲，又追求魔花的力量，在搞笑嗎?腦袋有問題。」

「雖然我來這一陣子了，但說實話我也感覺自己從未了解過他們。」夏琳放慢了腳步，走到他們身旁。「他們與魔花的淵源太過久遠，一時很難說得清。」

他們來到城鎭邊緣地帶的一座廢棄建築，進入之前，夏琳在建築物附近繞了一圈，確定四下無人後，便趕緊招呼兩人進去。「這裡就是當年的研究團隊使用的研究所。小心點，裡面有很多荊棘。」

穆恩光從門外往內看就覺得不舒服，這個地方散發出異樣的壓迫感。

破碎的玻璃窗戶被無數暗褐色荊棘侵占，眼前的景象就像一個黏稠的噩夢，荊棘從天花板上垂降下來，攀附在室內各個角落，鮮豔的紅色魔花於黑暗中散發淡淡紅光，在鑽進來的夜風吹拂下輕輕搖曳。

「這裡讓我想起第一次遇到那個傢伙。」穆恩還記得初見亞倫時，森林中也像這樣到處都是讓人不舒服的荊棘。他拿出預先準備好的火把與火柴，當火光稍微照亮室內後，他才剛感覺舒服一點，就馬上被出現在視野中的骷髏嚇死。

一具穿著白袍的骷髏被吊掛在空中，它朝地面伸出雙手，肩膀以下被荊棘死死纏住，荊棘宛如與骨頭融爲了一體，穿過肋骨的每一個縫隙。

「這裡也有。」藉由火光，加克也發現了另一具骷髏，那具骷髏被困在牆上，好似以荊棘殉葬一般，四肢都跟荊棘糾纏在一塊。

被嚇到之後，穆恩很快冷靜下來，他仔細打量著荊棘，眉頭越蹙越深。「這傢伙是有多恨啊？這些荊棘幾乎都要扎入骨頭了。」

穆恩瞄了眼夏琳。

雖說面對的敵人不同，但就算怪物化的夏琳拿出全力，恐怕也沒辦法一次用荊棘殺死這麼多人。

照理說，這名薩滿研究員當下吸完這麼多血後，應該就會失去理智在鎮上展開大屠殺才對，但他沒有，只殺死研究團隊的人就跑了。

「這個薩滿研究員要不是掌握了維持理智的方法，就是很清楚吸多少血不會失去理智。」他喃喃說出自己的推論。「喂，阿德拉惡魔，那個薩滿研究員叫什麼名字？」

「柯賽爾。」夏琳沒好氣地回答。「據說他比任何人都還要熱衷於魔花的研究，甚至從小就參與研究了。」

「從小？他是天才嗎？」

「不知道，不過既然能領導整個團隊，應該是天才吧。」

穆恩陷入了沉思。

他仔細觀察四周的荊棘，試著拉扯了一下，荊棘緊緊糾纏在一起，清除相當不易，也有可能在過程中損傷僅存的的研究資料。

彷彿有股強烈的恨意化為荊棘，要拖著整間研究所一起下地獄般，此處的所有遺骸和物品全都支離破碎地跟荊棘交纏在一起，沒有人能逃離。

穆恩認為柯賽爾肯定還活著，而且比誰都清楚如何控制自己的力量。亞倫會果斷認為柯賽爾是滅國元凶並非毫無道理，柯賽爾肯定能夠進入被荊棘封鎖的密室，並且知道該讓亞倫怎麼做才能怪物化。

「你的目的到底是什麼？」穆恩環顧著滿目瘡痍的研究所，以微小的音量低語。

紅色魔花隨風飄動，這話究竟能否傳到魔花主人的耳裡，又是另一回事了。

同一時間，在遙遠的夢中世界，亞倫緩緩睜開雙眼。

他看見了漫天飛舞的花瓣，繽紛的魔花肆意攀附在魔花鎮的每個角落，妖豔而張狂地向所有過客展現自身的美。

周遭行人熙來攘往，這幅景象令亞倫頓時明白自己來到了百年前的魔花鎮。

亞倫漫步在人群之中，居民們宛如沒看到他一樣，自顧自地走著，每個人都顯得對生活充滿希望。

研究員們熱切地討論著研究內容或其他學術話題，來訪的旅客們滿足地抱著好幾本圖書館借來的書，與自己的夥伴談笑風生；而那些魔花鎮的一般居民則是熱切地招呼來到鎮上的旅人，除了介紹魔花鎮引以爲傲的花海，也不忘推銷各式各樣的魔花產品。

若不是因爲柯賽爾，這裡大概會跟阿德拉鎮一樣，是個洋溢著熱情的小鎮。

亞倫幾乎沉迷在熱鬧非凡的氛圍中，直到在人群間看見一個嬌小的身影。

「艾爾艾特！」

亞倫出聲呼喚站在人們腳邊的小木偶。

小木偶好似沒聽見他的聲音，熟練地在人流中穿梭，亞倫趕緊追了上去。好幾次他以爲要跟丟小木偶了，艾爾艾特卻又重新出現在他的視線裡。

亞倫追逐著艾爾艾特，不知不覺來到了位於魔花鎮郊區的一棟氣派建築前。

這棟建築矗立在山丘上，外頭被帶著棘刺的高聳圍牆圍繞，宛若一座堅固的堡壘。正當亞倫納悶著這棟建築是什麼時，一道興奮的嗓音從圍牆內傳來。

「喂，你是魔像吧？你是魔像對吧！而且是國王的魔像，我都聽見了！你的聲音像被喇叭放出來一樣清晰，瞞不過我的！」

亞倫左顧右盼，而後發現腳邊的圍牆下方有個缺口，缺口非常小，只有艾爾艾特那樣的體型才能鑽過去。

他蹲下來從缺口看進去，發現艾爾艾特有如一條死魚僵著身子，被一名男孩抱在懷中。

男孩穿著素色的服裝，肌膚白皙，目光炯炯有神，頭髮是柔亮帶有光澤的淺褐色，脖子上戴著黑色頸圈。男孩驚喜不已，就像貪戀著木偶的觸感般，緊緊抱著艾爾艾特。

「真好啊，我也想要一個魔像……聽說外面的世界到處都是魔像，這是真的嗎？可以讓我讀取你的心靈嗎？」

艾爾艾特瘋狂搖頭，掙扎著從男孩身上離開。

「好好好，我不讀就是了，你別走！」男孩連忙收回剛才的話，他盯著艾爾艾特，緊張地問：「小木偶，你會見到國王嗎？」

艾爾艾特一語不發，默默癱在他懷中。

「如果你見到國王，可以幫我轉達一些話嗎？」

艾爾艾特勉爲其難地點頭。

男孩露出笑容，低頭埋在小木偶的肩膀。

「請你拜託國王終止北極星計畫吧。那樣的話，大家都會幸福的……」男孩顫抖著身子，淚水控制不住地從眼眶滑落。「我們什麼都做不到，只能拜託你了，請讓北極星消失吧。」

艾爾艾特發現自己的手臂被眼淚沾溼，於是拍了拍男孩的頭試圖安慰。看在男孩如此難過的分上，艾爾艾特承諾了會轉達這番話，並詢問了男孩的名字。

「謝謝你，我……」男孩猶豫了一下，接著還是回答了：「我叫柯賽爾，這是我爲自己取的名字。你也可以這樣叫我。」

聽到這個名字，圍牆外的亞倫震驚無比。

他已經搞不清楚到底哪邊才是正確的了。

第四章

在來到魔花鎮的第一晚，厄密斯是唯一跑去睡覺的人。

結果一覺醒來，他的隊友們便七嘴八舌丟了一堆資訊給他，讓他很頭痛。

厄密斯坐在床上，看向一大早闖進他房間的幾位不速之客。亞倫抱著艾爾艾特坐到他身旁，並將下巴擱在小木偶的頭頂，一臉苦惱的模樣。

而穆恩與加克在沙發上坐下後，人類騎士振振有詞地發表起自己的推論，魔像騎士則已經完全放棄了思考，在一旁跟著點頭。

「你們先閉嘴，我整理一下。」厄密斯伸手制止隊友們的發言，他擰了擰眉，思索一會後，再度開口：「也就是說，現在有兩個嫌疑犯，一個是魔紋師菲米——不過這是個假名，他的本名叫戴菲斯——一個是薩滿研究員柯賽爾，而這兩人都是魔花鎮的居民。戴菲斯因為長著一張憔悴的臉，受到魔花鎮的人排斥，所以年紀輕輕就跑到首都拜師學藝。他總是戴著面具，是個不具備任何薩滿能力的普通哥雷姆人。而研究員柯賽爾是當年殺了整個魔花研究團隊的兇手，他年幼時曾經請求國王終止研究計畫。」

「父王得知了他的請求，但並沒有行動。」亞倫低頭傾聽著艾爾艾特的說明。「父王說，那不是個想停止就能停止的計畫。」

「我可不覺得那個戴菲斯是普通人。」穆恩的目光飄向哥雷姆王子。「你們還記得這個王子也是從小就體弱多病吧？有可能他隱瞞了自己是薩滿的事。」

「不管戴菲斯有沒有隱瞞，北極星研究計畫都很可疑。」

厄密斯從床上起身，他知道該怎麼做了。

「如果那些人想要得到滅國魔法師的研究成果……」他神情堅決，渾身透著難以言喻的自信。「就要拿出相應的東西來換。」

✝

「什麼！」

「等等，這也太……」

一夜過去，魔花鎮的所有菁英學者都聚集在小小的會客室裡，準備好要跟厄密斯展開長期抗戰攀交情，一步步取得對方的知識，結果這位大魔法師一在沙發上坐下，就大方承認自己正是當年那個滅國魔法師，而且還同意與他們分享自己的研究。

只不過，條件是他們要把自己至今以來的所有研究成果，以及關於北極星計畫的情報全部交出來。

聽到「北極星計畫」這個禁忌的名詞，學者們的臉上頓時失去了血色。

「厄密斯大人……」鎮長搓了搓手，緊張地開口：「您是從哪裡聽說這個計畫的？甚至還知道當年主持計畫的研究員是柯賽爾……」

「問一個能把整個國家毀滅的人這種問題，不覺得很愚蠢嗎？」厄密斯看都不看他一眼，心不在焉地打量自己的手，似乎在思索些什麼。「我願意跟你們交換條件已經很好了，本來我大可以直接占領這座城鎮。」

這些學者當然不可能懷疑他的能力，大夥兒立刻嚇得魂飛魄散，連連請他手下留情。

「我們給就是了，請您別出手！」

「這裡存有許多珍貴的研究，拜託您不要奪走，再被奪走一次我們就要崩潰了！」

「那你們是不是該拿出相應的態度？」厄密斯的手掌向上一翻，掌心冒出一條帶刺的荊棘，張牙舞爪地在學者們面前扭動。「我最討厭的就是言而無信的人，你們很清楚吧？」

在場自然沒人不清楚，當年正是由於國王失信毀約，才導致哥雷姆國滅亡。

「厄密斯大人，我們會提供北極星研究計畫的資料給您。只是……」鎮長與學者們面面相覷，接著嘆了口氣。「只是北極星計畫就是柯賽爾的目標，關於北極星的研究資料我們是有，但只是鳳毛麟角，核心資訊全被柯賽爾帶走了。」

「只有一點資料也無妨，我需要。」

厄密斯明白光是這一點資料，恐怕就藏著天大的祕密，否則這些人的反應也不會如此激動。而且他認為魔花鎮肯定還在進行這個計畫，瞧他們始終對研究心血被偷走耿耿於懷，就能猜到這個研究想必特別重要。

此刻，王子殿下與他的騎士坐在路邊的長椅上，王子手上拿著素描本，若有所思地盯著空白的頁面。

厄密斯單槍匹馬去威脅學者們會更有壓迫感，所以他們才在這等著，只是為防發生意外，亞倫還是讓魔像們在會客室外待命。

他正努力回想著昨夜在艾爾艾特心靈中看見的情景，最後乾脆闔上雙眼，手中的炭筆在白紙上逐漸勾勒出一個輪廓。

穆恩盯著王子殿下閉眼畫畫，內心自顧自地打著如意算盤。他越想越開心，最後亞倫受不了了，睜開雙眼看他。

「你的目光這麼灼熱，我都害羞得畫不下去了……」

「害羞個屁，我只是在想要怎麼榨乾你的價值。」

聞言，亞倫反而期待起來了。「你要怎麼榨乾我？」

「想不到我們的王子殿下還能閉眼畫人像，以後沒旅費了，我就逼你在路邊幫人畫肖像畫。」亞倫負責努力賣藝，而他只要負責數錢就好，想到這個畫面，穆恩心裡便喜孜孜的。還有比這更輕鬆的賺錢方式嗎？

亞倫噗哧一笑，他的騎士三不五時就在思考要怎麼利用他賺錢，雖然那樣的情景也沒什麼不好，不過他現在更想要另一種情景。

「你不覺得想像哥雷姆國復國後，能靠我這張臉吸引來多少觀光客更實際嗎？」

聽了亞倫的說法，穆恩忽然靈光一閃。

「你說的對，改天復國了，再幫你辦個生日宴會，到時候我要給每個國家的王族都發邀請函，這肯定會大大提振觀光收入。」光憑幾封邀請函就能帶來大量觀光消費，穆恩幻想著自己收錢收到手軟的樣子，整個人飄飄然的。

「那你呢？」亞倫反問。「你生日想要怎麼過？」

穆恩呆了呆，亞倫一看就明白穆恩從未思考過這件事。「你還記得自己的生日嗎？」

「我從來不曉得，我母親只跟我說，某天我就蹦出來了。」穆恩往後靠在椅背上，不太在意地聳聳肩。

「那你要不要訂個日期？」亞倫笑咪咪的，神不知鬼不覺地朝穆恩挪近一點。「你不想過過看生日嗎？你希望怎麼度過，我都會想辦法替你準備，當然，生日也要有生日禮物……」

亞倫眨了眨眼，笑得有些曖昧，語氣也越發輕柔。「想要什麼禮物都可以跟我說喔？就算是——」

「你就不用了，除了你本人以外的任何東西都可以。」

亞倫垂下嘴角。「好歹等我講完。」

眞是氣人，穆恩太了解他了，老是搶在他開黃腔之前戳破他。

可看著穆恩得意的笑容，亞倫又不自覺地嘴角上揚。他心想，有一個懂自己的人，大概就是這種感覺。

「我從沒想過要過生日。」這件事對穆恩來說太過遙遠，因爲生日是慶祝某個人降生到世上的日子，可是在踏進哥雷姆國之前，沒有人會感謝他的誕生。「也不知道過生日是什麼樣子。」

「這個簡單，從現在開始，我過生日是什麼樣子，你也會是一樣。」

穆恩看向身旁的王子。

亞倫凝視著他，勾著一抹溫柔的微笑，微風輕輕吹拂王子殿下的金髮，那雙深邃的眼眸一如既往的湛藍而純粹。

穆恩這才意識到，當初的隔閡如今已經完全消失了。他們剛認識時，亞倫對他而言十分有距離感，畢竟他們是在截然不同的環境下成長。可是一同經歷過這麼多事情後，那份隔閡徹底煙消雲散，甚至連一直以來對父母的心結和那令他詛咒多次的出身，他也不那麼在乎了。

他不想再去爲與他無緣的爵位，以及本該得到的父愛與母愛糾結，現在的他有亦師亦父的加克，還有能跟他一起同甘共苦的亞倫陪伴。

就算有人再用過去的事挖苦他，他也不想生氣，對他而言那些都無所謂了，他想要的一切全都在身邊。

穆恩跟著露出笑容。

其他平行世界的自己所造就的悲劇，絕對不會發生在他身上。

「如果看到褐色荊棘跟紅色魔花，務必離得遠一點。」他輕輕拍了拍亞倫的後腦勺。跟其他世界的他不同，這個世界的他會全力扭轉亞倫死亡的命運。

「那可能是柯賽爾的荊棘，對吧？」

「對，他比任何人都清楚如何控制自己的力量。」這是最令穆恩戒備的關鍵，一個殺了整個研究團隊卻依然能保持理智的魔花怪，比什麼敵人都來得可怕。

亞倫憑著印象畫出了柯賽爾與戴菲斯的模樣，不知是否他的錯覺，他總覺得有股說不出來的微妙感，雖然戴菲斯身形消瘦，臉型跟柯賽爾也有所差異，但兩人的輪廓好像有點相似。

「要說這兩個傢伙沒關聯，我還眞不相信。」穆恩瞪著這兩張臉，越想越不對勁。

他稍微調查了下，戴菲斯跟柯賽爾相差三歲多，如果他們都在魔花鎮長大，那肯定認識彼此。

可是亞倫在艾爾艾特記憶中所見的畫面又讓他很介意。夏琳說過，柯賽爾從小就參與了研究，現在看來，柯賽爾可能是自幼就被關在那棟建築裡。一個被同鄉排擠，一個被同鄉監禁，兩人都有理由憎恨家鄉，或許當年屠殺研究團隊一事，不見得僅是柯賽爾一人所為。

而穆恩以為讓亞倫喝血的兇手可能潛伏在這座城鎮，所以在剛抵達魔花鎮的前幾天，他始終保持著高度警戒。但幾天過去，這裡就像被遺忘了一般，沒有任何異狀發生。

唯一有進展的就是厄密斯。在他取得北極星計畫的資料後，終於理解了為什麼他原本所在的世界會滅亡。

「一切的起因，都是由於只在哥雷姆國境內生長的魔花。」鎮長坐在只有核心人士能進入的實驗室內，滿臉挫敗地向正在瀏覽資料的厄密斯坦承。「很久以前，我們的祖先在霍普的引領下發現魔花，並注意到食用魔花不但能改善體質，還能有效增加人們體內的魔力量，於是便占據了所有魔花生長之處。打從建國之初，哥雷姆人就有食用魔花的習慣，至今依然如此。」

厄密斯點點頭。哥雷姆國四處都可以見到魔花製成的花草茶與相關料理，對哥雷姆人而言，食用魔花是稀鬆平常。

「我們享受著魔花所帶來的益處，並且自認是整片大陸上最優秀的人種，因為相較於其他民族，哥雷姆人不僅相當長壽，老化速度也慢，身體的自癒能力更是極佳。我們甚至擁有傾聽魔像心聲的能力，這點沒有任何一個民族做得到。這份傲慢足以毀滅世界，然而在國家滅亡後，我們依舊沒有醒悟……直到近幾年爲止。」

鎮長摀住自己的雙眼，悲傷地說：「魔花的力量宛如毒素一般，在我們哥雷姆人的體內一代又一代地累積，有越來越多人聽得見魔像的聲音，也有人的肉體承受不了魔花的強大力量，反過來被侵蝕殆盡。」

「這十年來，魔花鎮的新生兒夭折率異常之高，五個小孩裡就有兩個跟當年的王子殿下一樣，身體無比虛弱，我們卻找不到方法拯救他。我妹妹的孩子就是這樣死去的……」說到了傷心處，鎮長的嗓音流露出一絲哭腔。「可如果活下來了，總有一天他們也會跟我一樣，成爲介於怪物與人類之間的生物，必須時刻壓抑喝血的衝動。請拯救我們，厄密斯大人。」

厄密斯知道，就算這個國家當年沒被他毀滅，這一切也遲早會發生，但他沒料到才過了一百年，就有這麼多人遭遇和亞倫相同的困境。

時間不多了，要是再不快點找出解決辦法，幾十年內，這個國家可能就會迎來眞正的滅亡。這次的災害範圍將不再限於哥雷姆國，怪物化的哥雷姆人會毀滅整個世界。

若要說北極星研究計畫是能撼動整個哥雷姆國的研究，也完全不爲過。研究資料中詳細說明了魔花對人體的作用，同時也否定了薩滿是魔像之神給予的祝福這個說法。

研究員們認爲，薩滿之所以出現是由於魔花的關係，只要體內的魔花毒素累積到一定程度，就能成爲薩滿。

這就是爲什麼有些家族世世代代都有薩滿，薩滿所誕下的後代通常體內也會累積大量毒素，而若家族中歷代的薩滿人數越多，或者薩滿與同樣是薩滿的人通婚，生下的小孩也將有高機率是薩滿。

亞倫會早在百年前就發病，正是因爲薩滿是哥雷姆國裡備受尊敬的存在，地位崇高的哥雷姆王族自然會希望與薩滿結合，並且想盡辦法培育出薩滿後代。如此一代又一代累積下來，導致王族體內的毒素濃度遠比其他哥雷姆人高出許多，最後亞倫便成了犧牲品。他甫出生就虛弱到差點死去，勉強保住性命後仍是體弱多病，魔花的毒素不斷侵蝕著哥雷姆王子的身體。

哥雷姆人一直以爲魔花有益人體，沒想到竟是大錯特錯。能夠增強體質、提升魔力的花？哪有這樣好的事。

對魔花來說，最理想的生長溫床不是肥沃的土壤，而是人體。

如今所有哥雷姆人體內都有魔花毒，若無法與毒素共處就會死，可一旦成功適應了劇毒，就會成爲怪物。

厄密斯放下研究資料，冷漠地注視著鎮長。他並不同情哥雷姆人，就是因爲哥雷姆人的貪欲，他原本所在的世界才會毀滅。

如果哥雷姆人沒有濫用魔花，本來亞倫跟他都不會成爲怪物。

＋

「這個薩滿研究員柯賽爾，跟你曾在艾爾艾特記憶中見到的柯賽爾不太一樣。若憑現存的資料，我可以篤定這個人想要永生，因為他帶走了所有關於實現永生的研究成果。」

閱覽完所有北極星計畫的資料後，厄密斯將他的看法告訴亞倫。

「那就怪了，夢中的他看起來很反對北極星計畫。」亞倫疑惑地說。

兩人並肩走在街道上，與他們擦身而過的居民無一不對厄密斯投以敬仰的目光，這讓他很不習慣，他可是摧毀這個國家的人。

而當居民們好奇的視線落到亞倫身上時，厄密斯就不太高興了。接收到他冰冷的眼神，居民們立即識相地別過頭。

為了保護亞倫，他只坦承自己的真實身分，無論是誰想問亞倫的事，他們一率說亞倫是薩滿魔紋師，除此之外不再透露更多，言下之意就是別打這個人的主意了。

就算得知了身分又如何？要問亞倫為何會活下來嗎？還是當年成為祭品的真相？無論是哪個問題，對哥雷姆王子而言都具有殺傷力，就連穆恩也是等亞倫自己開口坦白的。

但也因此，亞倫無法參與有關魔花研究的討論，畢竟若想要涉及機密，就必須證明自己也是關鍵人士之一，也就是承認自己王子的身分。

他們來到當年發生過大屠殺事件的廢棄研究所，上次穆恩和加克來這裡勘查過，然而一無所獲。所有能救的資料早被魔花鎭的學者們保存起來了，剩下的全和荊棘纏在一起，就算強行將荊棘清除，恐怕文件也損毀得差不多了。

亞倫一走進去就感到不舒服，眼前大概是他從小到大見過最殘酷的場景。一想到其他世界的自己所造成的傷害更大，他就有股反胃的衝動。

「還好嗎？」厄密斯扶住腳步有點不穩的王子殿下，皺著眉頭打量臉色蒼白的亞倫。

「你在外面待著吧。」

亞倫搖搖頭，表示自己沒問題。他很慶幸另一個世界的穆恩殺了他，否則那些世界不曉得會變成什麼樣子。

「我想把這裡的荊棘統統清掉，那些骷髏留著也沒用。」厄密斯厭惡地環顧周遭那些跟荊棘糾纏在一起的骷髏。他問過魔花鎮的居民為何不整理這裡，居民們表示萬一還有文件深埋在底下就糟了，所以不如維持原狀。

寧可把先人的遺骸晾在這也要保存文件，他真心佩服這些居民的堅定。

厄密斯伸出手，幾條粗壯的荊棘從他腳下竄出，捲住紅褐色的荊棘粗暴地扯開。

亞倫目瞪口呆地看著被懸吊已久的一具具骷髏就這樣被扯出來，七零八落地倒在地上。他縮在厄密斯身後，最後決定只聽聲音就好，光是聲音就夠可怕了。

「這要是換成別人肯定會被罵死。」

「敢罵滅國魔法師，他們也是很有種。」厄密斯不屑地冷笑一聲。

聽見他的笑聲，亞倫的眼睛勉強睜開一條縫，略顯驚愕地盯著厄密斯。

「怎麼了？」

亞倫搖搖頭，意識到自己驚訝的理由，他忍不住笑了。「我以為你不會笑。」

厄密斯立刻恢復冷漠的表情。

「在你原本的世界裡，你應該很常笑吧？畢竟是跟我相處，很難不開心的。」

「……你想太多了。」厄密斯都不曉得該從哪裡吐槽起了。「我原本就是不苟言笑的個性。」

亞倫仔細端詳他的臉，那雙沉穩的紅眸令他頓時安心不少。就跟其他的魔花鎮居民一樣，亞倫也相信厄密斯是拯救國家的希望之一。

「難得長了一張英俊的臉，不笑太可惜了。」他故作誇張地嘆息一聲。

厄密斯沉默了會，悶悶地說：「我認識的你也這麼跟我說過。」

「然後呢？你怎麼回？」

「算了吧，笑給誰看。」

亞倫可以想像另一個世界的他會怎麼回答，他會說，可以笑給他看。

不過在這個希望之火尚未熄滅的世界，他能夠給予其他回答。

「你可以笑給這個世界的人看，魔花鎮的居民想親近你，你的隊友們也是。」亞倫凝視著微微發愣的厄密斯，輕輕笑了。「大家看見你的笑容，會發現你也是個有情感的人，進而更想接近你。」

厄密斯與他四目相接，一言不發。透過那複雜的眼神，亞倫明白他內心肯定有許多話想說。

最終厄密斯默默轉過頭，繼續清理荊棘。

亞倫認爲，雖然跟厄密斯結下緣分的是其他世界的他，可既然能夠讓厄密斯鍥而不捨追到這裡，他們之間的感情想必十分深厚。所以，他想代替另一個世界的自己延續這段緣分，爲此他一定要扭轉這個世界的命運。

「嗯？」一具骷髏猛然從亞倫身邊滾落，眼角餘光瞥見骷髏的手裡好像緊緊抓著什麼，於是亞倫蹲下身，用力掰開骷髏的手指骨，從掌心挖出一團被揉爛的紙。

亞倫很好奇這人在臨死之際為何要緊抓著這張紙，他小心翼翼攤開紙張，發現一串密密麻麻的名字。

「這是什麼？」紙張的內容也引起了厄密斯的注意，由於經過百年，紙上的字都有點糊了，幸虧紙張還未完全脆化，兩人努力在月光下辨識內容。

亞倫伸出指尖，仔細描繪著一行行字跡。很快，他看見了一個熟悉的名字，陡然睜大雙眼。

「這個不是娜塔莉老師第一任丈夫的名字嗎？」亞倫顫抖著嗓音。「為何會在上面？」不僅如此，旁邊那行也出現了一個他們絕不會忽略的名字。

「柯賽爾。」厄密斯凝重地唸出來。「這是參與研究的人員名單嗎？」

「不，老師的第一任丈夫與她門當戶對，並非研究員，他一心想成為魔紋師。」一股不妙的預感從心底升起，他很清楚柯賽爾跟娜塔莉的丈夫有什麼共通點，他們都是薩滿。

然而，羊皮紙上的最後一個名字推翻了他的猜測。

「戴菲斯。」亞倫喃喃唸出這個熟悉的名字。「難道他其實是薩滿？」

雖然戴菲斯說過自己不是薩滿，但穆恩認為這有可能是在撒謊。

「北極星計畫的主要目的是培育薩滿，這確實很有可能。」

即使都是薩滿，根據個人情況不同，身體狀態也可能差距極大。若身體能與魔花毒和平共處，就會像娜塔莉那樣，擁有看不出真實年齡的姣好外貌，且比一般人來得長壽；可若身體應付魔花毒應付得很吃力，就會和亞倫一樣體弱多病。

亞倫仔細回想著在艾爾艾特的記憶中看見的一切，無論是戴菲斯還是柯賽爾，他們都不像心懷鬼胎的樣子，跟那名誘他喝血的男子相差甚遠。

他跟著出手幫忙將荊棘拉開，深埋在荊棘裡的骷髏在兩人合力下逐漸重見光明，不過這並不重要，他們試圖尋找的，是埋藏於荊棘底下的祕密。

靜謐的室內只聽得見荊棘蠕動的聲音，他們逐漸深入了研究所，卻發現荊棘好像怎樣都清不完似的，越清越多。

「這個地方也太多荊棘了。」亞倫嘆了口氣，坦白說這個任務讓他很不舒服，但他不能逃避。他強忍著不適，努力清除荊棘，可每當他用自己的荊棘扯出赤褐色荊棘時，都感覺有更多荊棘從深處冒出。

厄密斯也有這種感覺，他皺著眉觀察周遭，而後伸手制止亞倫，示意對方先停手。

兩人同時停下動作，荊棘蠕動的聲音卻沒有停止。

亞倫瞬間臉色發白，立刻望向門口。不知何時，門口已經被荊棘堵住了，這絕對不是他們造成的。

昏暗的室內傳來不知是誰的輕笑聲，赤褐色荊棘冷不防以飛快的速度蔓延，覆蓋了所有窗戶與其他出入口。

「小心，他就在這！」厄密斯神色一凜，趕緊用幾條荊棘包圍住己方兩人，魔花怪的戰鬥方式是沒有死角的，任何方向都可能襲來荊棘。

沒想到，一股高熱從屋外迅速接近，這股彷彿要令所有水分都蒸發殆盡的溫度讓兩人大驚失色。

「不用猜了，用眞身面對我吧，這樣我就會現身了。」帶著淡淡笑意的嗓音從荊棘間的一朵紅色魔花發出，玻璃碎裂聲隨之響起，像是要把整間研究所徹底燒毀，整棟建築的好幾處地方同時起火，火舌沿著荊棘蔓延。

亞倫嚇壞了，他捉住厄密斯的手，想運用瞬移術逃出去，然而一條燃燒的荊棘驀地落在他身旁，直接擦過他的肩膀，燒灼的痛苦令亞倫哀鳴了一聲。

「亞倫！」厄密斯趕緊將他護在懷中，並要他深吸幾口氣。「你冷靜下來，還有時間。」

火焰攀著滿室荊棘劇烈燃燒，所有骨骸伴隨著遺物付之一炬。這樣的環境對魔花怪來說無疑是種折磨，兩人的魔力持續大量消耗，亞倫知道要不了多久，他和厄密斯的分身就會被燒死在這裡。他努力想著穆恩的身影，瞬移術的發動原理是將座標放在另一人身上，只要渴望見到對方就可以瞬移過去。可是他現在太害怕了，隨時可能被燒死的恐懼強烈影響了他的集中力，使他無法專心施展瞬移術。

厄密斯的瞬移座標在他身上，所以若他無法成功施展，兩人的分身都會被燒掉。

「亞倫！」忽然間，穆恩的高呼從建築外傳來。「你在裡面嗎？快回答我！」

亞倫猛地抬頭。

那幾乎掩藏不住擔憂的吼聲清晰無比地傳入他耳裡，亞倫泫然欲泣地望向外頭，最後終於成功在穆恩的呼喊下施展了瞬移術。

穆恩跟加克練劍到一半，驚見不遠處的廢棄研究所燃起大火，當下他就知道亞倫肯定出事了。

不該這麼大意的，由於當年的面具魔紋師一直沒出現，他就以爲對方不在這裡，但他錯了。

膽敢放火燒珍貴的遺跡，這種事可不是隨便誰都做得出來。

當穆恩跟魔像們抵達研究所時，整棟建築已經陷入了火海。穆恩頓時想起厄密斯向他描述過的情景，另一個世界的他也曾沐浴在熊熊火光中，冷眼注視著王子殿下死去。

「亞倫！」莫名的恐懼從心底升起，他慌張地在門外大吼，甚至試圖衝進研究所。

「別衝進去！你會死的！」加克急忙拉住他。「我來吧，你等我一下——」

加克話說到一半，亞倫與厄密斯忽地出現在兩人身旁，穆恩睜大了雙眼，立刻衝到亞倫面前抓住他的雙肩。

「你有被燒到嗎！」

亞倫愣了愣，看著穆恩無比凝重的表情，他神色一緩，逐漸放下了恐懼。「我沒事。」

「發生什麼事了，你們遇到那傢伙了嗎？」

穆恩望向燃燒中的研究所，附近只有他們幾個人，以及焦急的魔花鎮居民們。

「我們聽見了他的聲音，不過沒看到人。」亞倫跟著回頭望向著火的建築，搖了搖頭。

「魔花怪的身體很脆弱，他不可能輕易現身的。」厄密斯咬牙切齒，儘管他們試圖找出對方，但那傢伙說不出來就不出來。

「啊啊爲什麼會發生這種事！」居民們既崩潰又憤怒，然而當他們發現厄密斯的衣角被燒到後，頓時都說不出話了。

沒有任何魔花怪想燒東西會讓自己被燒到的，更何況這個人還是大魔法師厄密斯。

厄密斯扶著額，疲倦地閉上眼睛。

「厄密斯。」亞倫抓住厄密斯的手臂，緊張地低聲問：「還好嗎？你是不是……」

「我沒事。」厄密斯拉開他的手，搖了搖頭，很明顯地避談這個話題。

即使魔力再怎麼多，終究還是有盡頭。亞倫和穆恩、加克都很清楚，厄密斯若是再不補充魔力，就會和之前的亞倫一樣陷入沉睡，而這一睡的時間肯定會比亞倫還要長。

「可是再這樣下去，你……」

「不了。」厄密斯嚴正拒絕，他伸出手，荊棘從地上竄出，在建築物周遭圍起一圈柵欄，避免火苗沿著草地擴散。「我還剩不少魔力，不需要進行什麼處置。」

見他這般強硬地證明自己，其他人也無法再說什麼。

「穆恩，你先帶他們離開吧。」加克知道這裡不適合讓魔花怪待著，他拉開紅色披風，爲亞倫和厄密斯擋住襲來的熱風，並回頭催促穆恩：「這邊我們來處理。」

穆恩點點頭，他讓魔像們留下來幫忙滅火，自己則趕緊帶著兩個魔花怪返回了住處。

「我睡一覺就好了。」厄密斯腳步虛浮地走進自己的房間。「不用擔心，時候到了我自己會醒來。」

「厄密斯……」亞倫還想勸說，厄密斯卻直接關上房門，完全無意妥協。

亞倫嘆了口氣。他可以明白厄密斯的心情，對於魔花怪補充魔力的方式，他到現在也仍有點害怕。

「別管他了。」穆恩嚴肅的嗓音喚回他的注意力。「你現在還好嗎？是不是又想睡了？」

「我……我覺得還可以？」亞倫回答得吞吞吐吐。

見他原本滑嫩的手變得粗糙許多，穆恩翻了個白眼，把亞倫送回客房後，非常自動將自己一起鎖在裡面。

亞倫很清楚接下來會發生什麼事。

事實上，從羅格城墓穴出來後，他們私下進行過幾次「餵食」，可不管嘗試過幾次，亞倫都還是擔心會出意外。

「穆恩……」亞倫揪住穆恩的衣袖，猶豫地輕喚，他的不安和膽怯全被穆恩看在眼裡。

「不會有事的。」穆恩將他的手緊緊握在掌心，引領著他走到床邊。

房內十分昏暗，幸好月光在床上鋪了一層銀白絨毯，為房間帶來一絲微光。亞倫坐到床沿，當穆恩翻出隨身攜帶的短刀時，他下意識地抓住了穆恩的手腕，搖了搖頭。

「不需要這麼做，穆恩。」亞倫的視線落向穆恩包著繃帶的另一隻手腕，感到心疼之餘，又有些無力。

穆恩並非哥雷姆人，受了任何傷都可能留下痕跡，以前戲水時他就在穆恩身上見過許多傷疤，現在因為他的關係，又得增加幾道傷。

「這有什麼？我不是說了，相信我就好。」穆恩在他身側坐下，亞倫這副模樣讓他不禁覺得有點好笑。

總是優雅自若、喜歡開他玩笑的王子殿下，唯獨面對這件事情時特別不自在，一想到這樣的亞倫只有他看得到，穆恩內心就很得意。

反正他身上早就有不少傷疤了，不差多這一道。

他舉起短刀，在自己的手腕輕輕劃下。鮮血從傷口微微滲出，在手腕上蜿蜒出一條駭人的血痕。

亞倫吞了口口水，他不確定地瞧了穆恩一眼，待穆恩點頭後，才怯生生地低頭湊至手腕邊，輕輕舔了一口。

僅僅是一口，他便感覺到一股魔力擴散至全身，使他整個人再度精神奕奕。他忍不住將唇瓣湊到傷口上，想要吸吮更多的血。

「慢一點。」穆恩一手按在亞倫頭上，壓低了嗓音提醒。

他專注地觀察亞倫的神情，以防發生任何意外。喝了血的亞倫眼神會變得渙散，本能地想要汲取更多，不過慢慢來的話，還是能保有一絲理智。

見亞倫沒有把他的話聽進去，穆恩輕輕推了對方的頭提醒。

然後，他的手腕被抓住了。

哥雷姆王子雙手抓著他的手腕，原先澄澈的藍眼略顯混濁起來。

穆恩嘖了一聲，他伸手捏住王子殿下的下巴，強迫對方抬起頭。

「夠了，亞爾戴倫，該停了。」

他嚴肅的目光以及帶有濃濃警告意味的語氣讓亞倫渾身一震。哥雷姆王子愣了愣，眸光緩緩恢復清明。

亞倫就像剛睡醒一般，茫茫然然的，還在思考剛才發生了什麼事，穆恩趁機抹去他唇邊的血並縮回手，這次亞倫沒有再緊抓著不放了。

「我……我剛才有咬你嗎？」

「我可是對付怪物的專家，怎麼可能讓你咬下去。」穆恩沒好氣地說。

聽他這麼說，亞倫放心了。

「我來吧，已經沒事了。」亞倫接過穆恩剛拿出來的繃帶，幫對方包紮起來。「我現在感覺毀掉一座城都沒問題。」

「你連吸一口血都不敢，還想毀一座城？」穆恩語帶嘲諷，他的雙眼微微瞇起，仔細欣賞一國王子爲他包紮的樣子。

「你應該讓我再多吸幾口的，血都滲到繃帶上了。」亞倫嘆了口氣。「加克明天肯定會問。」

他們擔心加克不同意，所以都是趁加克不在時偷偷餵食，若加克問起，就想辦法找理由搪塞過去。這件事艾爾艾特知情、厄密斯知情，就只有加克被蒙在鼓裡。

「我覺得他已經知道了，只是沒戳破。」穆恩聳聳肩，他想起以前在阿德拉鎮跟亞倫喝酒被加克抓包，那時他就發覺加克其實挺縱容他們的。

「會不會哪天你要成爲我的皇后了，他也會表示早就知道會如此？」

「你他媽還是閉嘴吧，不說話沒人把你當啞巴。」

穆恩用力點了下亞倫的額頭，正經八百地宣示：「聽好了，就算不娶你，我也有辦法成爲站在你身邊的人。」

「……眞的？」亞倫有些訝異，他很清楚穆恩想要權力與名聲，而他能給的最好的位置，就是伴侶這個名分，所以才會一直要穆恩跟他結婚。

「騙你幹麼？比起跟你結婚才能得來的權力，我更喜歡靠自己爭取來的權力。你等著吧，總有一天我會厲害到讓身為一國之主的你哭著求我別離開你，到了那時候再考慮要不要跟你結婚，不是更有成就感嗎？」想像著亞倫哭著抱住他大腿的模樣，穆恩就不禁得意起來。

「我期待那一天的到來喔。」亞倫燦笑著摟住穆恩的手臂。

若真有那一天，那麼穆恩肯定已是個學識豐富的菁英人士，而他明白穆恩會說到做到，所以在那之前，他一定會全力支持。

第五章

夜晚，亞倫做了一個夢。

他夢見自己待在城堡裡的醫務室，從小就經常跟皇家醫官打交道的他，跟醫官們都很熟，就算沒事也會跑來這裡玩，醫務室是他躲貓貓的據點之一。

這天，他爲了逃課而鑽進了醫務室的床底，動作熟練得讓醫官壓根沒發現王子殿下悄悄潛入了。

也是在這一天，他發現了另一位醫務室的常客。

「還是沒辦法嗎？」

「是的……瘀青能治好，但手上的陳年舊疤恐怕不行。」

亞倫隔壁的診療間傳來醫官遺憾的聲音。

「菲米大人，服藥雖能令傷口好得快一點，但關鍵還是在於本身的自癒能力。」

「果然如此嗎……」

年輕的王子殿下十分好奇，他偷偷透過縫隙窺視隔壁，診療間裡坐著兩個人，正是醫官與已在城堡待了幾年的魔紋師菲米——也就是戴菲斯。

眾所皆知，戴菲斯總是把自己包得密不透風，幾乎沒有人看過面具下的臉孔。可在這裡，亞倫首度看到了戴菲斯裸露出來的肌膚。

在陽光的照耀下，戴菲斯纖細而蒼白的雙手清晰地展露在他眼前，那是一雙滿布傷痕的手，多數傷痕已經結痂，留下難以抹去的痕跡，這還是亞倫第一次見到傷疤。哥雷姆人向來以強大的自癒能力出名，像戴菲斯這種狀況實屬罕見。

「我們試了許多可以增強您的自癒能力的藥，可惜全都沒有效果……很抱歉，以哥雷姆國目前的醫療技術恐怕無法幫助您。」

「沒關係。」戴菲斯重新戴上手套，露出悲傷的笑容。「我早就知道了，在我離開故鄉前，那裡的醫生也跟我說過，像我這樣的人不會活太久。」

醫官欲言又止，似乎想說些安慰的話，但最後仍是沉默以對。

戴菲斯不疾不徐地拋出問題：「就您的專業判斷，我大概還能活多久？」

醫官誠實告知：「不確定，您早年留下的後遺症太過嚴重，能夠多活十年就是奇蹟了。」

「也就是說，不到十年我就會死嗎？」戴菲斯悵然若失地喃喃。「跟薩滿比起來，眞是相當短暫的壽命呢。」

「萬物壽命皆有盡頭，薩滿也是如此，他們只是能比一般人多活幾十年而已。」

聽見醫官的安慰，戴菲斯搖了搖頭。

「不，薩滿是特別的。」戴菲斯的回應意味深長。「他們能做到的太多了……一旦成爲薩滿，連看待世界的方式也會隨之改變。」

「您是說《挖掘未知世界》這本書嗎？我也讀過，作者的言論滿有意思的。」醫官沒有注意到戴菲斯凝重的神情，自顧自地發表看法。「那位作者也是薩滿，他宣稱自己看見了另一個哥雷姆國，那個國家裡也有魔花存在，然而卻沒有魔像，聽起來很不可思議呢。」

亞倫同樣對這本書有印象，他還記得這部著作才剛問世，作者便遭受輿論嘲弄，魔像教的信徒們堅信沒有霍普的指引，哥雷姆國就不會誕生，作者卻堅稱即使沒有霍普，哥雷姆人還是可以成功翻山越嶺，來到魔花生長之地建國，且同樣會有個名爲亞爾戴倫的王子出現。

「您也知道，薩滿經常語出驚人。」醫官開玩笑似的繼續說：「王子殿下也曾宣稱自己聽到了霍普的聲音不是嗎？他們的共通點就是，無法查證他們的話是否屬實。」

「如果因爲無法查證就認爲他們說的是謊言，那也太可笑了。」戴菲斯微笑著反駁。

「我相信喔，不管是王子殿下還是那本書的作者……」

眼前的世界逐漸泛白，溫潤白光充斥了整個視野，在最後一刻，亞倫看見戴菲斯的眼神流露出些許嚮往，對醫官開口了。

「只要成爲最強的薩滿，任何事都能做到——就連死亡，也可以跨越。」

亞倫猛然睜開雙眼，他坐起身，發覺自己渾身直冒冷汗。

那時候他還年幼，對於戴菲斯那番話聽得懵懵懂懂，因此沒有在心中留下太多印象，如今才終於藉由夢境想起。

若當時哥雷姆人就有這樣的想法，也難怪會滅國了。薩滿雖然能夠跨越死亡，但這是要付出代價的。

哥雷姆人就是一群企圖登天的凡人，由於比大陸上任何種族都來得健康長壽，便自以爲可以跨越生死，結果卻一腳踩空，從天堂墜落至地獄。

這或許便是哥雷姆國無論在哪個時空都會迎來一次毀滅的原因，世代累積下來的錯誤終究有人要承擔。

可亞倫知道，還有個人在幫助他們，這個人比厄密斯更早開始布局，爲的就是阻止這場悲劇。

「必須去一趟首都。」亞倫望著窗外逐漸升起的朝陽低喃。

他下了床，一開門卻差點與門外的鎧甲騎士相撞。

加克顯然嚇了一跳，魔像騎士上下打量他一番，見他氣色良好才鬆了口氣。「殿下早安，您昨晚……」

加克似乎很想找個適當的用詞，不過這讓他很爲難，畢竟他並不贊同當初穆恩用來喚醒亞倫的方法，他確實知道穆恩一直在偷偷餵血給王子殿下，只是沒說破。

「我昨晚睡得很好，現在已經恢復精神了。」亞倫神色自若地表示，並且回以燦爛的笑容。

加克點點頭，安心接受了亞倫半眞半假的回應。

「加克，我們得去首都佩爾泰斯一趟。」亞倫握住加克的手。「滅國的原因恐怕跟戴菲斯脫不了關係，他知道的不比柯賽爾少。既然研究所中關於柯賽爾的線索都燒光了，那我們就回城堡去找和戴菲斯有關的線索。」

戴菲斯究竟是不是薩滿，亞倫心中已經有了猜測，至少那時候還不是，眞正的薩滿身上不會留有那麼多傷痕。

「殿下，我認爲現在不是個好時機。」加克認眞地提出意見。「厄密斯閣下仍在沉睡，目前無法確認他何時會清醒。首都有許多強大的魔像駐守，若沒有他同行，我們很可能會被其他魔像攻擊。」

對於這個消息，亞倫並不意外。「那我們更得加快腳步，因爲厄密斯的魔力所剩無幾了，萬一在研究所攻擊我們的人認爲自己有打敗厄密斯的實力，那他很可能會對我們的本體下手。」

魔花怪的弱點就是脆弱的本體，殺死本體才能眞正殺死他們。雖然亞倫不清楚厄密斯的本體在哪，但他猜想恐怕同樣在首都。

聽了這個理由，加克便妥協了，全世界都曉得亞倫的本體在城堡，要是厄密斯無法再護住城堡，亞倫就危險了。

「你快去整理行李吧，我先去叫穆恩起床。」亞倫有技巧地支開了加克，他得先去看看穆恩的傷口有沒有好一點。

加克似乎想說些什麼，不過最後還是發出長長的嘆息，任由亞倫離去。

直到遠離加克後，亞倫才鬆了口氣。

他明白喝血絕不是長久的解決之道，每喝一口血，他就離怪物更近一步，可是若不這麼做，他會沒辦法繼續這場旅程。

亞倫推開木門，踏進了穆恩所在的客房。昨日貢獻出鮮血的騎士此刻仍不省人事地癱在床上，雖然像穆恩這樣的健康成年男性能提供的血量比較多，要養一個魔花怪還是有點勉強的。

亞倫坐在床邊，凝視著那張熟睡的容顏。

「穆恩。」亞倫輕輕搖了搖穆恩，騎士發出一聲含糊的呻吟，翻身繼續睡。

亞倫不太清楚這是醒了在賴床，還是沒醒。他微微一笑，決定用一個方法測試。

王子殿下傾身向前，以甜膩得令人頭皮發麻的語氣說：「再不醒我就要親你了喔？」

床上的騎士爆出一句粗口，睜大了眼睛彈起身。

穆恩惡狠狠地瞪著亞倫，指著對方的鼻子威脅：「你他媽別亂來，我警告你，要是你敢這麼做我就要跟加克告狀！」

「幹麼這樣，我開個玩笑而已。」亞倫笑得倒在了床上，他沒想到穆恩的反應會這麼誇張。看自家騎士還算有精神的樣子，亞倫頓時放心了。

他躺在穆恩身旁，目光正好對上穆恩的手腕處。

「手還會不會痛？」昨日那隻手被刀子劃過的畫面歷歷在目，亞倫隱隱感到愧疚，畢竟穆恩原本不必這麼做。

「怎麼可能？你當我是誰。」穆恩沒好氣地說。這種程度的傷口對他而言不算什麼，在他仍是騎士學徒時，就算渾身是傷，隔天依然得照常訓練。他沒有哥雷姆人的自癒能力，卻擁有超乎常人的忍耐力。「我光是在學徒時期受的傷都比這個嚴重多了。」

話雖這麼說，他的內心還是挺高興的，過去可從不曾有人關心他會不會痛。

他揉了揉王子殿下的頭，一副沒什麼大不了的樣子帶過這個話題。「你應該不是吃飽沒事叫醒我吧？說吧，又想幹什麼了？」

「我想去首都佩爾泰斯。」亞倫維持著倒在床上的姿勢，嘆了口氣。「我夢到跟戴菲斯有關的記憶了。」

他大致講述了夢境內容，在提及戴菲斯的壽命時，穆恩陷入了沉思。

「那傢伙確定是哥雷姆人？」

「嗯，醫官認證的哥雷姆人。」

「他知道喝血能強化薩滿的力量嗎？」

「我認為他應該知道。」

「這人太奇怪了吧，我要是那些研究員，才不會讓他離開魔花鎮。」穆恩皺起眉頭，一臉納悶。「他要是想活下去，就應該待在魔花鎮接受治療，除非有其他原因。」

語畢，他看著亞倫。

「要走就走吧，反正待在這也不會有更多線索了。」雖然關於戴菲斯的線索可能也被那個魔花怪帶走了，不過還是必須去城堡看看。「只是我們進得了城堡嗎？厄密斯的荊棘不會攻擊我們？」

「會攻擊也無所謂，我現在應該有辦法擋下。」

「你可以不要躺著說嗎？聽起來很沒說服力。」

亞倫不慌不忙地坐起身，一把握住穆恩的手，露出認真的表情。「我會保護你的，別擔心。」

穆恩翻了個白眼。

他忽然懷念起剛認識亞倫的時候了，那時這傢伙風度翩翩優雅得很，哪會像剛才那樣沒形象地癱在床上。

他們行李不多，唯一帶不走的就是厄密斯。

艾爾艾特推了推床上的魔法師，而後對亞倫搖搖頭。昨晚小木偶發覺亞倫的房間被鎖住後，便識相地跑到厄密斯的房間守著魔法師。厄密斯一躺到床上便陷入了深眠，像是死了一般，完全叫不醒。

「沒辦法了，我們只能先走。」亞倫嘆了口氣，將小木偶抱起來。

「還好在這裡的軀體是他的分身。」亞倫並不清楚厄密斯的本體在哪裡，不過往好處想，既然他不知道，那他們的敵人也別想知道。

亞倫留了張字條給厄密斯，憑厄密斯的能力，清醒後要趕至首都不過是眨眼間的事，他只擔心厄密斯會一睡不醒。

之後，亞倫去見了魔花鎮的鎮長，得知他們要離開，鎮長顯得有些尷尬。

「昨晚我們發現研究所起火時，措詞可能激烈了點。」鎮長摸摸鼻子，吞吞吐吐地解釋。「我們明白這不全是你們的錯，所以……」

亞倫一聽就懂了，鎮長以爲他們是問心有愧才要離開。但其實他一點也不感到愧疚，在他看來，那個地方早該好好整頓一番了，總不能讓那些骨骸永遠掛在荊棘上。

「說起來……我在研究所發現了一些有趣的資料呢。」亞倫按住鎮長的肩膀，嘴角微微上揚，壓低了嗓音。「你們知道的其實更多吧？先不論北極星計畫的事……魔花有毒這一點，爲什麼不告訴大家呢？」

鎮長繃著一張臉，沉默不語。

「這個國家除了你們魔花鎮，還有許多城鎮的居民都在食用魔花。挖掘出眞相的你們卻一副毫不知情的樣子，持續跟其他城鎮的商人交易，這是不是有點說不過去呢？」亞倫的笑容更深了。「幸好昨天燒的是研究所，下次會燒哪我就不確定了。」

「你——」鎮長驚恐地瞪大眼睛。

「我可不想重回王座後，第一件事就是收拾你們。」亞倫拍拍他的肩膀，語調輕盈。「趁我離開的這段期間，好好思考該怎麼做對大家比較好。辦得到吧？」

「等等！您、您的意思是——」

亞倫不理會鎮長的呼喊，三兩下便消失在夜色中。

他跟隊友們會合，一同前去和夏琳道別。

「你們眞的要走了嗎？」夏琳沒想到他們會這麼快就離開，難掩震驚之色。「如果是因爲研究所被燒毀的事，那大可不用擔心，錯並不在你們。」

「沒事的，我們只是想去首都調查一些事。」亞倫溫聲回應。「由於情況緊急，才得先走一步。」

「別讓任何人去碰那個魔法師。」穆恩警告她。「他隨時可能清醒，要是他醒來發現自己被綁去當實驗品，一定會毀了這裡。」

「沒有人敢動那位大人的。」夏琳無奈地表示。明白亞倫一行人心意已決，她也不再挽留。

「首都離這裡很近，不過走路的話還是要花上一整天。」夏琳示意他們拿出地圖，向他們大致說明了路線。

「原本首都到處都是魔像橫行，光是靠近就會被攻擊，但現在不同了。你們現在去那遇到的應該不是魔像，而是一堆冒險者。」夏琳不禁露出厭惡的表情，畢竟她曾是冒險者們討伐的對象。

「那眞是太好了，有同行在那裡，探索起來也比較安心。對吧穆恩？」

「當然，我的同行可厲害了，什麼問題都有辦法解決。」

見亞倫和穆恩笑得莫名燦爛，夏琳困惑不已。她沒聽出兩人語氣中的不懷好意，當然加克也沒有，魔像騎士還欣慰地以爲兩人長大了。

一行人匆匆離開了魔花鎮，在方向感絕佳的穆恩帶領下，他們很快走出山谷，回到了先前商隊進行交易的地點。

所幸魔花鎮通往首都的路本就是條大馬路，即使已廢棄百年，泥黃色的道路仍舊清晰。他們穿梭在綠樹成蔭的林中，陽光穿過葉隙點亮了前路，溫暖的微風包圍著他們，這樣的情景讓原先有些焦慮的亞倫逐漸平靜下來。

「除了去城堡，我還要去找霍普。」亞倫開口。「我有事情要向霍普確認。」

「殿下，您確定霍普會再跟您說話嗎？」對於這個決定，加克有些猶豫，他知道亞倫曾聽見霍普的聲音，但僅止一次而已。

「如果他不肯跟我說話，我就入侵他的心靈看看。」

「殿下！」加克頓時驚慌失措。「您確定嗎？從沒有人成功過。」

為了獲取「神諭」，過往曾有不少強大的薩滿嘗試潛入魔像之神的心靈，想跟霍普溝通，然而全都失敗了。

他們進入霍普的夢中後，睜開眼只看到一片純白的世界，以及一扇巨大的石門。從沒有人能打開那扇門。

即使強如厄密斯也無法修改霍普的指令，沒人能喚醒遺世獨立的霍普，也沒人曉得霍普為何存在，可是如今亞倫對此有了答案。

霍普是那個人所留下的希望。

因此他相信，必要時刻霍普一定會幫助他們。

他們走了一天的路，直到夕陽西下之際才在一座大湖邊落腳。

亞倫遠遠看見這座湖，就知道他們快抵達首都了，這座湖是哥雷姆國的著名景點之一，每到夜晚，湖面便會清晰地映出滿天星光，十分美麗。許多異國旅客都會來此處露營，這裡也被世界各地的星象學家視為此生必訪之地。

雖然亞倫希望能盡快趕到首都，不過當親眼目睹這座星辰湖時，他仍是忍不住多瞧了幾眼。或許就是因為這樣，穆恩才會提議在此休息。

「穆恩，別看書了，燭光的亮度不夠，在這看書傷眼睛。」

「等一下，我正看到有意思的地方。」

亞倫逕自走向湖邊，一聽到身後夥伴們的對話，他便忍不住笑了出來。他回頭瞄了穆恩一眼，只見騎士盯著書頁的目光流露出幾分熱忱，很難想像這個人曾經排斥閱讀。

事實上，以前由於識字程度有限，不懂的詞彙太多，又拉不下臉詢問別人，以穆恩的個性自然會排斥讀書。現在沒了這些問題，穆恩絕不會希望自己的教育程度輸給別人，如此積極學習也是可預見的了。

所以亞倫沒有跟著勸阻穆恩，他默默來到了湖邊，眺望瑰麗的星空與映著滿天星斗的湖面。

一股異樣的感覺從他心底升起。

王子殿下凝視著一望無際的湖泊，覺得彷彿就算將雙腳踩到湖面上，也不會沉下去。

他猶豫了一會，小心翼翼地踏出一步。

可惜的是，他的腳陷進了水裡。

「怎麼可能。」亞倫搖搖頭，為自己方才的念頭感到可笑。

然而這天晚上，無事可做的他入睡之後，遭遇了一件奇怪的事。

亞倫睜開雙眼，發現自己站在星辰湖正中央。

無邊無際的星空與湖泊，使他有種身處異世界空間的錯覺，似乎只要將手伸向湖面，便能將星星從湖裡打撈起來。

他下意識地蹲下身子，想將手伸入水中。可就在他的手即將觸及湖面之際，一股熱度突然傳來。

一陣陣漣漪以他為中心擴散，接著，星辰湖映照出來的世界產生變化——一道龐大的黑影取代了亞倫原本的倒影，無數荊棘在黑影中扭動，幾乎占據了整個湖面。

亞倫嚇得趕緊站起來，他連連後退好幾步，黑影也跟著挪了幾步，無論他走到哪裡，黑影都在他的腳下張牙舞爪。

「不……我不是……你不要過來，我不是你！」亞倫想要逃離，黑影卻如影隨形，他崩潰地摀住臉，難以想像另一個世界的光景。

與此同時，湖面映出熊熊火光，火焰逐漸吞噬了巨大黑影。感受到刺眼的光線，亞倫緩緩拿開自己的手，看著眼前的場景，他忍不住流下淚來。

「穆恩。」這世上只有一個人有能耐燒死他，他想要找到對方的身影，可怎麼樣都找不著。

整座湖散發著灼熱的溫度，亞倫只覺無比恐懼。他希望黑影被燒光，又害怕一旦眞的燒光了，自己也會跟著死去，可是放眼望去，無論他逃到哪裡都會被烈焰包圍。

亞倫不知該如何是好，他找不到離開的辦法，最後絕望地跪坐下來。

焦黑的荊棘宛如有生命一般在湖面扭動，好似下一秒就會竄起來把他拉入水裡。

也好，如果眞要變成這副模樣，那他寧願死去。

正當亞倫打算闔上雙眼時，他的眼角餘光瞥見一抹光芒。

一顆散發燦爛白光的流星從星空落下，拖曳出優雅的弧度墜落在他面前。

當流星碰觸到水面時，他才發現那是一支半透明的光箭。

光箭陷入水面，星辰湖中的景色隨之改變，耀眼的白光以箭矢爲中心擴散至整座湖泊。

待白光散去，湖面映出了嶄新的風景。

一座明亮的城市出現在亞倫眼前，人們聚集在繁華的街道上，臉上洋溢著幸福的笑容，荊棘攀附於建築外牆，肆意綻放出豔麗魔花，整個世界宛如下著永不停歇的粉雪，無數繽紛的花瓣在風中飛舞。

亞倫一看就知道這裡是首都佩爾泰斯，唯一有違和感的地方，就是街上沒有任何魔像，彷彿魔像並不存在於此處。

這時，亞倫看見一道無比熟悉的身影。

在眾人的簇擁下，一名優雅的青年徐徐走過街頭。對方有著璀璨的金髮、湛藍的眼眸，那張俊容足以吸引無數愛慕眼神，身後跟隨著一隊人類騎士。

亞倫不可能認不出對方，因爲青年和他長得一模一樣。

人們紛紛讓開了路，不斷歡呼著他的名字，所有人臉上都流露出期待與嚮往，像是深信這位王子會帶給他們美好的未來。

亞倫跪坐在原地，呆愣地注視這片光景。

他伸出手，想要碰觸湖面的那個世界，可就在手指即將碰到水面那一刻，無數白色光箭化爲流星從夜空墜落，如雨點般降落在湖面上，打散了影像。

「怎麼——」亞倫錯愕地抬起頭。他想搞清楚狀況，豈料才剛眨眼，他便回到了現實。

亞倫猛然坐起身，他的腳下不再是映著星空的湖水，而是紮實的地面。

「怎麼了，殿下？」加克擔憂的嗓音從旁傳來。

亞倫盯著加克，好一會才回過神。

「不，沒事……」他眺望著湖泊，神情恍惚地喃喃。「只是做了個奇怪的夢。」

之後，他再也睡不著了，不過也不想再接近星辰湖。

《探索未知世界》的作者所見到的恐怕是真的，真的有不存在魔像的世界。

即使沒有厄密斯，他還是能活下來；即使沒有霍普，哥雷姆國一樣會誕生。他注定要成為這個國家的王子。

✢

「我昨天看到一個很有趣的東西。」

「什麼東西？」

「那本書啊，你不是說你在夢中聽見那個嫌疑犯跟醫官聊到一本薩滿胡言亂語的書嗎？」

穆恩從行李中掏出《探索未知世界》，笑著遞到王子殿下面前。「臨走前我順手從圖書館帶出來了。」

亞倫瞧著這本書，一時無言以對。

要是厄密斯在場，肯定又會覺得世界觀崩塌了，誰都想不到那個本來只會對財寶順手牽羊的騎士，如今偷拿的東西居然是書。

「你那什麼眼神？之後回魔花鎮我再偷偷放回去就好了。」穆恩望了走在後方的加克一眼，湊到亞倫耳邊說：「我跟加克說是借來的，記得統一口徑。誰叫那些小氣的居民不讓我把書帶出來。」

說完，他發現某個小木偶正窩在亞倫腳邊盯著他看，於是眉頭一蹙，擺出凶惡的模樣威脅小木偶：「你也是，敢說就死定了。」

小木偶聳聳肩，故意朝加克走去，穆恩連忙把他抓起來。正當一人一木偶準備開打時，亞倫及時制止了他們，他將小木偶抱過來，順便岔開話題：「所以你看到了什麼有趣的東西？」

穆恩哼了一聲，故作不屑跟艾爾艾特吵架的樣子，別開了臉。

「這個作者宣稱世界上存在著好幾個凡人看不見的洞穴，洞穴的另一頭連接著其他時空，只要跳進去就能抵達另一個世界。如果這是真的就好笑了，那個滅國魔法師可能每次穿越都是爬過去的。」

亞倫沒有答話，而是猶豫地望向遠方的湖泊，接著突然抱住了穆恩。

「你幹什麼！」穆恩像是被針扎到似的，震驚莫名。「有話好說，不要動手動腳，你這是在性騷擾知道嗎？」

「殿下，這樣成何體統，快放開穆恩。」加克也看不下去，過來拉開纏人的王子殿下。

亞倫從善如流地鬆手，臉上隨之重新綻放笑容。

眞切地感受到兩位夥伴的存在，令他的心裡踏實多了，然而腦海中仍舊浮現出另一個自己的身影。

在那個沒有魔像的世界，他既不是薩滿也不是魔紋師，不過依然是備受愛戴的王子。只是沒有魔像的話，就沒辦法困住變成怪物的他了，唯一能擊倒他的穆恩得等到一百年後才會出現。

如此一來，世界會變成什麼樣子呢？

他不敢細想下去，只能努力將這件事拋到腦後，跟著夥伴們一起前行。

在他們走出森林後，終於望見了首都佩爾泰斯。荒廢已久的哥雷姆王城隱隱散發出不祥的氣息，荊棘密密麻麻地攀附在城牆上，殺氣騰騰地展示棘刺，所有的對外道路都被封死了。

雖然看不到首都內部的狀況，卻能看到那座封印著亞倫本體的古堡。如傳聞所說，莊嚴的灰色城堡被無數藍花荊棘占據著。

「我們得加快腳步，要是冒險者們發現殿下的水晶棺就糟了。」加克憂心忡忡。他們一行人在冒險者裡可是相當出名，其他冒險者就算沒見過他們，也聽過他們的故事。假如發現棺材裡的人和亞倫長得一模一樣，冒險者們肯定會嚇死。

「你放心，他們絕對會把這傢伙留到最後。」穆恩指了指亞倫，氣定神閒地說：「我們冒險者在打王之前，肯定會先把所有房間闖過一次將財寶統統摸走才甘心，在掏空城堡以前，沒人想見到他的。」

如此犀利的見解讓王子與魔像們都無語了。

「一旦見到哥雷姆王子，他們就會認爲冒險結束了，所以他們絕對會等確定探索完所有地方、拿走最好的裝備跟武器後，才去撬開那座棺材。」

「怎麼這麼說？第一個喚醒我的人說不定能跟我結婚呢，他們沒想過嗎？」亞倫哀怨地反駁。

「你放心，沒人想跟一個在棺材裡躺了百年的人結婚的。」穆恩想起當初他跟路邊小孩說棺材裡躺的是乾屍王子，結果把人嚇哭的事，不禁覺得好笑。

他立刻將這件往事告訴身邊的故事主角，而亞倫聽了笑吟吟地回應：「如果這件事傳出去了，你就成爲第一個跟乾屍結婚的人吧。」

穆恩這次沒有氣急敗壞地駁斥，反而輕鬆自在地表示：「那你知道一個稱職的乾屍伴侶該做什麼嗎？把所有財產都交出來，然後就沒你的事了，給我躺在棺材裡什麼也別做。」

「把棺材換成床上的話可以喔，要嗎？」亞倫勾住穆恩的手，語氣肉麻地反問。

「走開，只要不是我的床，你愛睡哪就睡哪。」穆恩嫌棄地甩開他的手，機警地掐斷了亞倫的黃色思想。

「好了，該停止這個話題了。」加克聽不下去，也制止了他們。這兩人可是國家未來的棟梁，可這會還沒成功拯救國家，就在談論什麼結婚後要睡哪裡，這讓他深感無力。

在穆恩的帶領下，他們不疾不徐地來到城牆外圍，遠遠便看見在城門旁紮營的冒險者們。那些冒險者在城牆上勉強清出一塊區域，將繩子和簡陋的梯子架在光滑的牆面上，非常有秩序地排隊爬梯中。

當亞倫等人走近紮營處時，冒險者們紛紛向他們打招呼。

「喲，你們也來啦。這裡可沒有弱肉強食的法則，想進去就得去後面排隊啊！」其中一位冒險者怕穆恩想插隊，立刻高聲嚷嚷引起大家的注意。

穆恩不予理會，他觀察了下周遭，光是這個紮營處就有四、五支隊伍聚集，城裡多半集結了更多冒險者。

「有多少人進去了？」他反問對方。

「啊？」對方被這預料之外的問題弄得愣了愣，而後聳聳肩。「誰知道？自從大家得知首都的荊棘跟魔像不會殺人後，全都從哥雷姆國各地趕來了。」

穆恩不快地皺起眉頭。他不擔心亞倫被找到，但他怕城堡被搜刮一空，不管怎樣，建國初期都是需要資本的，被冒險者拿走了他們拿什麼東西復興國家？

令人頭痛的是，在這名冒險者說完後，其他正在排隊的冒險者也爭先恐後開口。

「不管怎樣，我們會是第一個找到王子的人！」

「你少來，王子是我們的！」

「沒實力的人去民宅晃晃就好了，城堡交給我們。」

穆恩感覺到了隊友們刺人的目光，他瞪了一眼笑得燦爛的亞倫，氣呼呼地質問那些人：「沒事找那個乾屍王子幹麼？想跟他結婚不成？」

「當然不是，我們的目的是戒指啊！據說那個王子在滅國之際戴上了哥雷姆王戒，把自己封印在城堡裡。那枚王戒可是魔法師界的夢幻逸品！據說價值高到幾乎可以買下一個小國了！」

「你笨蛋嗎？幹麼告訴穆恩！這樣不是又多一個競爭對手了嗎？」

「穆恩！除了戒指以外，你要什麼我們都不跟你爭，拜託你別對戒指出手！」

眼看冒險者們吵成一團，穆恩不以為然地別開目光。「隨便你們，那種東西我才看不上眼。」

此話一出，眾人的表情驚悚得宛如見到了平行世界的穆恩。見狀，穆恩惱羞成怒地吼：「帶那麼貴的東西在身上，所有人都會來跟你搶，有那個錢沒有命花還不是一樣！」

「你們別爭了，戒指說不定早就被拿走了。」亞倫從穆恩身後冒出來，意有所指地對穆恩眨了個眼。

作賊心虛的穆恩被亞倫的發言弄得嚇一大跳，連忙把人推回自己身後。「就是說，肯定被那個滅國魔法師拿走了！他身爲魔法師怎可能不拿！」

此話一出，眾人都覺得有道理，有人哀嘆起來，有人仍抱著希望，但總算不把焦點放在穆恩身上了。

穆恩鬆了口氣，他想回頭掐死那個多嘴的王子，不過感受著周遭人們貪婪的眼神，他趕緊摸了一把懷中的哥雷姆王戒，確認有藏好。

厄密斯說過，無論是哥雷姆王戒還是炎劍，皆是命中注定要落入他手裡，就算他不特地去找，這兩樣東西還是會以其他方式送到他手中。

所以在確定命運已經改變以前，他必須保管好這枚戒指，這一次戴上王戒的人絕對不會是他。

所謂財不露白，穆恩趕緊找了個藉口帶著夥伴們離開紮營處。即使沒有梯子，他們仍有辦法越過城牆，他們可是有個最擅長翻牆的隊友。

藉由亞倫的荊棘，一行人很快翻過了城牆。

沉睡百年的首都早已被荊棘徹底占領，從建物到地面無一倖免。青苔遍布在斑駁的建築外牆，古老的灰色宅邸密集地排列在一起，散發出生人勿近的陰鬱氛圍，無論是豪華的別墅或樸素的民宅，全都顯得殘破不堪。

街上到處是碎石與砂礫，再加上這裡的荊棘密度太高，只要摔倒肯定會被扎傷，因此在亞倫腳滑了一次後，穆恩便乾脆牽著他走了。

加克跟艾爾艾特在前方披荊斬棘開路，後頭的小倆口則忙著為跌倒的事鬥嘴，你來我往、言詞越發犀利。加克回頭正想勸阻幾句，卻發現兩人臉上都帶著笑，並緊緊牽著彼此的手。

他搖搖頭，打消了勸架的念頭。

披荊斬棘的不只他們，所有闖進首都的冒險者目標都是城堡。在厄密斯沉睡之後，此地的荊棘終於不再對入侵者展開攻擊，城堡內外的魔像也陷入沉眠，無視任何從他們身邊經過的入侵者。

越是接近城堡，越能聽見冒險者們歡欣鼓舞的交談聲，亞倫明白再不行動不行了。他想阻止那些人，但保險起見他必須保留點魔力，畢竟誰也不確定那名擁有紅花的魔花怪有多強。

「你能不能弄出會飛的魔像？像阿德拉鎮的老鷹那樣，我們直接飛過去比較快。」穆恩被遠方傳來的吆喝聲弄得有點焦慮。

亞倫搖搖頭。「必須要有適合的雕像才行，我沒辦法憑空生出一個。」

雖然首都到處都是魔像，會飛的魔像仍不好找，那屬於高階魔像，不是什麼人都創造得出來。

聞言，穆恩嘖了一聲。

要是冒險者們率先發現亞倫的棺材就不妙了，他這麼努力隱瞞亞倫的眞實身分，絕不能在最後一刻前功盡棄。

「喂，你們怎麼也來了？」就在此時，一道宏亮的呼喊從不遠處傳來。

他們聞聲看去，只見幾名輕裝打扮的冒險者站在一棟民宅的屋頂上對他們揮手。穆恩對那些人的臉孔並不陌生，之前待在羅格城時，他們曾一起協助平息動亂與修復墓穴。

穆恩隨口喊回去：「魔花鎮逛完了，來這裡挖寶不行嗎？」

「那要跟我們一起嗎？我們正要前往城堡。」對方提出邀約。

如今穆恩小隊在冒險者間的評價早已不同以往，以他們的實力及對哥雷姆國的了解程度，多數冒險者都很樂意抱大腿，特別是在這個看起來就像最終關卡的城市。

穆恩正想回絕，亞倫卻拉住他，搖了搖頭。

「一起吧，多點人開路前進得比較快，等到了城堡後立刻分道揚鑣。」爲了讓穆恩放心，亞倫提出一個非常可靠的理由：「我們的進度絕對會比他們快，城堡就是我家，沒有人比我更清楚我自己被關在哪。」

這番話其實有點問題，畢竟王子殿下可是個大路痴，不過穆恩仍是被說服了。至少亞倫應該說得出棺材所在的確切地點，大不了讓加克幫忙指路就行了。

「這可是你說的，別到時候在你自己家迷路。」

說完，他回頭應允了那些冒險者，於是這些來探路的冒險者開心地帶著他們前往一處廣場，與其他隊友會合。

小小的廣場上聚集了十幾人，一般而言，冒險者都是幾人組成一隊，偶爾也會像這樣兩、三支隊伍聯手。

不可否認，聯合組隊確實是個聰明的選擇，一方面好開路，一方面若面臨強大的敵人也可以互相照應。只是要在這個隨便就能挖到財寶的地方融洽合作並不容易，正當穆恩心想是誰那麼有種，敢在這種地方組團時，一張熟悉的臉出現在他的眼前。

持有炎劍的男人站在人群中心，面無表情看著他們。

「哎呀，泰歐斯閣下，眞是巧，我們又見面了。」亞倫愉快地高聲打招呼，圍繞在泰歐斯身旁的冒險者們一見到他們，紛紛露出驚喜的表情一窩蜂跑來。

「怎麼來了？你們不是去魔花鎭了嗎？」

「太好了，有你們在就放心了。」

「你們應該很了解哪些地方有財寶吧？快跟我們分享！」

亞倫馬上發揮他的社交本領，熱絡地跟眾人聊了起來，而原本正指揮著眾人的泰歐斯站在空蕩的廣場上，眼睜睜看著穆恩朝自己走來。

「來幹麼？好好地待在魔花鎭不好嗎？」他幾乎是咬牙切齒地對穆恩吐出這番話。

「當然是來救國的啊。」穆恩拍拍他的肩，笑得十分欠揍。「不然呢？還能爲了什麼而來？我們才不像某些人，大老遠跑來就爲了搜刮死人的遺產。」

泰歐斯快氣死了，天底下就穆恩最沒資格說這些話。

「如果滅國魔法師出現了，我們也會試著打敗他。」泰歐斯拍開穆恩的手，狠狠瞪著他。「想要拯救哥雷姆國的冒險者還是有的！」

泰歐斯瞄了一眼穆恩身後，故意提高音量問道：「之前那個魔法師呢？你把他趕跑了嗎？」

「我要是有那個本事趕跑他，還用得著來這裡？」穆恩不屑地笑了。「別管他，時候到了他自己會歸隊。」

他轉過身，臨走前隨意對泰歐斯揮了揮手。「放心，我們對尋寶沒興趣，只要你們別跟我們搶著撬開哥雷姆王子的棺材，我們就不會有利益衝突。」

泰歐斯被氣笑了。「你明知哥雷姆國最值錢的寶物就放在那座棺材裡。」

穆恩停下腳步，冷漠地瞧了泰歐斯一眼。

「那枚戒指本來就不屬於我們。」

那不只是枚王戒，同時也是一個深愛孩子的父親留給兒子的遺物。

是只屬於哥雷姆王子的寶物。

「無論是你還是我，都沒資格擁有，懂？」

拋下這句話後，他頭也不回地走回自家隊友身旁，留下懷疑自己來到平行世界的泰歐斯。

「瘋了嗎？這傢伙。」泰歐斯百思不得其解地碎碎念。「以前的他根本不可能說這種話。」

前往城堡並不是件容易的事，眾人只能腳踏實地不斷劈開荊棘，一步步地深入這座寂靜詭譎的城市。

所有冒險者都不敢大意，周遭隨時可能出現強大的敵人，也因此，這支由泰歐斯所召集的遠征團意外的相處和諧，所有人各司其職，讓本該艱難的開拓之旅輕鬆了不少。

路途中，冒險者們認爲隨時有可能遇上滅國魔法師，於是趕緊向亞倫一行人打聽。

「你們當初是怎麼擊退那個滅國魔法師的？」

「對啊，太厲害了！若不是你們，這裡恐怕到現在還進不來。」

「火攻。」亞倫搶先回答。「那個操縱荊棘的魔法師怕火。」

此話一出，穆恩不高興地瞪過去，表情明確地示意他不要多嘴。

亞倫明白穆恩的顧慮，要是有人發現他和厄密斯一樣是魔花怪，難保不會拿火對付他，不過他認爲沒必要說謊。

「說到火攻，不就是我們的泰歐斯嗎！」聞言，冒險者們一個個對泰歐斯投以崇拜的目光。

「我就說吧，光憑穆恩他們怎麼可能打贏那個滅國魔法師！原來是靠泰歐斯的劍才打贏的！」

「泰歐斯，接下來就拜託你啦！」

冒險者們簇擁至泰歐斯身旁，你一言我一語地吹捧抱起大腿來。但這一次，泰歐斯並不像以往那樣心安理得地接受讚美，他嘴上謙虛地回應大家，卻時不時朝穆恩瞄過來。

穆恩哼了一聲，他沒空理會泰歐斯那略帶心虛的眼神，逕自將王子殿下拉到了角落，正經八百地跟對方講道理：「你瘋了不成？要是這些人發現你也會操控荊棘，他們就會拿火攻這招對付你。」

「不會有事的。」亞倫嘴角上揚，目光灼灼地仰望著他的騎士。「這次他們不會將我們當成敵人的。」

「我們冒險者可沒有什麼永遠的盟友，反目成仇是家常便飯。」穆恩對亞倫的樂觀感到十分焦躁。「尤其那把炎劍就在這裡，那傢伙隨便揮一劍都能殺死你。」

「那你把它搶過來？」亞倫打趣地說。

「別傻了！」穆恩激動地駁斥。「我是不可能拿那把劍的！」

瞧他火冒三丈的樣子，亞倫的腦海忽然浮現厄密斯說過的話。

厄密斯說，在其他平行世界裡，擁有炎劍跟王戒的穆恩隨便一砍，就能讓周遭陷入火海。炎劍的火不會傷及持有者本人，所以握有這兩項稀世珍寶的穆恩幾乎是無敵，人們除了臣服他別無選擇。可這個世界的穆恩三番兩次拒絕了王戒與炎劍的誘惑，他從不戴上戒指，對炎劍更是避如蛇蠍，唯一同時使用兩項寶物那次是爲了救他。

「不拿就不拿。反正厄密斯說過，炎劍在泰歐斯手上發揮不了太大作用的。」亞倫低頭輕笑。他感覺自己像被捧在手掌心，比起那些稀世珍寶，他本人更貴重。

穆恩不懂他幹麼笑得那麼開心，那別有深意的笑容看得他頭皮發麻，彷彿什麼祕密被揭穿了。

「算了隨便你，到時候被炎劍砍我可不會去救你！」他把亞倫推開，氣呼呼地撂下這番話後，轉身離去。

「謝謝你。」在穆恩走遠後，亞倫朝著他離開的方向喃喃。「我會給你一把更適合的劍。」

雖然不是稀世珍寶，但肯定會比炎劍更適合穆恩。

第六章

佩爾泰斯遠征團跋涉了一整天，直到夜晚降臨，他們仍與城堡有段距離。冒險者們趁著夕陽完全沉下之前，找了個合適的落腳處紮營，準備等朝陽升起時再啟程。

眾人圍繞在營火旁，暢談著自己在哥雷姆國的冒險經驗，這些冒險者都有種使命感，畢竟百年來從未有人能來到此地。拯救哥雷姆國不再遙不可及，任何人都可能一夕致富，甚至成爲舉世聞名的英雄。

所以，雖然身處充滿未知危險的異地，大夥兒的情緒卻十分高昂，聊到後來紛紛說起自己的夢想，以及之後離開哥雷姆國要做什麼。

穆恩知道的事情太多，不方便加入，因此坐在不遠處聽眾人聊天，而加克倒是沒有這個顧慮。冒險者們對加克的過去相當感興趣，眾人圍繞在魔像騎士身旁，津津有味地聽加克講述百年前的哥雷姆國。經歷羅格城事件後，已經沒有人會再因加克不是人類而產生敵意了。

亞倫則是不方便離營火太近，早早就表示自己累了要去休息。

其實他睡不著，即使走了一整天，他的精神依然好得很，還向穆恩借了那本《探索未知世界》來看。儘管只有星星爲他點燈，他還是能看清書頁上的文字。

他不清楚當初是發生了什麼事，才導致厄密斯穿越到其他世界，不過他認爲厄密斯跟霍普來自同一個時空。也就是說，霍普同樣是穿越者。

「我不會讓你的苦心白費的。」亞倫闔上書本，仰望著星空喃喃。「早在厄密斯之前，你就已經改變了這個世界。」

只是還差一點。

那個人拯救了世界，卻沒有拯救自己最心愛的哥雷姆國。

「嗯？」亞倫眨了眨眼，他忽然看見夜空中有一道黑影飛過。

正當他以爲自己看錯時，黑影朝他筆直地飛來，不一會就來到他眼前。

那是一隻以陳年黑檀木雕刻而成、身上繪有優雅的湛藍魔紋的魔像鳥。鳥兒足足有半個成人高，腳爪抓著用布裹住的長型包裹，亞倫一看就知道這是伊登艾的魔像鳥。在新生代的魔紋師裡，目前只有伊登艾掌握了飛翔魔紋的精髓。

他很疑惑伊登艾怎麼曉得他在這，他匆匆離開魔花鎮，都還來不及給伊登艾捎個訊息。以前也發生過類似的事，不管他迷路到了哪，娜塔莉老師總能找到他，她甚至能確認失蹤人口是生是死——或許羅格城的居民都有這種通靈能力。

「畫得不錯呢。」亞倫取下包裹，讚歎地摸了摸魔像鳥的頭。想不到他才教過伊登艾幾次，這名天才少年就真的成功畫出飛翔魔紋了。

包裹十分沉重，所幸如今的他要拿在手上不成問題。當他拉開麻布，見到裡面的東西時，臉上瞬間綻放出燦爛的笑容。

穆恩正百般聊賴地聽著同行吹噓冒險經歷，忽然間，有人拉了拉他的衣角。

他轉頭看去，只見小木偶艾爾艾特仰頭看著他，指向一個方向。

「幹什麼？」他站起身，疑惑地跟著艾爾艾特離開，拐了幾個彎後，一眼瞧見了等待著他的王子殿下。

哥雷姆王子獨自佇立在一座廢棄的庭院中，皎潔的明月替他的金髮鍍上一層銀光，那對湛藍的眼眸盈滿笑意，溫柔而眞切地凝視著他。

亞倫纖細的雙手抱著一把長劍，劍鞘上繪有幾道銀白魔紋，劍柄的材質相當具有質感，顯然價值不菲。

穆恩不知該如何反應，只能眼睜睜看著亞倫走過來，將長劍遞到他面前。

「給你。」亞倫的語氣滿溢著純然的喜悅。「這是我在羅格城請人打造的。我負責設計魔紋和提供魔紋顏料，加克則負責給予建議，因爲他最了解你的戰鬥風格。」

他不懂劍術，但加克懂，沒有人比加克更熟悉穆恩的劍路了，所以亞倫相信這把劍肯定會比炎劍還適合穆恩。

穆恩怔怔地接過劍，他就像第一次見到寶劍似的，緩緩將劍拔出劍鞘的動作生澀不已。

這是一把漆黑的長劍，握起來比他原本的劍更加順手，劍刃十分鋒銳，刻在劍身上的銀白魔紋在月光下散發微光。身爲用劍的騎士，穆恩一看就知道這把劍是兼具外表與實用性的好劍。

「白紋劍是會認主的劍。一旦完成認主儀式，這把劍就只有被你握在手中時，才會發揮眞正的力量，對其他人而言就僅僅是把普通的劍了。」亞倫開心地說明。「快點，只要把你的血滴在魔紋上就可以完成儀式了。」

穆恩這才意識到，這是一把爲他量身打造的劍。

任何人都無法取代他，只有他才能證明這把劍的價值。

過去在穆恩的認知中，凡是他想要的東西都得經由偷拐搶騙才能得手。他以謊言換來騎士的身分，以背叛奪取數不清的財寶，因爲他打從心底認爲自己沒資格擁有那些東西，除了以偷拐搶騙的方式獲得，別無他法。

可這把劍不是，這是他所珍惜的夥伴爲他打造的、只屬於他的寶物。

他不知該如何形容這份填滿胸口的情感，而莫名其妙的，他想到以前曾有人跟他說過一句話。

「這個世界需要童話故事，人們必須相信童話，才能相信自己總有一天也能過上幸福快樂的日子。」

那時他認爲這番話無比可笑，他才不相信童話。在現實中不可能像童話裡的公主一樣，遇見值得等待的那個人，從此過著幸福快樂的日子，也不可能明明渾身沾滿煤灰卻能被溫暖的天使拉一把，最後成爲人群中最耀眼奪目的存在。

如今亞倫卻向他證明，那些童話般美好的際遇與羈絆，全是有可能發生的。

他將長劍入鞘，恍恍惚惚地開始數落起來：「幹什麼，不是說城堡的劍隨我拿嗎？特地製作一把是什麼意思？」

亞倫不以爲意，他的語氣宛如裹了蜂蜜一樣：「因爲我想把最好的留給你嘛。」

「我的騎士才不需要什麼炎劍，有我就夠了，我可以給劍附魔，打造出一把更好的。」哥雷姆王子一如既往地自戀起來，然而這一次他沒有被吐槽。

「穆恩？」見穆恩低頭盯著劍不語，亞倫主動湊過去想幫他拔劍。「別等了，快點滴血認主，你不會的話我幫你。」

「才不需要你幫忙，別過來！」

「幹麼這樣……」亞倫哀怨地抬起頭，正想多說幾句，卻在看到穆恩的臉後硬生生頓住了。

總是放肆無禮的騎士此刻閃躲著他的目光，一抹潮紅從穆恩的臉頰一路蔓延至耳根，任誰都看得出來，穆恩這是不好意思了。

亞倫愣了愣，回過神後忍不住笑出聲。

「你笑什麼？」

「你知道你臉紅了嗎？」亞倫貼上去，像是要仔細看清楚般硬湊到穆恩面前。穆恩忍不住激動地咒罵了好幾聲，接著空出一隻手，一把將亞倫的頭壓到自己的肩窩處。

「混蛋，我又沒說不讓劍認主！讓我緩緩不行嗎？」

「可以可以，我不說了。」亞倫開心不已地抱住自家騎士。雖然看不到穆恩泛紅的臉了，不過微微顫抖著的肩膀仍出賣了穆恩。

這可以說是目前爲止最成功的調戲了，他費心準備這份禮物果然是值得的。

隔天一早，哥雷姆遠征團再度啟程，當穆恩拔出他的白紋黑劍時，冒險者們紛紛投來目光。

「穆恩，你什麼時候換成魔紋劍的？」

「眞的耶，昨天拿的不是這把吧？你從哪戶廢棄民宅搜到的？」

「不不，一般的民宅不會有那麼貴重的劍吧？而且那把劍看起來挺新的。」

「羅格城出產的嗎？我也有一把魔紋武器，當初拚死拚活清掃墓穴換來的。但威力還是跟那個首席魔紋師打造出來的差很多。」

「那個首席魔紋師超小氣，堅決不提供由自己繪製魔紋的武器當獎勵，說什麼想要他的東西就拿錢來換，他有一群魔紋師要養。」

「對對，氣死了！那種天價誰買得下去！」

穆恩懶得理這群人，他現在可看不上路邊魔紋師做出來的魔紋武器了。

那些魔紋武器肯定不會像他這把白紋劍一樣，光是握在手上就能察覺異樣。當他完成認主儀式後，立刻感覺整個身子變得輕盈，他問亞倫在劍上附加了什麼魔紋，亞倫卻笑而不答，只表示讓他自己摸索。

穆恩倒也不介意，反正只要不是會砍出火焰，他都能接受。

當他仍是騎士學徒時，用的總是別人挑剩的破劍，就連受封成爲騎士後，所得到的劍也是同批受封騎士裡品質最差的一把。而成爲冒險者後，他爲了省錢便繼續拿普通的劍，所有經手的好劍在他眼裡全是錢，統統被他拿去變賣了。

因此這把白紋劍可說是第一把留在他手中的好劍。

「吵死了，沒有技術的話，拿的劍再怎麼好都一樣弱——」他邊吐槽其他冒險者邊朝密密麻麻的荊棘砍去一劍，結果竟揮出一道強勁的風刃，不但輕而易舉地劈斷荊棘，還把前方的石壁砍出了裂痕。

穆恩愣在原地，目睹這一幕的眾人各個目瞪口呆，回過神後馬上圍了上來。

「這把魔紋劍是怎樣！」

「是伊登艾做的嗎？羅格城的魔紋師說過，那些骨董級魔紋武器能砍斷一棵樹就不錯了，這等威力肯定是現代魔紋師打造出來的！」

「再揮一次！太厲害了，這把劍應該能對那些石頭魔像造成傷害啊！」

「喂！」穆恩回過頭，朝正把女孩們逗得心花怒放的王子殿下大喊：「你是要我殺人嗎！這威力是怎麼回事？」

「嗯？」哥雷姆王子不懂劍術，他望著被斬得乾乾淨淨的荊棘，不負責任地笑著說：「很好玩不是嗎？這樣清荊棘很快啊。」

聞言，穆恩一時無語了。

「穆恩，你現在劍術上的缺點已經改善許多，可以多鍛練你的強項了，這把劍可以發揮出你招招致命的風格。」加克幫忙解釋。「雖然威力是比預期中還強，不過用久就會習慣了。」

冒險者們無不震驚錯愕，他們沒見過亞倫設計魔紋武器，自然沒想到他設計出來的武器會這麼強。他們滿懷希望地看著這位隊裡唯一的魔紋師，正打算開口求人時，亞倫率先發話了。

「不接單也不賣，我的武器只給效忠於我的騎士。」他笑吟吟地拒絕在場所有人。

冒險者們一片譁然。

效忠？那個穆恩效忠於別人？怎麼可能？

換成在過去，他們肯定哄堂大笑了，然而眼下當眞笑不出來，因爲說這句話的人是亞倫。他們將亞倫視爲深不可測的存在，縱使昨日一整天他都落在隊伍後方當花瓶，也沒人敢說他不是。

「聽到沒？做人沒辦法像我一樣忠誠的話，就別妄想了。」穆恩得意地說。

這是他第一次接收到他人羨慕嫉妒恨的目光，這份虛榮感讓他心情很好。即便他認爲自己的字典裡不可能有忠誠兩字，但他知道，自己無論如何都會站在亞倫這邊。

泰歐斯倒是鬆了一口氣，他心安理得地拔出炎劍，主動催促起眾人：「好了，今天要在太陽下山前抵達城堡才行，快來砍荊棘。」

帶團的人都這麼說了，大夥兒也從善如流，展開了行動。而亞倫依舊閒閒沒事地跟在隊伍後面，他凝望著遠處的城堡，闔上雙眼，仔細傾聽魔像們的聲音。

悲泣聲和絕望的低語從四面八方傳來，魔像們深陷於滅國的噩夢之中，反覆被當年的憾恨折磨。然而始作俑者已經無力解除噩夢，就連亞倫也無法一次喚醒這麼多魔像。

離開魔花鎭前，他留了一朵花在厄密斯身邊，他試著透過魔花呼喚厄密斯，無奈另一頭悄聲無息。

對另一個世界的他而言，厄密斯一定是很重要的存在。爲了那個自己，亞倫想要拯救的不只有哥雷姆國，還有厄密斯，他要讓這個世界成爲厄密斯的終點。

越是接近城堡，他們越能感受到凝重的氛圍，雖然當年有許多居民倉皇逃離，但魔像幾乎都留了下來。那些與加克外觀相似的鎧甲魔像倒在街邊，宅邸中與小巷裡也可見到各式各樣的魔像。

他們甚至經過一輛被荊棘纏住的馬車，用來拉馬車的是精緻的石像馬，馬車內的枯骨絕望地躺臥在座椅上，身著鑲有細碎寶石的禮服。

亞倫站在馬車外，心情意外的平靜。他的耳邊迴盪著痛苦的哭喊，他的周遭到處都是沉睡的魔像與遺骸，但他明白自己怪不了任何人。

這樣的發展是必然的，就算厄密斯跟他都沒出手，總有一天，魔花怪物也會毀滅哥雷姆國。怪物的基因深藏在哥雷姆人的血脈裡，任何人都可能成爲毀滅國家的兇手。

「別看了，我們得趕在太陽下山抵達城堡，沒空慢慢參觀。」穆恩將亞倫拉離馬車，指向前方清晰可見的城堡。「看到沒？城堡就在前面了，有那個閒工夫還不快來幫忙。」

聞言，亞倫原先緊蹙的眉頭鬆開來，他露出淡淡的笑容，闔上了雙眼。

下一秒，附近傳來鎧甲碰撞的聲響，一名鎧甲魔像從廢墟中伸出手，在眾人驚恐的注視下跌跌撞撞地站了起來。

冒險者們驚叫著舉起武器，如臨大敵般瞪著鎧甲魔像，直到魔像拔劍劈向荊棘爲止。

「怎麼了？」見眾人都看著他，亞倫一副無辜的樣子。「穆恩要我別光看不做事，所以我也來幫忙了。有什麼問題嗎？」

「沒、沒什麼問題……」

「你忙你忙，沒事。」

沒人想在一個充滿魔像的地方惹薩滿不開心，於是他們摸摸鼻子繼續幹活了。隊伍推進的速度大幅提升，到後來他們幾乎不需要停下腳步，畢竟除了有穆恩的風刃與泰歐斯的炎劍開路，還有三名不知疲倦的魔像幫忙砍荊棘，最後一行人終於趕在日落之前抵達城堡。

哥雷姆國當年國力強盛，即使歷經百年，莊嚴肅穆的城堡依舊不減壯觀，且占地十分廣大。許多沉睡的魔像佇立在這座被時間遺忘的古堡裡，青綠色藤蔓緊緊攀附在古堡的每一個角落，冒險者們忽然覺得這座城堡看起來比羅格城還可能鬧鬼。不過比起幽靈，有一件事更令眾人在意。

「喂喂，我沒看錯吧！那是什麼東西！」一名探路的盜賊爬上了旁邊一棟高級別墅的屋頂，結果差點沒被城堡庭院中的魔像嚇死。「怎麼有隻巨龍在裡面！」

正確來說，那是一尊灰石打造的巨龍石像。

石像顯得栩栩如生，雙眼是色澤溫潤的月光石，蝙蝠般的翅膀向外伸展開來。巨龍沉默地盤踞在庭院正中央，注視著城堡正門，任何人一進去都會對上巨龍的目光。

「你是說巨龍阿斯比嗎？沒事的，那隻龍從沒踏出庭院過。」亞倫笑著安撫惶恐的冒險者們。「他是幾百年前一位雕刻大師的作品，當時的哥雷姆王很喜歡龍，所以那位大師便雕了一隻巨龍，打算製作成魔像獻給國王。可是巨龍的體積太大了，皇家魔紋師們向國王坦承，雖然他們能使巨龍變成魔像，卻無法讓他飛起來。」

飛翔魔紋原本就極難繪製，大部分的人若要打造飛行魔像，都會盡量選擇輕盈的材質；就算要將魔紋畫在石像身上，頂多也是像賽西羅家的那兩隻老鷹一樣，那差不多就是當年魔紋師的能力極限了。

越重的魔像越難飛起，更何況是這等體積的魔像，這跟石像老鷹完全不是同個級別。

「國王得知後十分失望，但並沒有放棄，愛龍成痴的他命令皇家魔紋師賦予巨龍一個指令——服從讓他飛翔的魔紋師。」

亞倫環顧冒險者們瞠目結舌的表情，接著說下去：「國王向全國人民宣布，誰能畫出讓巨龍飛起來的魔紋，誰就能成爲巨龍的主人。在那之後，全國各地的高手魔紋師都去挑戰了，可惜直到國王壽終正寢時，巨龍依然無法飛翔。」

從此，讓阿斯比飛翔成了魔紋師們的夢想之一，有意修改飛翔魔紋的魔紋師必須通過層層考核才能獲得資格，儘管條件嚴格，挑戰的魔紋師仍是絡繹不絕。然而在哥雷姆國滅亡之際，巨龍仍舊不能飛向天空。

「所以就算他醒來，大家也不用太擔心，巨龍用腳走不快，他本身也不會噴火或其他特殊能力。」

聽完亞倫的說明，冒險者們紛紛鬆了一口氣，接著立刻有人提議繞過庭院，從其他地方進入。可因爲對此處完全不了解，眾人一時都拿不定主意。

在他們熱烈討論時，加克傾身在亞倫耳邊悄聲說：「我知道一條密道。殿下，先跟他們分開吧。」

亞倫點點頭。

「謝謝大家幫忙，短短兩天的旅程很愉快。」哥雷姆王子彬彬有禮地對冒險者們表示。「那我們就照當初所說的先退出了，祝大家尋寶之旅順利。」

「哎？」冒險者們無不錯愕。雖然早知道亞倫他們只會同行到抵達城堡爲止，不過這會才在討論從哪進去，這些人居然就要走了？

「裡面潛藏著許多危險，大家一起行動比較安全。真的不跟我們一起嗎？」茉莉擔憂地詢問。

「對啊！你們不是說那個魔法師怕火？跟阿泰一起行動吧！」蜜安也跟著勸說，她難以想像沒有炎劍要如何打敗滅國魔法師。

「謝謝妳們的關心，我們會想辦法保護自己的。」亞倫客氣地拒絕了。

「聽好了，從現在開始我們就是競爭對手，誰也別想搶在我們前面開棺。」穆恩毫不客氣地宣告。「各憑本事知不知道？我們先走了。」

「什麼啊，囂張什麼？」

「到時候什麼都沒找到我們可不會分你！」

「穆恩。」泰歐斯沒有像其他人一樣表達不滿，他思考了一下，猶豫地開口：「真的不一起嗎？」

穆恩明白他在猶豫什麼，泰歐斯很清楚自己就算有炎劍，也無法擊退魔花怪。

「你知道嗎？那把劍不適合你。」他哼笑一聲，轉身背對著眾人揮了揮手。「在城堡找一把更順手的劍吧，記得把那破劍交給我回收啊。」

「什麼意思啊你！你已經有那麼好的劍了還想要泰歐斯的炎劍！」

「果然是貪財的混蛋！」

在其他同行的咒罵聲中，泰歐斯聽懂了穆恩的話。目送穆恩等人離去後，他低頭看向腰間的炎劍。

「換一把嗎？」他以只有自己聽得見的音量喃喃。「說不定也是不錯的提議啊。」

✣

「接下來就交給我帶路吧。」加克理所當然地接下導遊的工作，他跟穆恩一樣不信任亞倫的方向感。「我在城堡待了多年，記得大部分的密道。」

他領著隊友們走到一個平凡無奇的水井前，魔像騎士熟練地拉起深入水井的繩子，而拉上來的不是水桶，是繩梯。將繩梯固定好後，他率先爬了下去。

「你們哥雷姆人的花招可眞多。」穆恩站在水井旁嘖嘖稱奇，並催促亞倫跟艾爾艾特先下去。待確認沒人跟來後，他這才安心地爬下水井。

所有人都下來後，亞倫立刻用荊棘堵住井口。他們緊跟在加克身後，沿著地道前行，若前方有荊棘就由穆恩用風刃一次斬斷。所幸潮溼的地道沒有完全被荊棘占據，他們只清了幾次荊棘便抵達另一頭——位於城堡正下方的墓穴。

「我知道這裡，以前我就是在這裡迷路，遇見了娜塔莉老師。」亞倫開心地環顧四周，陰森的氣息讓他備感懷念。

他們順著石階而上，終於來到了城堡的一樓。富麗堂皇的室內同樣沒能逃過荊棘的侵襲，瑰麗的彩繪玻璃窗滿是裂痕且布滿灰塵，牆上精緻的旗幟與布幕被扯得粉碎，空曠的大廳內四處都是碎裂的石塊與破損的家具，其中不乏守在城堡內的魔像們。

在亞倫的印象中，當年哥雷姆國破滅之際，大部分的人皆撤出了城堡，包括他的父母。這是他要求的，因爲留在城堡絕對會死，而逃出去還有希望。

所以他繼承了哥雷姆王戒，他有責任爲國家的興亡負起責任。哪怕他一點也不想死，甚至根本不明白發生了什麼事，但他是哥雷姆國的王子，哥雷姆國就是他的一切。

亞倫深吸一口氣，攤開雙手。

他眨了眨眼，雙眸浮現幾道血色，接著一陣天搖地動，塵埃紛紛從天花板落下。

在他的呼喚下，佇立在大廳正門兩側、足足有兩公尺高的石像動了。他們僵硬地邁出步伐，緩緩舉起長槍，走到了亞倫身後。

哥雷姆王子直視著前方，不帶一絲猶豫地下令。

「去外面阻擋那些入侵者。」

控制這座城堡的人不再是厄密斯了，這裡是他的家，他可不允許那些冒險者侵門踏戶。現在的他不是冒險者亞倫，而是哥雷姆王子亞爾戴倫。

接收到他的指令，魔像們踩著整齊劃一的步伐，轉身走出大門。

「我們快走吧，殿下。」加克平靜地開口。

「哈，那些笨蛋有得受了。」穆恩毫不留情地嘲諷。「魔力不夠再叫我啊，我有很多。」

艾爾艾特拉了拉他的披風，仰頭無聲地催促亞倫。

亞倫點點頭，跟著夥伴們一起深入城堡內部。

遠方傳來冒險者們如臨大敵的驚喊，可不會再有名爲亞倫的魔紋師幫助他們了。從此刻開始，他們就是競爭對手。

「現在應該有時間了，我們先找出戴菲斯的房間吧。」只要冒險者們開不了棺材，亞倫就不急著去找自己的本體。「戴菲斯並非貴族，多半會被安排住在城堡內。」

加克馬上轉向右側走廊，他很清楚皇家魔紋師們的居處在哪裡。

「殿下，您還記得戴菲斯當年最後怎麼了嗎？他有留在城堡嗎？」

亞倫搖搖頭。「當年逃走的人眾多，我也不清楚他的下落。而且皇家魔紋師本來就常外出去其他地方執行任務，幾個月沒見到人也正常。」

他的老師就是如此，為了整頓羅格城的墓穴，娜塔莉經常返回家鄉。

「那我們要怎麼找出他住哪？」穆恩一臉疑惑，城堡中的房間太多了。

「魔紋師的住處一定會有他的魔紋作品。戴菲斯的作品大多是白紋，如果有發現畫冊的話，帶來給我看，我應該能認出是誰的手筆。」

抵達魔紋師居處所在的樓層後，他們便兵分三路。如亞倫所料，每個房間都留有魔紋作品，當年這些倉皇而逃的魔紋師無法將自己的東西全帶走，房間裡擺滿了練習用的畫布、因歲月而泛黃的素描本，以及各式各樣的雕像。

穆恩與加克不懂魔紋，只能透過顏色來篩選，只要房間裡白色魔紋以外的作品太多，他們就放棄並前往下一間。而亞倫則是直接翻開畫冊確認，他擁有絕佳的圖像記憶力，看圖就能認人。

「不是他。」亞倫放下一本素描簿，轉戰下一間。

就在此時，跟在他身旁的小木偶拉了拉他的衣角。

小木偶舉起一條匍匐在地板上的赤褐色荊棘，這是他剛剛發現的，荊棘的顏色跟研究所中的荊棘如出一轍。

亞倫愣了下，跟著艾爾艾特一起順藤摸瓜，來到了一個房間外。

「是這裡嗎？」他打開房門，裡面的擺設平凡無奇，看得出來被翻箱倒櫃過。被子落在了地上，所有抽屜都被打開，別說素描本了，畫作也一幅不剩，只有幾隻木雕鳥懸吊在半空中。

這裡顯然有人住過，可所有能辨識房間主人的物品都清空了，唯獨一樣東西留了下來——一道畫在地板上的飛翔魔紋。

亞倫從未見過如此特別的飛翔魔紋，魔紋線條細膩而優美，一直延伸至房間的牆壁上，如此自由奔放的畫法讓他一時看呆了。

雖然他自認能夠憑藉魔紋認人，然而這魔紋他竟認不出來，他從沒聽說戴菲斯會畫飛翔魔紋。

當年大家對戴菲斯的印象普遍不佳，認爲以戴菲斯的實力沒資格成爲皇家魔紋師。如果擁有這等實力，當年早該展現出來才對，他想不透爲何要藏著，所以也無法斷定這是戴菲斯畫的。

無奈之下，他把環境觀察大師穆恩請了過來，穆恩在房內繞了幾圈，宣布了鑑定結果：「應該是後來的人帶走了房間裡的東西。」

穆恩指向桌上的灰塵。「看到沒？那裡有塊地方的灰塵比較薄，還有這塊地板也是，同樣都是角落，對面的角落積了一堆灰塵，這裡卻少了許多。這邊原本大概放了一堆垃圾，但是都被帶走了。」

「留下的全是些沒辨識度的東西。」亞倫望著窗邊的幾個木偶喃喃。「除了那道魔紋。」

「這裡的地板也有點怪，踩起來的感覺跟其他房間不同。」穆恩敲了敲石磚地，雖然聲音聽起來是實心的，不過這地板怎麼看怎麼不對勁。「沒有那麼工整，像是三流建築師砌出來的。」

亞倫不置可否，他認為地上那道魔紋才是明顯有異。

這道魔紋只完成了一半，而飛翔魔紋難畫的原因之一，就是由於非常講求對稱。左右兩邊的翅膀紋路必須一模一樣才能發揮效用，可人畢竟不是機器，再怎麼畫都難免會有一些線條角度出現落差，若是重量輕的魔像倒還可以勉強飛起來，但魔像越重便越是講求飛翔魔紋的完美。

地板上只畫了一片翅膀，亞倫認為這並非偶然。

「這是一個挑戰。」他盯著那道魔紋喃喃。「想要解開這個房間的祕密，就得複製這片翅膀。」

當年被譽為天才魔紋師的哥雷姆王子對此感到頗為興奮，魔紋師的快樂就是如此樸實無華。

「你畫吧，我跟這傢伙去搜其他房間。」一看到亞倫的表情，穆恩就知道王子殿下想幹麼了，他一把抱起艾爾艾特，果斷地離開房間。

隊友都這樣說了，亞倫便放心地展開挑戰。他聚精會神在圖紋上，他必須畫出這個飛翔魔紋的鏡像版，且一筆都不能失誤。

他一邊繪製，一邊思索房間主人的動機。能畫出另一片翅膀的，除了創造出這道魔紋的魔紋師，就只有能長時間待在這個房間裡的高階魔紋師了。

優秀的魔紋師都很忙碌，沒人有空跑到別人房間畫地板。亞倫想來想去，實在不明白這道魔紋的用途，只能先努力畫完。

他沉浸在繪製魔紋的樂趣裡，這份感覺久違地讓他回想起過去的時光。在成年之前，他經常像這樣爲了畫魔紋而不眠不休。

那是一段快樂的日子，因爲當時的他不用煩惱國家大事，他的父母希望他能有個快樂的童年，便沒有讓他接觸太多國務。

亞倫曾經想過，自己要是能作爲普通人長大就好了，這樣他就能一生沉浸在自己最喜歡的魔紋技藝裡。他怨過自己的身分也逃避過，他認爲自己只適合當個王子，要成爲和他父親一樣的國王是不可能的，他沒有能力一肩擔起整個哥雷姆國。

可如今他想通了。

沒辦法又如何呢？他並不是一個人，有人會與他一同撐起這個國家。

且他也明白了，自己所愛的不只是魔紋，而是這個國家的一切。無論是魔像還是魔紋，或是充滿傳奇色彩的歷史與文化，這些都是哥雷姆國不可或缺的一部分。

所以他不會再像以前一樣沉浸在魔紋的小天地裡了，他已經明白自己眞正熱愛的事物。

「完成了。」亞倫露出微笑，放下了畫筆。

晨曦驅散漫長的黑夜，陽光穿過破碎的玻璃窗，點亮了地板上的翅膀。

亞倫望向窗外，這才發現自己畫了整整一夜。正當他為此感到訝異時，地面掀起一陣刺眼的亮光。

「怎麼回事？」門外的穆恩和加克注意到異狀，連忙衝了進來，大夥兒錯愕地望著發光的地板，接著腳下突然一輕。

「喂，這是怎樣？房間要飛起來了嗎？」穆恩嚇到了，他才剛抓住亞倫的手腕，下一秒便雙腳懸空。

白色魔紋化為點點白光充斥了他們的視野，整個房間猶如失去了重力，所有待在房裡的人及物品都浮了起來，連同地上的石磚也跟著飄浮。

「太厲害了，我從未見過這樣的飛翔魔紋！」亞倫像個孩子般驚喜地環顧周遭，房內的一隻隻木雕小鳥圍繞著他們飛舞，玻璃窗的碎片在陽光照射下閃閃發亮。當亞倫低下頭時，甚至可以直接望見樓下的房間。

「殿下，那是什麼？」加克驚訝地指向某處，只見有本厚厚的書藏在石磚之間，在眾人發現它後，書本緩緩飛了過來。

亞倫捉住這本書翻開第一頁，頓時雙目圓睜。

「這是本日記。」他的眼角餘光瞄到了日記主人的簽名，興奮地說：「是戴菲斯的日記本，這道飛翔魔紋果真是他畫的！」

在他說完後，石磚依序飛回原位把地板鋪好，房內的家具和他們一起輕盈地降落，彷彿剛才什麼都沒發生過似的，唯獨那本日記依舊在亞倫手上。

「這麼大費周章，就是為了把日記藏在地板夾層？」穆恩無比納悶，他難以理解魔紋師的邏輯。

「應該有不為人知的苦衷，讀了就知道了。」亞倫隨意翻了翻日記，這本日記的紙張已泛黃，每一頁都寫得密密麻麻，所幸上面的字還能辨識。

「他從入宮第一天就開始寫了，而且……」日記上有個熟悉的名字，讓亞倫差點說不出話。這才沒幾頁，就提到了柯賽爾的名字。

原來那個毀滅研究所的男人，正是戴菲斯的兄長。

第七章

時光回溯百年，在哥雷姆國尚未毀滅之前，戴菲斯成爲了皇家魔紋師。

當他離開家鄉前，他曾是世界的希望，從小到大，家鄉那些穿著白袍的大人總是這麼告訴他。其實更正確地說，他只是眾多希望裡的一顆小小的星星，星星應該待在黑暗中，未經允許不得墜入凡間。所以照理說，他是不可能出現在此處的。

戴菲斯帶著一只皮箱入住了城堡，他滿意地環顧房間，將皮箱打開取出日記本，在嶄新的一頁寫下文字。

這本日記不光是寫給他自己看，也是寫給其他人看的。

他明白自己身分特殊，總有一天會成爲人們的焦點，所有留下的紀錄都將成就他偉大的夢想，包括他的日記。

致　親愛的星星

請容許我這樣稱呼看到這本日記的你。

在我小時候，家鄉的大人們曾跟我說過一個故事。

他們說，天上有一顆位於正北方的星星，人們稱它爲北極星。無論我們走到哪，北極星都會待在正北方，只要有它在，人們便永遠不會迷失方向。大人告訴我，我可以成爲那顆星星，帶領人們走向正確的道路。

直到長大後我才明白，這世上並沒有所謂正確的方向，我們每個人都可以成爲那顆星星，讓其他人走向我們夢想的未來。

我的名字叫戴菲斯，出生於魔花鎭，是北極星計畫的實驗體之一。研究團隊付了一大筆錢給我的親生父母，說服他們加入孕育北極星的計畫，因此我母親在懷孕前後都服用了魔花製成的藥物，並將生下來的孩子交付給研究所培育。本來他們只送了我哥哥進去，但後來我父母外出時遭遇車禍，當場身亡，於是成爲孤兒的我也被送去跟哥哥團聚。

加入北極星計畫的孩子不只我們兄弟倆，哥雷姆國還有許多小孩，他們的父母爲了培育薩滿，主動參與了計畫，在懷孕期間服用研究團隊給予的藥物，以增加誕下薩滿的機率。大部分的星星在父母的呵護下平安長大，也有少部分的星星和我們兄弟倆一樣，在研究所成長。

待在研究所的星星們每天都必須接受實驗，那些實驗大多是痛苦難熬的，對我而言更是如此。

因爲我是所有實驗體當中，唯一一個完全沒有薩滿現象的人。其他孩子或多或少都能聽見魔像的聲音，就算聽不到，自癒能力也比一般哥雷姆人強。可是所有哥雷姆人的優點在我身上都找不到，我從小就乾扁瘦弱，受了傷很久才會痊癒，所有改善體質的藥物對我都毫無作用。雖然也有同齡的孩子跟我一樣體弱多病，可他們各個都是能力不錯的薩滿，唯獨我什麼也不是。

曾有研究員說，我是被星星拒絕的人。

「沒辦法發光發熱，就沒有用處，你會被時代遺忘，像垃圾一樣被棄置在角落，到時候連你哥哥也會拋棄你。」

他們總是這樣告誡我，所以爲了成爲薩滿，我付出了比其他星星還多的努力，卻依舊徒勞無功，這讓我十分絕望。

我哥哥柯賽爾跟我不同，他是個優秀的薩滿。

從小他就能清晰地見魔像的聲音，且自癒能力極強。

研究員們說，他是最有潛力的實驗體，並把他當成了希望。儘管實驗的副作用令柯賽爾時常處於失去理智的邊緣，但研究員們說，爲了成爲最閃亮的星星，這段過程是必經的。想要發光發熱必定伴隨著痛苦，而熬過之後，就能變成永垂不朽的星星。

「你們是這個世界的希望，我們在你們身上看見了長生不老的可能性。若實驗成功，人類就能長生不老了，到了那時候，你們就是第一批實現不老不死的人類，全世界都會仰慕你們。」

每當有人因服用藥物而痛苦不堪時，總有研究員會如此安慰他們。有人把這句話當成精神支柱，也有人對此不屑一顧，例如柯賽爾。

柯賽爾對長生不老沒興趣，他一點也不想成爲世界的希望，只想作爲凡人活著，可惜他注定不凡。研究員們告訴我，哥哥的壽命長度跟我不同，只要我不成爲薩滿，就無法跟哥哥一起活下去。

我努力過無數次，可最差勁的實驗體就是最差勁的實驗體，即使我竭盡所能想成爲薩滿，依舊連邊都沾不上。

柯賽爾則不同，每一次喝下的藥物都使他變得更強，研究員們對他寄予厚望，他是所有實驗體中待遇最好的。

不過我們都明白，這裡的大人一個也不能信任。甚至同爲實驗對象的星星們和彼此也無法交心，大家爲了生存，隨時有可能出賣對方。

「逃跑是不被允許的」、「爲了世界必須有人犧牲」、「熬過去就能成爲永垂不朽」，這些話語如影隨形，大多數的人都無力分辨是否正確，研究員靠著這樣的心理暗示控制了孩子們。若是有人產生一絲懷疑，甚至因此煽動他人反抗、失去理智，就會被當成失敗品消失在這世界。

所以除了柯賽爾以外，誰也不能相信，在如此絕望的環境裡，我們只能依靠彼此。

在許多個不眠的夜裡，我們一同規劃著未來的藍圖，說好了長大後就要逃出研究所。到時候我們要推翻這個計畫，讓這些僞善者統統得到懲罰。

即使這麼做會破壞人類實現長生不老的夢想也無所謂，我們並不想成爲英雄，因爲英雄必須具備自我犧牲的情操，還得歷經痛苦的磨難。

比起引領世界的英雄，我們更想當個大反派。

當反派多輕鬆啊，可以不在乎世俗的道德規範，只爲自己而活。等我們讓所有參與北極星計畫的人都墜入深淵，柯賽爾跟我就要離開哥雷姆國，自由自在地旅行，到了那時便不會再有人限制我們了。

儘管我很清楚，自己恐怕沒有那個時間實現夢想了。

五年前的某個夜晚，我們實行了準備已久的逃跑計畫，一路突破重重阻礙，但在即將跨越魔花鎮的邊界時，柯賽爾被抓住了。

柯賽爾大吼著，要我不准回頭，他告訴我逃出去才有希望。

而研究員們則警告我，他們說我就算離開了也活不久的，一個身體早已殘破不堪的人能逃到哪裡去？留在鎮上說不定還能活久一點。

然而我最終還是逃走了。

因爲柯賽爾說逃出去才有希望。

在那之後，我獲得許多人的幫助，輾轉來到了首都佩爾泰斯，有個魔紋師發現我擁有繪製魔紋的才華，因此收留了我。

這一次，身邊的人終於不再用代號稱呼我，我用了當初跟柯賽爾說好展開新生活時要用的名字，爲自己創造出全新的身分。我遇見了許多善良溫暖的人，過著安穩的生活，可是再也無法聯絡到柯賽爾。我知道他一定還活著，卻無法得知他過得好不好。

我曾在無數個夜晚夢見我們分道揚鑣的那天，自責與愧疚宛若荊棘般緊緊糾纏住我，幾乎要讓我窒息。

無論我逃走的理由是什麼，都不能改變我丟下哥哥自己逃離的事實。我沒有能力救他，至少目前沒有。

不過我從未忘記我們的夢想。

所以，我去應徵了皇家魔紋師，只要能讓我住進城堡裡，要我做什麼都可以，因爲那裡聚集了許多北極星計畫的幕後推手。但我必須謹慎小心，他們全是達官貴族，其中不乏位高權重的薩滿，若他們發現我是當年逃出的實驗體，很可能會對我痛下殺手。

安全起見，儘管我有自己擅長的魔紋，在繪製別人委託的魔紋時，我仍盡量參照其他人的風格。我必須低調，最好所有人都對我印象不深，我的身分才不會敗露。

只是爲了取得國王陛下的信任，我不得不冒險選擇了坦承眞名和來歷。幸運的是，那些研究員多半是擔心節外生枝，於是並未將實驗體逃脫的意外上報，僅是私下搜捕我，讓我就這麼過了國王陛下這一關。

這一切都是爲了摧毀北極星計畫。

我要把所有參與計畫的人一網打盡，到了那時候，我就能救出柯賽爾了。

寫完這篇日記後，戴菲斯將日記本謹慎地藏在床墊底下。現在的他還不是個威脅，等人們開始懷疑他後，就必須找其他方法藏日記了。

他很快適應了城堡中的生活，並想方設法接近參與計畫的達官貴族，同時蒐集了許多關於北極星計畫的情報，不久便打聽到柯賽爾的近況。

令他震驚的是，柯賽爾居然成爲了北極星計畫的研究員，據說還是主力研究者之一。當下他原本十分傷心，後來又釋懷了。

他相信柯賽爾這麼做一定有自己的理由，再說研究員的待遇絕對比實驗體好多了。

他很想跟柯賽爾聯絡，告訴哥哥自己正努力想摧毀北極星計畫，並要柯賽爾別擔心，總有一天他會把他救出來。

可他害怕暴露身分，自從當年的逃脫事件之後，研究所的戒備便提升許多，任何出入的人員和往來的信件都得經過檢查。

他沒有盟友，任何人都不能相信，連魔像也是，畢竟薩滿能夠讀取魔像的記憶。唯一可以寄託情感的，就只有那本日記。

致　親愛的星星

我很想念柯賽爾，但我怕聯絡他會爲我們帶來危險。北極星計畫背後有太多握有權勢的金主，皇家魔紋師娜塔莉的第一任丈夫就是接受實驗的人之一。他是位階頗高的貴族，可發瘋之後，也輕而易舉被安了罪名處理掉了。

當公爵大人告訴我這件事時，我感到無比震驚，他要我小心所有家中有薩滿的貴族，那些追求家族興盛與長生不老的哥雷姆人不會手下留情。

當然，這些人之中也包含了我們的哥雷姆王。

國王陛下沒有參與實驗，王族的子嗣已經足夠繁盛了，有沒有薩滿都無所謂。不過他仍爲北極星計畫投入許多預算，因爲這個國家需要薩滿。

我猜國王陛下日理萬機，對北極星計畫的了解恐怕有限，否則當年不會連實驗體逃脫的事都不知情。於是有天我鼓起勇氣，向他提起了北極星計畫的事。

國王陛下表示，以我的身分不該提這件事，並且告訴我，許多貴族的孩子參與這個計畫後，仍舊平安長大了。

我不敢多問陛下知不知道在接受實驗的孩子們當中，其實有一些毫無人權的小孩，他們被監禁在研究所內不見天日的房間裡，日復一日被迫喝下據説能長生不老的祕藥。貴族所得到的祕藥全是經過我們測試的安全藥物，所以他們的孩子才能平安成長。

不管他是否知曉，我相信如此殘酷的實驗絕不是所有哥雷姆人樂見的。若我將這一切鬧得全國皆知，一定能給北極星計畫帶來打擊。

戴菲斯花了很多時間把參與北極星計畫的人員整理成名單，並蒐集了大量證據。而在某次王子殿下的生日宴會上，他與柯賽爾重逢了。

那時他與所有皇家魔紋師一同列隊，親眼看著北極星研究團隊踏進大廳。研究員們走上通往王座的紅毯，準備向王座旁的王子殿下祝賀。

柯賽爾也在團隊之中，身體素質強大的他英俊挺拔、眼神明亮，一看就知道能夠活得長久。

他穿著白袍，百無聊賴地跟隨著隊伍，脖子上戴著像裝飾品的頸圈。事實上，那個頸圈上有魔紋，一旦他做出對研究所不利的舉動便會遭受頸圈攻擊，當年他們是找出了解開頸圈的辦法，才能成功逃跑。

所以，即使戴菲斯激動得熱淚盈眶，依舊不能上前相認。

他只能默默站在人群之中，看著柯賽爾走過身旁。

當研究團隊祝賀完畢即將離去之際，戴菲斯決定放手一搏，在柯賽爾經過時故意假裝腳一滑，在對方旁邊跌倒。

柯賽爾瞧了一眼團隊中的其他人，待得到默許才把戴菲斯扶起來。

「謝謝。」戴菲斯害怕自己的聲音被研究所的人認出，顫抖著用氣音向自己的哥哥道謝。

柯賽爾微微睜大雙眼，那隻扶著戴菲斯臂膀的手也增加了幾分力道。

戴菲斯在他做出任何回應之前率先甩開手，回到皇家魔紋師的隊伍中。

雖然只能做到這樣，但確認柯賽爾活得好好的已經讓他很滿足了。看見那個頸圈，他就曉得柯賽爾依舊在研究團隊的控制之下，他必須把柯賽爾救出來。

可這天晚上，當他寫完日記準備入睡時，忽然感到一陣反胃。

他跪坐在地上咳了許久，在地上留下星星點點的血跡。戴菲斯知道，自己時日無多了。

致　親愛的星星

我時間不多了，那些祕藥給我的身體帶來不可抹滅的損傷，死亡很快就會找上我。

我想過若我死了，這裡還有誰能替我完成夢想，所以我曾經打算讓公爵大人成為盟友，但他在調查北極星計畫的過程中過於高調，結果被其他貴族派出的殺手收拾了。我必須藏好自己，如果堂堂一名公爵都無法阻止那些喪心病狂的金主，我更不可能。

我不甘心，多年心血不能就這樣放棄。哪怕放火燒了研究所也好，我要拉那些人一起下地獄。

我得放手一搏，正好明年亞爾戴倫王子就成年了，屆時在他的生日宴會上，不只高官貴族，各國也會派遣使者來祝賀。

我要在宴會上揭開北極星計畫的眞相。

我沒有忘記我們的夢想，也沒有忘記分離的那一天。

在我死之前，必須讓柯賽爾獲得自由。

戴菲斯懷著必死的決心寫下了最後一段話，並思考著其他藏日記的方法。一旦他遇害，北極星計畫的相關人士肯定會派人搜他的房間。

最後，他運用自己的專業設下了難題。在研究所長大的他早就習慣留一手，鮮少有人知道他擅長什麼魔紋，大部分的人都不會認眞看他畫畫，他們只會恥笑他是半調子，不過這正合他的意。

只要能實現和柯賽爾共同編織的夢想，他什麼都願意做。

✢

時間來到百年之後，埋藏多年的祕密終於重見天日，落到了哥雷姆王子手中，亞倫這才終於明白了哥雷姆國滅亡的起因。

「在我生日那天，戴菲斯並沒有站出來控訴北極星計畫。」亞倫努力回憶當年的情景。「我甚至根本沒看見他，他那天眞的有出席嗎？還是厄密斯搶在他行動之前引發了騷動？」

在他生日那天，戴菲斯本該公布北極星計畫進行不人道實驗的證據，指控所有參與計畫的人，然而這件事並未發生，研究所倒是發生了團滅血案。

「那傢伙讓你變成怪物的用意到底是什麼？」穆恩搔了搔頭，他依舊想不透亞倫被陷害的原因。「北極星計畫關你什麼事？你完全沒參與。而且當時厄密斯已經把國家毀得差不多了，計畫的幕後推手們死的死逃的逃，研究團隊的人也早被殺光了，他們的目的達成了吧，爲何還執意把你變成怪物？該恨的人明明幾乎全死了。」

「殿下，那個人肯定還有其他目的，否則不可能會放火傷害您跟厄密斯。」加克警戒地表示。「他還要求您跟厄密斯用眞身面對他，說不定根本沒打算終止北極星計畫。」

而艾爾艾特呆若木雞，癱坐在了地上，絕望地摀住臉。

察覺小木偶的異狀，亞倫將他抱了起來。

「我知道，不管是戴菲斯還是幼時的柯賽爾，都曾經向父王提起北極星計畫的事，但這個結果不全是父王的錯。」亞倫緊緊抱住小木偶，難過地說：「我也有錯，如果我能早點接手處理國務，說不定戴菲斯會轉而告訴我眞相。」

他不確定父親究竟曉不曉得北極星計畫進行了不人道的實驗，不過事到如今，他必須修正這個錯誤。

「我們走吧，總之先找到我的棺材——」亞倫抱著日記本，打算一邊找一邊和隊友們討論當年被迫飲血的可能原因，可他才踏出房間，便僵住了身子。

他雖然是個路痴，還是能夠分辨景物差異的。昨天這條長廊上並沒有像此刻一樣，遍布赤褐色的荊棘。

眼前的荊棘密密麻麻，宛若下一秒就要吞噬這個地方。他蒼白著臉後退一步，注意到不對勁的兩名騎士隨即拔出武器，警戒地圍在他身旁。

清晰無比的鼓掌聲從右側走廊的盡頭傳來。

「不愧是我們的王子殿下，輕而易舉解開了房間的祕密呢。」在眾人震驚的注視下，一個男人不疾不徐走來。

他的臉上戴著黑底白紋面具，身著寬鬆的魔紋白袍與黑色皮手套，語氣虛僞得令人起雞皮疙瘩：「讀過日記的感想如何？有被我感動得痛哭流涕嗎？知道錯的話，就趕快換回你的眞身吧，我等這一刻好久了呢。」

如今即使對方戴著面具，亞倫也能確定這個人是誰了。

他盯著當年陷害他的兇手，平靜地開口。

「別裝了，拿下面具吧，這個面具從來就不屬於你……柯賽爾。」

男人停下腳步。

他顫抖著肩膀，發出低低的笑聲，隨後抬起雙手，緩緩摘下了自己的面具。

柯賽爾露出胸有成竹的自信笑容，目光炯炯有神。

「您說得這麼肯定讓我有些受寵若驚，王子殿下。」

亞倫直視那張帶著幾分癲狂的笑臉，認眞地說：「戴菲斯在日記中寫得很清楚，他的目標從來就不是毀滅哥雷姆國。你弟弟不曾忘記過你們的夢想，反倒是你，你背叛了他，不惜讓我成為實驗體也要實現長生不老，你就是北極星計畫的最後一個推手。」

柯賽爾低頭端詳著魔紋面具，他斂起笑容，變幻莫測的神情使人猜不透他的想法。

「背叛？不，眞正背叛他的是這個世界。從來沒有人對我們伸出援手，那些魔花鎮的居民漠視他們所見到的慘劇，任由計畫進行，而助長這一切的，就是這個崇尚薩滿的社會。」

柯賽爾讓赤褐色荊棘捲走面具，難掩笑意地說：「所以啊，這樣的國家滅亡只是剛好而已。既然他們這麼想要不老不死，就送給他們一份大禮吧。」

語畢，他朝哥雷姆王子伸出手。

「跟我來吧，殿下。您的表現太令我驚喜了，不管是您還是厄密斯，都是我夢寐以求的存在。只要有你們，我的北極星計畫一定能成功——」

「別聽這個瘋子說話了。」穆恩不耐煩地打斷柯賽爾，轉頭對亞倫說：「反正砍了他事情就能結束了對吧？」

「不管會不會結束，他都一定得砍。」

穆恩嘴角上揚。

他舉起白紋劍衝上前，柯賽爾卻不為所動，只見長廊上的赤褐荊棘凶猛地襲向穆恩，但在即將碰觸到穆恩前，一道黑影劃過他身旁。

白紋劍掀起的狂風猶如利刃般，將荊棘切得粉碎，穆恩本就是劍術高手，揮劍的姿態輕盈俐落，眨眼間便使出致命一擊，朝柯賽爾的心臟刺去。

柯賽爾雙目圓睜，幾條赤褐荊棘從地面竄出試圖捲住穆恩的腳，然而加克也加入了戰局，一劍砍斷荊棘。

「王子殿下，您的騎士挺厲害的嘛。」柯賽爾驅使荊棘把自己捲到半空中，狂笑著攤開雙手。「不過光用荊棘可就太無趣了，我們是薩滿啊，身爲薩滿就該操控魔像不是嗎！」

話音才落，一陣天搖地動，天花板上的塵埃紛紛墜落，亞倫一行人僵在原地，錯愕地環顧周遭。

「喂，怎麼回事？」穆恩震驚地詢問亞倫，在場眾人只有王子殿下內建魔像圖鑑。

亞倫東張西望，最後目光落在加克身上，忽然有了很不妙的預感。

以前他問過娜塔莉，爲何所有魔像裡只有加克能把話說得如此流利，那時娜塔莉這樣回答：

「因爲魔紋跟所有創作形式一樣，寄託著創作者本人的情感。創造加克的魔紋師是位無法說話的喑啞人士，他一生都在鑽研言之魔紋，最後在言之魔紋上達到了登峰造極的境界。在他死之後，再也沒有任何魔紋師像他一樣對說話懷抱強烈渴望，所以也就沒有魔像能擁有和加克相同的說話能力了。」

同樣的道理如果套用在戴菲斯身上，那麼……

「小心！如果我沒猜錯的話，柯賽爾喚來的魔像是——」

震耳欲聾的巨響吞沒了他的答案，長廊外側的牆壁被一道恐怖的力量擊碎，一隻巨大的爪子伸進來擋住柯賽爾的身影。

宏亮的咆哮聲從窗外傳來，眾人錯愕地望去，一眼便見到那對遮蔽了整個天空的翅膀。

線條大膽奔放的黃色魔紋遍布整個灰色翅膀，在晴朗的藍天下閃閃發光。擁有這對翅膀的巨龍對亞倫等人發出怒吼，巨大的利爪抓向亞倫，在巨龍的攻擊下，城堡猶如紙糊般脆弱，亞倫腳下的地板輕易被擊碎。

「亞倫！」穆恩大叫出聲，他趕不及救援，只能眼睜睜看著亞倫驚恐地自塌陷的地面墜落。唯一來得及抓住亞倫的只有艾爾艾特，一人一木偶就這樣消失在兩位騎士的視線中。此時巨龍收回爪子，柯賽爾站在破碎的長廊上，開心地瞇起眼。

「早該這樣了，只要有這尊魔像，就算當年厄密斯沒出現，我們也能毀了整個哥雷姆國。」柯賽爾驕傲地表示。「你們何必驚訝呢？我們兄弟爲了得到自由，什麼都做得出來。不管是亞爾戴倫還是厄密斯都無法控制這條巨龍的，他只聽命於我，我是他的主人。」

「你這瘋子到底想對他做什麼？想要長生不老，去喝其他人的血就行了，干那個王子屁事！」穆恩怒火中燒地吼道。

「不不，在我的北極星計畫裡，王子殿下是不可或缺的存在。」荊棘張牙舞爪地在柯賽爾身周扭動，柯賽爾與穆恩之間相隔一道巨龍劃出的巨大橫溝，柯賽爾站在對面那一側，得意地命令他的巨龍：「阿斯比，陪他們玩玩吧，我還有事要忙呢，交給你了。」

阿斯比發出響徹天際的龍吟，張嘴朝穆恩與加克衝去，穆恩連連咒罵，他想阻止柯賽爾，可眨眼間柯賽爾便消失了。

同一時間，跌落到樓下的亞倫及時用荊棘穩住了身子。他緊抓著艾爾艾特，惶恐地望向樓上，赤褐荊棘不斷襲來，他趕緊以自己的荊棘擋下，密集的攻勢讓他沒有時間喚醒附近的魔像。

艾爾艾特拉住他的手，帶著他逃離，碎石在他們身後一陣接一陣滾落，巨龍宛如要摧毀城堡似的，攻擊著穆恩他們所在的位置，一不小心就會被大量碎石活埋。

「艾爾艾特，帶我去找我的本體，棺材就放在父王當初面試皇家魔紋師的大廳！」亞倫驚慌到喪失了本就薄弱的方向感，將重責大任交給了小木偶。

「不用這麼麻煩啊，王子殿下。直接摧毀這具身體回去不是更快嗎？」柯賽爾降落在兩人前方，他不疾不徐地撿起和亞倫一同掉到此處的日記本，珍惜地抱在懷中。「殿下讓我弟弟藏起來的日記終於重見天日，我現在內心充滿了感激。作爲感謝，這點小忙請讓我幫吧。」

亞倫瞪著他，他當然知道這個辦法，問題是他不確定回到本體會發生什麼事，要是直接變成怪物，恐怕就無法恢復了。

「哎呀，我記得你，你不是國王的小木偶嗎？」柯賽爾低頭望著擋在亞倫身前的艾爾艾特，親切地打招呼：「謝謝你幫我傳話，不過我已經不需要了。因爲我明白了，只有北極星計畫才能拯救這個世界。」

「一旦讓我變成怪物，你也會死的。」亞倫神色凝重地警告。「厄密斯說過，變成怪物的我會毀滅整個世界，到時候誰也無法活下來。」

「你放心，殿下，這部分我可是從小研究到大，在你變成怪物前，我會殺了你的。」

「你到底想做什麼？還不懂嗎？假如變成怪物，誰也不會得到幸福的！」亞倫驚慌地後退幾步。「不管是誰，想達到厄密斯的境界就必須屠殺至少半個世界的人！如此一來不管是你或我都會死，這就是你要的？」

柯賽爾微微一笑。

「殿下眞想知道我要什麼？」

「當然，你得告訴我，說不定有其他解決辦法不是嗎？」

「好啊，那我就告訴殿下吧。」柯賽爾摀住胸口，裝出感動的表情。「時隔百年，終於有人願意聽我們說話了，我好感動啊。在我跟戴菲斯仍是實驗體時，從沒有人理會我們呢。」

地面竄出赤褐荊棘捲住亞倫的腳，哥雷姆王子抱起小木偶，咬牙強忍逃跑的衝動，感受著地面再度逐漸崩落。

「不管是魔花鎮的居民，還是研究所的人都不在乎我們的心聲，更不用說你們這些高高在上的權貴了。如今這個國家的王子居然願意紆尊降貴傾聽市井小民的煩惱……天啊，你父王一定會很欣慰的。」

柯賽爾滿足地說完最後一句話，與亞倫一同墜入了無盡深淵。

在亞倫被柯賽爾帶走時，他的兩個騎士陷入了苦戰。

雖然兩人實力堅強，但他們面對的敵人遠遠超出了預想。對穆恩而言，要是過去的他遇到這種怪物，肯定會逃得比誰都還快，可偏偏這事關亞倫的性命，他就算自認打不贏也得硬著頭皮上。

「可惡，那個混蛋王子不是說這隻龍不會飛嗎？」穆恩閃過巨龍的爪子，指著爪子剛剛劃過的地方崩潰地說：「這種怪物我們打不贏的！對他而言城堡跟積木一樣一拍就倒，怎麼可能贏得了？更何況他是石頭打造的，我們的攻擊根本不起作用！」

「可以的，他的心臟魔紋位於很好攻擊的位置，只要用殿下給你的魔紋劍——」加克說到一半，比兩人還龐大的巨龍爪子猛地從右側橫掃過來。他當機立斷，攔腰抱起穆恩跳進陷落的地板裂縫，上頭傳來一整排玻璃窗接連碎裂的聲音，令加克聽得頗爲心疼。再這樣下去，巨龍就會把歷史悠久的城堡給弄垮了。

一落到下層，穆恩第一件事就是尋找亞倫的身影，可這會連朵白色魔花都不見蹤影，這使他越發心慌。他從加克身上跳下來，在長廊上大喊亞倫的名字，可巨龍不給他尋人的機會，又張開滿是利牙的大嘴撲了過來。

「混蛋！」穆恩怒火中燒，握在手中的劍彷彿感應到他的憤怒，綻放出耀眼白光，穆恩低頭看了白紋劍一眼，再想想方才加克的話，頓時心有所悟。

他雙手握緊長劍，搶在巨龍碰到他之前率先刺向對方的下顎。當劍尖觸及巨龍堅硬的下顎時，白光幾乎覆蓋了整個劍身，劍身就這樣連同劍尖埋入，穆恩奮力一挑，巨龍便硬生生地被迫抬起頭，與穆恩擦身而過。

「就是這樣！穆恩，殿下給你的劍具有刺穿石頭的能力，即使對手是鐵打的，你也有辦法殺死！」加克激動地高喊。

穆恩咬牙抽出長劍，他飛快地打量巨龍全身上下，但無論哪處都沒瞧見心臟魔紋，他頓時焦急了起來。只要不破壞心臟魔紋，就無法擊敗魔像。

「你不是說心臟長在很好攻擊的地方嗎？我怎麼都沒看到！」

他可沒時間在這裡與巨龍慢慢耗，他搞丟了亞倫的分身，至少得趕在柯賽爾之前找到眞身，要是連哥雷姆王子的本體也被柯賽爾破壞，就眞的沒救了。

「這種等級的混帳光靠我們是打不贏的！」穆恩憑藉多年的冒險經驗做出判斷。「至少要組織三十人以上的團隊討伐，就算湊不到，也得找幾個最高等級的冒險者幫忙，我們得把他拖出去！」

他一劍刺進巨龍的脖頸，巨龍吃痛般縮回脖子，把穆恩一起拉了過去。

穆恩順勢爬到龍背上，即使到了這裡，他依舊沒看到心臟魔紋。他並非魔紋師，想在如此巨大的魔像身上找心臟魔紋實在太難了。

阿斯比想把背上的不速之客甩下去，但穆恩可不打算讓巨龍如願。他一劍戳進了龍背，緊抓著劍穩住身子。

「穆恩！」加克因他大膽的舉動驚呼出聲，魔像騎士在巨龍飛離城堡前，及時抓住了龍爪，也跟著穆恩搭上這隻失控的坐騎。

巨龍發出震天咆哮，在空中胡亂盤旋扭動身子，穆恩待在龍背上，很快就望見下方那些眼睛瞪得老大的冒險者。

「加克，把這條龍引去找我的同行，他們不是想經歷一場史詩級的傳奇冒險嗎？大好機會來了！」

加克瞠目結舌，穆恩這番言論根本毫無良心，不過這確實是個辦法。他低頭粗略估算了下底下的冒險者人數，遲疑地回應：「人數有點少，可能會團滅。」

「我們冒險者可惜命了，才不做送死的事。」穆恩大笑著駁斥。「丟給他們，他們會自己解決的，打不過就逃，逃不了就拖，總會有辦法。」

見加克仍猶豫不已，穆恩乾脆自己來。他抽出隨身攜帶的麻繩，爬到了龍角旁將麻繩固定在角上，接著等到巨龍再次於低空盤旋時，將長劍從龍背上拔起來，自己則抓著麻繩跳下去。

「穆恩！」加克頓時大驚，這下他沒有猶豫的時間了，只能隨穆恩一同降落在一棟民宅的屋頂上。

加克跟在穆恩身後，在白紋劍的加持下，他們幾乎不必停下腳步，風刃所及之處荊棘盡皆粉碎，穆恩已經很好地適應了魔紋劍。

「眞正的騎士是不會把危險帶給人民的。」加克邊跑邊斥責。

「那些人才不是你的人民，也不是我要守護的對象。」穆恩吐槽。

穆恩發揮了從小鑽過大街小巷逃跑的本領，隨便拐幾個彎便把巨龍繞暈了，憤怒的巨龍東張西望，很快發現其他人類，於是不分青紅皀白撲了過去。

「不要過來啊啊啊！」

「噫噫也太大隻了吧！大家快逃啊！」

冒險者們的慘叫聲此起彼落，聽得加克頻頻停下腳步。

「穆恩，我們應該堂堂正正跟巨龍對決，打贏後再去迎接殿下，到時候要拿下柯賽爾也容易許多。」

「你的腦筋到底會不會轉彎？那傢伙命令巨龍攻擊我們就是爲了拖時間，等我們花了八百年打完那隻龍，王子也掛了。」穆恩沒好氣地說。

他才不會讓柯賽爾得逞，哪怕手段再卑鄙也要拯救亞倫，因爲他們約好了，他不會讓亞倫變成怪物的。

加克陷入了兩難。若放任這條龍不管，巨龍很可能會恣意踐踏古老的首都，甚至飛出城外肆虐其他地方。他是守護王國的騎士，沒辦法無視這個影響國家安危的災難。

加克停下腳步，呼喚了穆恩的名字。

穆恩回過頭，神情充滿焦躁不耐。望著那張彷彿一秒也等不了的臉，加克放下猶豫，平靜而堅決地開口。

「你走吧，我留下來跟那些冒險者一起對付巨龍。」

「別開玩笑了，我又不熟城堡裡的路，光憑我怎麼找得到亞倫？」

「可以的，殿下給你的魔紋劍會指引你。殿下知道你總是在尋找迷路的他，所以賦予寶劍了這樣的功能。」加克望向巨龍所在的方向。「所以，你肯定能找到他的。」

穆恩凝視著加克，他沉默了一會，最後嘴角微微上揚。

「我明白了。」

他們一個是守護王國的騎士，一個是守護王子的騎士，是時候各司其職了。

「那個王子的國家交給你，至於他本人就交給我吧。」穆恩邁開步伐，頭也不回地朝城堡前進。

誰也無法阻止他的腳步。

他一定會第一個找到哥雷姆王子。

第八章

「親愛的殿下，這是一個很長的故事。您聽了一定會覺得荒唐可笑，不過看在您是這個故事第一個聽眾的分上，請耐心聽我說完吧。」

「很久以前，有一對兄弟，村裡的人們堅信他們身上潛藏著不老不死的力量，爲了引出這項能力，人們把他們關在一個不見天日的小房間，餵食他們各式各樣的長生祕藥。然而兄弟倆對這份力量沒有興趣，他們只想在陽光下自由自在地活著。」

「他們擁有很多夢想，努力活下去就是爲了有朝一日能實現這些夢想。可是在逃離小房間的那天，他們面臨一個殘酷的事實，那就是弟弟其實沒有那麼長的壽命能完成這些願望。」

「夢想是給有時間的人去追尋的，無奈祕藥所帶來的傷害剝奪了弟弟的時間，使得這一切成了無法實現的美夢。哥哥對這件事毫不知情，他一直以爲自己跟弟弟所擁有的時間是一樣的，當他得知這件事後，雖然懊悔卻也來不及了，因爲弟弟已經離開了小房間，再也不會回來。偏偏能夠增加弟弟壽命的唯一辦法，就是讓北極星計畫成功。」

「自責與愧疚深深糾纏著他，幾乎令他喘不過氣。在無數個夜晚裡，他回想起兩人分道揚鑣的那天，弟弟聽聞自己命不久矣卻毫不驚訝的神情，他的弟弟明知道這點，卻仍跟他一同編織了許多夢想，甚至一起逃跑。最後，他的弟弟聽從他的指示，逃離了唯一能讓自己活下去的地方，反倒是能夠長壽的他留了下來。」

「多麼可笑的發展啊，留下來的哥哥不曉得弟弟是生是死，只曉得懊悔是什麼滋味。明明是兩個人一起說好的未來，卻只有一個人能走下去。爲了彌補遺憾，哥哥決定完成北極星計畫的研究，讓這些想長命的傢伙看見希望後，再親手送他們下地獄。而弟弟失去的時間就由他補回來，他要活得比任何人都還要長、復仇得比任何人都還要狠，長生不老只屬於他，其他人只能絕望地死去。」

「後來……奇蹟發生了。數年後的某天，他遇見了一個疑似是他弟弟的人。興奮與狂喜的情緒在他心中翻騰，他再度燃起了希望。他始終無法原諒自己，也不認爲自己能夠得到救贖，可是弟弟或許還活著的事實讓他意識到，一切都仍有機會挽救。他想跟弟弟說，他沒有忘記他們的夢想，但這些夢想不該由他一人實踐，而該由他們一起完成。他會讓這些願望不再是遙不可及的美夢，他一定會想辦法給予弟弟時間的。」

「於是，天眞的哥哥想方設法要聯絡弟弟，然而他不知道的是，發現弟弟還活著的人不只有他。與弟弟重逢後，他全心全意投入研究，並不斷想辦法突破嚴密的監視聯絡弟弟，可惜一次也沒有成功。不過他不氣餒，因爲一切都還來得及挽救——直到那一天爲止。」

柯賽爾沉默下來，盯著地面一言不發。

他垂下嘴角，神色轉爲陰沉，眼中盈滿了鮮明的恨意。

「他的弟弟，戴菲斯，在哥雷姆王子成年生日宴的前幾天，被人擄回了魔花鎮。因爲北極星計畫的金主們得知他的手上握有許多非人道實驗的證據，於是反過來調查戴菲斯，最後發現他就是當年逃脫的實驗體。北極星計畫的研究員要他忘記夢想回去當實驗體，戴菲斯自然不從，結果在反抗的過程中被打到奄奄一息。」

「當我趕到時，他渾身是血地躺在地上。我從沒想過重逢的場景會是如此的淒慘難堪。不該這樣的，該躺在地上的是那些人才對，再怎樣都不該是他！」

柯賽爾緊抓著自己的頭髮，神情幾近瘋狂，但下一秒又恢復了冷靜。

「所以我拚死一搏，殺了所有研究員。」他拉開自己的高領黑衣，露出白皙的頸部，上頭烙著一圈無法抹滅的焦黑痕跡。

「看到了嗎？殿下，這就是自由的代價。憑我這副自癒能力強大的身體，也無法治癒這道傷痕。」說著，他露出一絲笑容。「這樣的國家毀滅了很棒不是嗎？本來這件事隔天就該傳遍哥雷姆國的大街小巷，可惜有人做得比我更好……在我殺完那些人隔天，厄密斯便在您的生日宴會現身，之後毀滅了這個國家。整個哥雷姆國一片混亂、死傷無數，再也沒人介意魔花鎮發生的小小悲劇。」

說到此處，柯賽爾輕聲嘆了口氣。「不過他眞是笨，有滅國的實力還不一次殺了所有人。如果我是厄密斯，一個活口也不會留下。沒有一個人是無辜的，不管是那些知道我們的處境卻袖手旁觀的人、支持北極星計畫的人，或是嚮往長生不老的社會大眾，當然還有您，王子殿下。您聽見霍普說話的事蹟傳遍大街小巷，令全國各地掀起了崇尚薩滿的風潮，您無心的一句話把我們推入更深的地獄，那些北極星的人到死爲止，都沒有研究出來您是怎麼聽到的。」

亞倫愣了愣，他當眞沒料到這件事造成的後果。

「我不知道會造成這種影響……而且霍普對我說話跟我是不是薩滿沒有關係，因爲我——」

「夠了！不管怎樣，結果都是一樣的！」

柯賽爾攤開雙手，向後退了幾步。

「現在還有機會挽救一切啊，殿下。您體內流淌的血液能拯救這一切，跟我來吧。」

柯賽爾轉過身，踏入黑暗的長廊，亞倫別無選擇，只能跟著他來到長廊盡頭的那扇門前。

當柯賽爾推開門時，亞倫瞬間僵住了。

這是一間放滿各類儀器的實驗室，除此之外，室內中央還擺放了一具棺材。

半透明的棺身刻滿了密密麻麻的冰之魔紋，光是接近就能感受到森森寒氣，可這些都不是重點，重點是躺在棺材中的人。

「戴菲斯？他怎麼會在這裡？」亞倫既震驚又錯愕地盯著棺中的青年。

戴菲斯緊閉著雙眼，安然地沉睡著，縱使經過百年，他的肉身完全沒有腐敗，面容一如當年，裸露的手臂也跟亞倫記憶中一樣，滿是瘀青與傷痕。

「當年在戴菲斯即將嚥氣之時，我把他放進了研究所特製的冰棺，使他陷入沉眠。只要放進那裡頭，就算不是薩滿也能活下去。」

「你……」亞倫瞠目結舌。「也就是說，戴菲斯還活著？」

「是的，殿下。這座冰棺停止了他的時間。唯一可以讓他醒來也能活下去的辦法，就是完成北極星計畫。只有讓他成為薩滿，才能拯救他的性命，薩滿強大的自癒能力肯定能治好他身上大大小小的病痛。」

「但他成為不了薩滿，不是嗎？」亞倫為難地說。「戴菲斯在日記裡提過，他努力了很久依然無法變成薩滿，是不是薩滿一生下來就注定了。」

「不，可以的，因爲他身上流著哥雷姆人的血液。」柯賽爾按住亞倫的雙肩，略顯激動地說：「所有哥雷姆人都具備化爲怪物的基因！只要喝下血液就能引出潛在的力量，尤其是薩滿的血液。您懂嗎？殿下，您是不可或缺的，因爲您是哥雷姆國最強大的薩滿，體內的毒性比誰都要來得強。我本來打算在您成年那天，把您打造成完美的存在後再汲取血液，可惜那個魔法師打亂了我的計畫……」

亞倫愣在原地，他的腦海中浮現另一個世界的自己。

在無數個平行時空裡，原來就是這個人屢次將他變成了怪物，在那個不存在魔像的世界中恐怕也是如此。

爲什麼厄密斯經歷了那麼多個時空，都沒有發現柯賽爾和戴菲斯，恐怕是他們隱藏得太好了。他們從小就活在誰都不能相信的環境裡，一舉一動皆小心翼翼，不會輕易洩露自身的盤算。

可亞倫感覺得出來，他們肯定很想向人訴說自己的故事。

包括他們坎坷的人生，以及描繪過的夢想，兩人一直以來都希望自己的故事能被聽見，並且遇到願意對他們伸出援手的人。

可無論在哪個世界，最終他們都沒有如願以償。

「不過沒關係，不管是您還是厄密斯，你們的血一定能發揮效用的。成爲薩滿最重要的關鍵就是毒素濃度，只要體內的魔花毒素夠多，即使不是哥雷姆人也能變成薩滿，更何況是擁有純正哥雷姆血脈的戴菲斯。」柯賽爾鬆開亞倫的肩膀，笑著向後退了幾步。「所以啊，殿下，回到您的本體吧。分身會消耗本體的力量，沒有分身的您才是最完美的。」

「你聽不懂嗎？我有可能會變成怪物，到時候誰也無法倖免，連戴菲斯也是！」亞倫著急地勸說。「誰都不會活下來的結局就是你要的？」

話音剛落，他的雙腳驀地被赤褐荊棘纏捲住。

柯賽爾走到實驗室中熊熊燃燒的火爐旁，看了看戴菲斯，又看看亞倫。

「打從我們決心反抗北極星計畫時，就已經決定要爲世界帶來這樣的結局了。」柯賽爾的嗓音盈滿笑意。「要死大家一起死，不然就是我們兄弟倆獨活。除了這兩個結局，其他我都不會接受。」

亞倫睜大雙眼，直到此刻他才終於明白。

說什麼都是沒用的，因爲這個人已經走火入魔了。

+

此時，穆恩正一路朝城堡狂奔，利刃掀起的狂風伴隨著他，爲他斬除所有阻礙。他獨自來到緊閉的城門前，雙手舉起長劍奮力一揮，巨大的風刃襲向厚重的木製城門，將之劈成兩半。

他踏著堅定的步伐走進城堡，殘破不堪的庭院裡早已不見巨龍的身影，唯有一尊方才被亞倫喚醒的魔像徘徊著。一看見他，魔像立刻收起武器向他敬禮。

「亞倫呢？他在哪？」他側頭詢問魔像，可惜對方搖了搖頭。

穆恩煩躁地抓抓頭，遠方傳來的陣陣龍吟讓他備感焦慮。

要是厄密斯醒著，想找到亞倫只是眨眼間的事，偏偏那傢伙睡死了。

「可惡，那個混蛋，敵人都出現了，到底在幹麼！」

雖然亞倫說厄密斯只是小睡一下，但穆恩不懂這些怪物所謂的小睡究竟是多久，他只能將希望寄託在魔紋劍上。

他重新回到大廳，通往魔紋師居處的路徑卻全被碎石封死了。他喊了幾聲，果不其然沒得到回應，無奈之下只得另尋他路。早在踏進城堡前，他就問過亞倫本體被關在哪裡，亞倫說不出個所以然，僅含糊地表示棺材放在能俯瞰整個首都的大廳，所以肯定在高處，他先往上走準沒錯。

在無數個平行時空裡，這座壯麗的城堡最後成了他的囊中物，不過這一次不會是這個結果。他想要的都已經得到了，這回換他幫助亞倫了。

他一路留心周遭的景象，柯賽爾的荊棘顏色偏赤褐，而且是紅花，與亞倫和厄密斯的不同。除了方才的魔紋師居所樓層有赤褐荊棘，其他地方全是厄密斯的藍花荊棘。

他盡可能地爬到高處，可眼前通往更上層的樓梯也被碎石阻擋，令他心急如焚。

穆恩將魔力灌注至長劍中，揮劍砍向碎石，無奈成效不彰。幾塊巨大碎石化爲細小的碎塊掉落下來，仍然有大量石塊堵著通路。

他砍了好幾劍還是徒勞無功，最後忍不住咒罵出聲。

「亞爾戴倫你給我滾出來！只有我可以找到你，聽到沒有！」

在他加重語氣喊出最後一句話時，上方傳來一陣隆隆聲，聲音越來越大，似乎有什麼正朝這裡接近。

堵住階梯的碎石像正被一隻手從後方推擠似的，突地往下崩落，穆恩嚇得趕緊退到長廊上。他睜大了雙眼，眼睜睜瞧著碎石宛如被炸開一樣，前路一下子豁然開朗，數十條荊棘從樓梯上方延伸下來，隨後在穆恩的腳尖前停下。

黑劍上的白紋閃爍著耀眼光芒，雖然沒有魔花，但穆恩一看荊棘的顏色就知道這是亞倫的荊棘。

他的目光沿著荊棘朝上望去，頓時明白了劍會指引他是什麼意思。

這把劍的魔紋顏料是用亞倫的魔花調製的，現在這些荊棘感應到魔紋劍的召喚了。

穆恩重新走上樓梯，神情堅定。這一次不會再有任何東西擋住他的去路，因爲魔花荊棘爲他開出了一條通往哥雷姆王子所在處的路。

✢

幾乎是一瞬間，火焰灼燒了亞倫的全身，他還來不及發出痛苦的哀鳴，這副本質是植物的身軀便付之一炬。

而眨眼間，他就從刻骨銘心的劇痛中清醒，當他猛然睜開雙眼時，眼前是那個他既熟悉又陌生的場景。

亞倫咳了好幾聲，驚慌恐懼地轉動著眼珠子。

半透明的玻璃棺蓋占據了他大半的視野，湛藍魔花與純白魔花依偎在一起，編織成一張溫柔的絨毯，枕在他纖弱的身子下方，而他的手上還握著一朵藍色魔花。

不知是否剛醒來的緣故，亞倫感覺自己並沒有預想中來得躁動，相反的，他渾身無力，連挪動手臂都有困難。

「咳……咳……」他艱難地抬起手，想盡辦法舉起藍色魔花。

「厄密斯……」他虛弱地對著魔花呼喚。「救我……我快……」

他很害怕，再這樣下去，他就要變成怪物了。

一旦成爲眞正的怪物，除了殺死他以外便沒有其他選擇了。而在殺死他的過程中，肯定會犧牲不少人。

亞倫重新放下手，改爲操控自己的荊棘。如今的他比剛醒來時強上許多，白花荊棘纏住捆著棺身的藍花荊棘，粗暴地扯斷，將棺蓋掀了開來。

荊棘捲上亞倫的手，將他拉起，棘刺扎進他柔嫩的肌膚，帶來難以忽視的刺痛。亞倫瞇起眼睛，忍著痛在荊棘的協助下爬出棺材。

他趴在地上，已經用慣植物之身的他對這具百年未使用的身軀十分陌生。他覺得身體彷彿有千斤重，做什麼都虛弱無力且不聽使喚，儘管如此，他還是得努力逃離此處，因爲柯賽爾肯定快趕過來了。

白花荊棘瘋狂地拉扯擋住所有出入口的藍花荊棘，如今這裡對他而言不再是密室，只要給他時間，他就能逃出去。

可就在他奮力挪動腳步時，一道嗓音悠悠在他身後響起。

「別掙扎了，王子殿下。」

亞倫驚懼地回頭，柯賽爾的姿態一如當年，他又戴上了戴菲斯的面具，不管是嗓音或是裝扮，都跟亞倫記憶中的他一模一樣。

「來，跟我走吧，我們可以讓這個狗屎爛蛋的世界迎來曙光。」柯賽爾緩步走來，溫柔地伸手攙扶哥雷姆王子。

亞倫避開他的手，他驅使荊棘攻擊柯賽爾，然而柯賽爾握緊他的手腕，力道之大令他痛得沒法專心操控荊棘。

「請乖一點，殿下。您也不想弄壞這具身體吧？分身毀損了，再創造一個就行，唯有這具身體，要是壞掉就沒有重來的機會了。」

「壞了總比這個世界毀滅來得好。」亞倫吃力地駁斥。「這一次我不會成爲毀滅世界的怪物，我寧死也不會讓這件事發生！」

柯賽爾發出嘆息，赤褐荊棘從四面八方冒出，如游蛇一般匍匐而來，亞倫想操控荊棘阻止，但是柯賽爾狠狠捏住他的喉嚨。「我不是說了別掙扎嗎！你們王族到死都不會把我們的話聽進去是不是！」

亞倫痛苦地瞇起眼，想咳卻咳不出聲。正當他的意識逐漸渙散時，一道宏亮且熟悉的咒罵闖入他的耳裡。

「你他媽給我放開他！」

亞倫睜大雙眼，他想扭頭看向聲音來源，一道凌厲的風隨即從他頭上掠過，逼得柯賽爾不得不鬆開他。

一隻手抓住了哥雷姆王子的手臂，這次扶起他的，是他的騎士。

「穆恩……」亞倫緊緊抓住穆恩的雙臂，看著對方焦急又氣憤的模樣，亞倫幾乎要哭出來似的，語氣微微顫抖。

他果然沒猜錯。

穆恩的命運並不是殺了他，也不是成爲哥雷姆王，而是拯救他。

另一個世界的穆恩殺了他，終結了他注定要毀滅世界的可悲宿命。

所以這個世界的穆恩一定也能終結他悲慘的命運。

「殿下，您打算跟國王一樣捨棄我們嗎？」柯賽爾摀住方才因閃避不及而被傷到的腹部，激動地吶喊：「我把所有故事都告訴您了，爲什麼您還是拒絕我？我需要您的幫助啊！」

「你有什麼毛病？掐著別人脖子還要人家幫助你？」穆恩瞠目結舌地瞧著這個發了瘋的薩滿，他還以爲自己的臉皮已經夠厚了。

「你懂什麼？我們從小生活在地獄裡，這些人明明有機會把我們從地獄之中拯救出來，可是他們沒有。他們爲了自己的利益忽視我們的痛苦，甚至抹殺了戴菲斯！我現在要這個國家的王子正視這個過錯有問題嗎！」柯賽爾的雙眼布滿血絲，赤褐荊棘幾乎占據了整個大廳，在亞倫與穆恩身周張牙舞爪。

穆恩還以爲柯賽爾遭遇的是什麼天大的困境，結果聽上去竟如此熟悉。

「我怎麼可能不懂？」他不屑地哼笑，一手抱著虛弱的王子，一手將劍指向柯賽爾。

「我告訴你，你自己放不下過去，沒人能幫你放下。當年參與北極星計畫的人都已經死了，你抓著一個現在才得知這件事的人有什麼用？就算讓他爲你弟弟償命，你也不會因此滿足的。」

柯賽爾根本不想講理，他死死盯著亞倫，赤褐荊棘凶猛地朝兩人衝去，僅僅是眨眼間，幾道白色閃光與荊棘相撞，荊棘紛紛落到地上。

「先走……」亞倫拉了拉穆恩的衣袖，虛弱地提醒。他知道自己遲早能恢復正常行動，只是目前還無法。

穆恩瞄了他一眼，接著一把將王子殿下扛到肩上，二話不說奔向門口。

「你們以爲逃得了嗎？」柯賽爾憤恨地高聲說，赤褐荊棘一擁而上，猶如窮追不捨的毒蛇，穆恩見狀連連咒罵，一邊狂奔一邊時不時朝後方砍去幾道風刃逼退荊棘。

「你這傢伙怎麼盡是吸引想綁走你的偏激分子！」穆恩崩潰地以最快速度衝下樓梯。換成是以前的他才不會跟這種怪物起衝突，畢竟錢再賺就有，命可不能沒了，偏偏他家王子老是引來強大的怪物。

「荊棘快追上了。」亞倫沒時間反駁，而是驚慌地試圖用自己的荊棘擋下攻擊，可他被穆恩顛得有點暈，根本沒法攔住來勢洶洶的赤褐荊棘。

就在此時，遠方傳來刺耳的龍吟，而且顯然正越來越接近，令本就危急的情況雪上加霜。

「喂、喂！那條龍要過來了啊！你快點喚醒差不多厲害的魔像去對付他啊！」

「我現在很暈，這種狀態下沒法喚醒魔像的……」

「你除了當王子啥都不會了是吧！」

穆恩臉都綠了，後有荊棘前有魔像，就算是平行世界的他肯定也打不贏。

「算了算了，有種全都衝著我來！我告訴你啊……」穆恩回頭對駭人的大量荊棘怒吼。「我可是被命運眷顧的男人，無論在哪個世界我都死不了，還當上了哥雷姆王，你殺不死我的！」

他跳下最後一道階梯，一路跑到大廳，把守在大廳的魔像嚇了一跳。

「交給你了啊，我先走了！」看到魔像，穆恩稍微鬆了口氣，他打算一鼓作氣衝出去，然而就在他踏出大門之際，巨龍驟然降落在廣場上，滾滾塵煙遮住了兩人的視線。

後方傳來荊棘蠕動與鎧甲碰撞的聲音，穆恩回頭瞧了一眼，愕然發現那尊看起來很強的魔像居然眨眼間就被無數荊棘纏得動彈不得。

「殿下，您爲什麼要逃？」柯賽爾不疾不徐地越過魔像，露出不敢置信的表情。「當年滅國時，您不是老實地待在城堡等厄密斯嗎？爲什麼這一次要逃？厄密斯要您的性命您願意，我要您的性命就不行嗎？同樣是被這個國家傷透了心的人，您願意補償他，就不願意補償我？」

「神經病嗎？當年有我在的話，他怎麼可能乖乖待在那裡？」穆恩白了柯賽爾一眼。若他早一百年認識亞倫，當下早帶著亞倫逃走了，假如王子不肯走，他也會留下來，絕不會放亞倫一人。

柯賽爾瞇起眼，惡狠狠地瞪著穆恩。「區區一個普通人類，別想干涉我們之間的糾紛！憑你那脆弱的凡人之軀能夠幹什麼？打敗我嗎？擊敗戴菲斯的龍嗎？別傻了，給我去死！」

此話一出，巨龍張開大嘴朝穆恩撲來，赤褐荊棘也封鎖了穆恩的所有退路，亞倫頓時慌張無比。就算他給穆恩的劍再怎麼強，也不可能同時擋下兩道致命攻擊，穆恩是唯一能擊倒他的人，要是穆恩送命了，這個世界就完蛋了。

「穆恩——」

「你別吵，什麼事都別做聽到沒有！」

穆恩咬牙衝向荊棘，打算硬是殺出一條血路，然而巨龍的動作比他更快，在他突破荊棘的包圍之前，龍嘴已經逼到了他身後，赤褐荊棘也在這時捲住亞倫的身體，強行把亞倫帶走。

驚慌的亞倫被捲上高空，他伸直了手想抓住穆恩，卻不幸落空，只能絕望地看著穆恩即將被吞噬。

「穆恩！」

塵煙四起，赤褐荊棘幾乎吞沒了穆恩的身影。

就如柯賽爾所說，凡人在這種情況下幾乎沒有抵抗的可能——

然而時間突然像靜止了一般，荊棘和巨龍都停住了。

亞倫睜大雙眼，很快發現時間並沒有停止。

阻止了這場攻勢的，是不知何時冒出的藍花荊棘。

藍花荊棘強勢地從後方拉住巨龍，纏住了他的上下顎與四肢，奇蹟似的限制了巨龍的行動。

「當我死了嗎？」

國。

一道陰慘慘的嗓音從穆恩所在處傳來。

藍花荊棘粗暴地撕裂錯綜交織的赤褐荊棘，露出一藍一黑兩道身影。

滅國魔法師站在王子的騎士身旁，盯著柯賽爾的眼神冰冷得彷彿能夠凍結整個哥雷姆

「你這個罪魁禍首，這次我絕對會拿下你。」

第九章

「厄密斯！」亞倫興奮地睜大眼睛，他的呼喚奏效，這個人終於醒了。

像是在回應他，藍花荊棘強硬地把束縛亞倫的荊棘扯了下來，隨後穆恩三兩下砍斷纏在亞倫身上的荊棘，一把將他拉到身後。

「你也來得太慢了。我剛剛一邊逃一邊大罵了你無數次，總算把你罵醒了。」穆恩沒好氣地問候厄密斯。

「你也就這點出息，這種等級的貨色換作是其他世界的你，早就解決了。」厄密斯冷冷嗆回去，他瞄了一眼穆恩手上的白紋黑劍，頓時明白了是怎麼回事。

他穿越過這麼多個世界，從沒見過穆恩拿這把劍。那個暴君穆恩除了炎劍以外，唯一會佩帶的劍就是加克的劍，可這次穆恩拿的居然是亞倫賜予的劍，命運眞的走向他無法預料的方向了。

「您可終於現身了，親愛的魔法師閣下。不是說好用肉身嗎？您怎麼還是用荊棘之身呢？」柯賽爾不滿地控訴。

「你不也是嗎？」厄密斯抬起手，無數荊棘從庭院冒出，纏住巨龍的身子強行把巨龍按在地上。

如今眞的見到陷害亞倫的罪魁禍首，厄密斯反倒十分冷靜。

「你的目的到底是什麼？爲什麼要讓亞倫變成怪物？」

柯賽爾重新露出笑容，理所當然地回應：「這還用說嗎？只要王子殿下變成最強大的怪物，他的血必定能拯救戴菲斯。戴菲斯被這個國家害死，所以我讓這個國家的王子負起責任，有什麼錯嗎？」

聞言，厄密斯都氣笑了。

搞了半天，居然是這種原因。

「然後呢？你以爲你說的那個人能安然無恙醒來？你覺得他醒來後還會是你認識的那個人嗎？」

「什麼意思？」柯賽爾斂起神色，語帶警戒。

「不管是你還是他，你們喝了哥雷姆王子的血確實能大幅增強薩滿的力量，達到下一個境界，但成爲怪物是有代價的。」

厄密斯搖搖頭，眞心覺得柯賽爾很可笑。

「代價我早就知道了，死多少人都沒關係啊，我們本來就打定主意要爲這個世界帶來死亡。」

「哦，人命你不在乎。那記憶呢？」

「……什麼？」

厄密斯深深凝視著他，一字一句清晰地說：「成爲怪物的代價，就是捨棄身爲人類時的記憶。你承受得了嗎？」

「想要邁向永生，最後一步便是割捨記憶。你會忘掉所有珍惜的人事物，包括那些推動你前進的過去。你說的那個人只要喝了亞爾戴倫的血，很有可能變成這樣。」厄密斯平靜地陳述自己的親身經歷。「這就是你要的嗎？你們之間的所有回憶都會消失，他再也不認得你，即使這樣你也無所謂？」

柯賽爾沉默了。

一直以來，支撐他走下去的就是和戴菲斯一起構築的夢想。

那是他們最珍貴的東西，一旦失去這些回憶與美夢，變成怪物就沒有意義了。

「我怎麼知道你不是在說謊？你只是想阻止我吧！」

「我騙你幹麼？」厄密斯嘴角上揚，語氣充滿嘲弄。

「這是過來人的警告，我到現在都還想不起自己身為人類時的記憶，但我不在乎。反正達到永生後，所有人都死了，想起來也沒什麼用不是嗎？你們也一樣，像亞倫這種不上不下的狀態維持不了多久，總有一天你們都會邁向永生，把過去種種拋棄後，毫無負擔地活下去——」

「閉嘴！」柯賽爾激動地打斷他的話，赤褐荊棘如蛇蠍般在牆上蠕動。「你說謊！只要把人殺光就好了，怎麼可能還要捨棄記憶？我研究了上百年，從沒聽說過這種情況！我可是研究薩滿的專家！」

彷彿是感應到柯賽爾的召喚，巨龍奮力掙扎起來，逼得厄密斯皺起了眉，不得不回頭專心壓制。

紅花荊棘朝亞倫等人襲來，所幸這回穆恩不再需要分心對付巨龍，他把所有接近他們的荊棘砍斷，迅速帶著亞倫逃走。

「你們這群混帳，到底憑什麼阻止我們！」柯賽爾怒吼，巨龍跟著憤怒地咬斷纏在身上的荊棘，並且試圖用爪子去抓厄密斯。「我們什麼也不會失去！不要想恐嚇我們，誰也別想！」

「要是這一切都是假的，我還會在這裡嗎！」厄密斯痛苦地後退幾步，他的臉色變得蒼白，嗓音也顫抖起來。

他用盡全力困住巨龍，豁出去似的對柯賽爾咆哮。

「我認識的那個亞爾戴倫就是承受不了把所有事情都遺忘的罪惡感，所以自殺了啊！我多希望這一切都是假的！」

亞倫僵在原地。

他想到那個活在沒有魔像的世界、神采奕奕的王子殿下。

他一直想知道，在沒有魔像守護的情況下，他要怎麼樣度過化爲怪物的難關，雖然能隱隱猜到最後肯定不會有什麼好結局，可如今答案血淋淋地攤在面前，他依舊震驚得說不出話。

「你瘋了！這一切只是你的妄想！」柯賽爾的雙眼布滿血絲，崩潰地駁斥。他不會因殺死所有人而產生罪惡感，但他不能確定戴菲斯不會，畢竟他們的夢想是報復推動北極星計畫的人，並不包括無辜人士。

赤褐荊棘如潮水般襲向厄密斯，卻全被幾道白光一刀兩斷。

「你有完沒完！」穆恩一個箭步朝柯賽爾衝去，注意力全在厄密斯身上的柯賽爾反應不及，他的世界頓時宛如急速墜落一般，僅僅一個眨眼，他便發現自己倒在了地上。

不，倒在地上的只有他的一部分——他看見自己的身體仍穩穩站在原地，是他的頭落到地上了。

出招凌厲致命的騎士把他的身體砍成數塊，並拿出火柴點燃扔在他身上，接著一把抱起亞倫，對厄密斯喝令：「趁現在快走！」

厄密斯點點頭。他回頭看了一眼被大卸八塊卻不見半點血的柯賽爾，完全不感意外。不摧毀肉身是無法徹底消滅魔花怪的，所幸分身不是那麼好製造的東西，正好他也快撐不住了，趁機撤退爲妙。

三人倉皇地穿過庭院，終於離開了城堡。穆恩帶著兩人在大街小巷左彎右拐，總算擺脫了巨龍阿斯比。

掙脫荊棘的巨龍重新飛上高空，憤怒的吼叫傳遍了整個首都，他來回盤旋掃視底下的城市，卻已找不到亞倫等人的身影。

穆恩帶著亞倫與厄密斯躲在一處廢棄民宅中，確認危機暫時解除後，穆恩才放下了亞倫。如今的亞倫抱起來比之前沉重又有溫度，讓他有點不習慣。

「你改成使用本體了？之前的植物身體呢？」

亞倫咳了一聲，尷尬地說：「被柯賽爾燒了。」

見兩人倒抽一口氣，亞倫急忙解釋：「沒事，一瞬間就沒了，過程意外迅速。倒是艾爾艾特……艾爾艾特被留在那了。」

亞倫難過地垂下頭。那可是他父王的魔像，柯賽爾憎恨哥雷姆王，他不敢想像柯賽爾會如何對待艾爾艾特。

「我們魔花怪只能設定一個座標，沒有座標就無法直接瞬移到對方身邊。」厄密斯搖搖頭，語氣也帶有幾分遺憾。他挺喜歡艾爾艾特的，也因為艾爾艾特的關係而對國王有所改觀。

「我要是他就會拿艾爾艾特當人質，逼你就範。反正遲早要殺，等榨乾利用價值再殺也不遲，所以你放心，那傢伙八成還活著。」穆恩倒是不怎麼擔心，只是這番安慰讓另外兩人不禁毛骨悚然。

「我比較擔心你再次見到柯賽爾之前，就會變成怪物。」厄密斯沉著臉打量亞倫。「你現在還好嗎？」

亞倫點點頭。他目前有種魔力多到反胃的感覺，不過出乎意料的還算保有理智，也許是當初製造分身消耗了他許多力量。

穆恩站在門邊仰望巨龍，等巨龍飛遠後，才招了招手讓兩人出來。

「氣死我了，那隻巨龍太礙事，真的得找時間除掉。」穆恩十分頭大，他回頭望向兩位薩滿。「喂，你們有辦法控制他嗎？」

亞倫與厄密斯都搖搖頭。

「如果他的主人是普通的薩滿還可以試試看，但柯賽爾的能力太過強大，我奪取不了他對阿斯比的控制。」

「我魔力沒有多到可以覆蓋那條巨龍的指令。」厄密斯皺起眉頭。「而且那魔像也太聽話了，有點古怪，簡直就像那瘋子的分身。」

「這麼說來……或許阿斯比根本沒被控制，畢竟那是他弟弟戴菲斯的魔像。」亞倫凝視著巨龍逐漸遠去的身影，心中有了決斷。

「雖然我們沒辦法覆蓋他的指令，但有人可以。」

「誰？」穆恩一臉震驚。「沒有比你們更強的魔花怪了吧？」若還有一個得對付，他就必須考慮要不要把王子綁走逃跑了。

「不是魔花怪。」亞倫搖搖頭。他瞄了厄密斯一眼，帶著微笑開口：「是魔像。哥雷姆國有個魔像可以控制所有魔像，記得嗎？」

「那個魔像之神？」穆恩神色複雜地回答。得知霍普在其他平行時空裡都是他的戰友後，他對這個魔像的觀感變得有點微妙。「他不是一直在沉睡嗎？除非你變成怪物，他才會甦醒。」

「我可以求他醒來，他說不定會答應。」

穆恩面無表情盯著他，他以爲王子的自戀症又發作了。

「對吧，厄密斯？」亞倫笑盈盈地看著厄密斯。

厄密斯沒有作聲。

「霍普跟我的關係，就像柯賽爾跟阿斯比的關係，我與霍普的魔紋師具有很深的關聯。」

厄密斯明白瞞不下去了，他艱難地開口：「你什麼時候知道的？」

「很好猜不是嗎？霍普的魔紋完全是『我』的風格，即使沒有星辰湖的提示，我也遲早會猜到。」

「什麼意思？星辰湖？那個霍普的魔紋是你畫的？但他不是建國之初就有的東西嗎？」穆恩搞不清狀況，被亞倫的說法弄得混亂無比。

「不是我畫的，不過厄密斯應該曉得是誰畫的。」

說完，王子與騎士齊齊看向滅國魔法師。

厄密斯沉默了一會，最後發出長長的嘆息。

「是我認識的亞倫畫的。」他不甘不願地承認。「霍普是他的第一個也是最後一個魔像。在臨死之前，他將霍普送到了其他平行時空，爲的就是拯救哥雷姆國。」

「其實在宇宙之中，有著數不清的平行時空。許多時候我們只要做出一個不同的決定，就有可能造成新的時空誕生。」厄密斯凝視著地面，不疾不徐地道出他所知的眞相。「有的時空跟目前這個時空無限相似，差別在於你們其中一人死了，或是兩個人都死了，這樣的時空是可能存在的。而我來自的時空，是『沒有魔像之神的時空』。」

「在我原先所在的時空裡，確實也有哥雷姆國，但那個國家只有魔花沒有魔像，因此當亞倫變成怪物後，幾乎所有人都被他殺死了。」

那是個既美麗又殘酷的世界。

在那裡，亞倫變成怪物後很快消滅了哥雷姆國，並把魔爪伸向國境之外。面對如此強大的怪物，人們幾乎毫無抵抗之力，所有人類都活在恐懼中，然而也有少數人並未放棄希望。他們深入險境，找出了怪物誕生的原因，並摘下魔花，試著製造出另一個怪物抵擋魔花王子。

而厄密斯就是那個被選上的人。

他是拯救世界的最後希望，可變成怪物是有代價的，他不知道，那些將他變成怪物的人也不知道。他跟亞倫一樣，在最後一刻成爲了只剩嗜血本能的怪物。

邁向永生是一個漫長的過程，在身體完全被魔花毒素占據後，宛如含苞待放的他們會開始不斷尋求鮮血增強魔力。

沒有一株植物不需要水，而魔花怪需要的是血，唯有鮮血才能讓他們綻放出最美麗的姿態，爲此得犧牲無法估算的人命。

最後，他們成爲了神一般的存在，不老不死、完美無瑕，具備能夠創造世界的龐大魔力。

他們是那個破碎世界的神，擁有無盡的時間與空間，唯一沒有的，就是身爲人類時的記憶。

爲了讓世界再度恢復繁榮，亞倫花了許多時間，最後找到了創造新生命的方法。他決定打造魔像，讓魔像成爲新世界的居民。

霍普就是他的第一個創造物。

他用自己的魔花作爲顏料，從雕刻石像到繪製魔紋都親力親爲。

若成功喚醒霍普，他原本預計要再打造其他魔像，令世界回到以前那熱鬧的樣貌。

然而在亞倫喚醒霍普之前，發生了一個意外。

「在他打造魔像的過程中，我幫他查了不少資料……結果注意到一件事。」厄密斯一手半掩著面，顯得痛苦不已。「我透過許多文獻發現，他還是人類時是一名王子。當時我感到很意外，便向他提起了哥雷姆國的事。」

「他早就失去了身爲王子的記憶，但哪怕一點也想不起來，他的心仍記得這個國家。王子這個詞就像一道咒語，成了他的心魔，時時刻刻呼喚他回想起那些他早已捨棄的過去，到後來他連魔像都不做了，整日渾渾噩噩地四處徘徊，最後在偶然經過星辰湖時，得知了世界被摧毀的眞相。」

接下來的故事，不用說亞倫也很清楚，他了解自己的個性。

最珍愛的國家是被自己親手摧毀，而他居然將這一切拋諸腦後，幸福快樂地活著。如此沉重的罪孽他不可能背負得了，只有殺死自己能讓他稍微好過一點。

可他解脫了，厄密斯卻沒解脫。

罪惡感轉移到了厄密斯身上，厄密斯始終認爲，如果亞倫永遠不曉得自己是王子的事，本來可以幸福地活下去的。

亞倫會成爲魔像世界的神，每天與最喜歡的魔像們共度美好時光，然而這一切全都無法實現了。

「他承受不了眞相，在完成霍普後，便將霍普送到其他時空，祈禱霍普能改變這個結局。可再怎樣那都是其他世界的事，他的哥雷姆國再也不會回來了，所以他用火燒死了自己，徹底消失在那個世界……而我則追尋著霍普的蹤跡，來到全新的時空。他拯救了別人的世界，卻依然拯救不了他最愛的哥雷姆國。」

厄密斯凝視著亞倫澄澈的雙眸，他經歷過那麼多個時空，早已明白什麼才能夠拯救亞倫。

只有拯救哥雷姆國，才能拯救哥雷姆王子。既然哥雷姆國注定要迎來一次毀滅，不如就由他來動手。

聽著厄密斯的述說，亞倫的眼眶不禁微微酸澀。

他難以想像厄密斯承擔了多少壓力，光是這個世界就時常令他感到絕望了，更何況是經歷了那麼多個世界的厄密斯。

若那個世界的亞倫得知自己的離去會讓厄密斯有多痛苦，會不會做出其他選擇呢？真相已經永遠無法知曉了。

「謝謝你。」亞倫上前輕輕抱住厄密斯，將頭埋在肩窩，悶悶地說：「但……可以的話，不要再穿越到其他世界了。另一個我一定不願意看到你這麼做。」

那個世界的魔花王子無法原諒自己，所以自殺了。厄密斯也無法原諒自己，卻選擇不斷穿越時空尋找救贖，這就像一場永無止盡的拷問。

厄密斯拍了拍他的背。

「這已經是我見過最有希望的世界了。」厄密斯的目光落在穆恩的白紋劍上。「我從未看過穆恩拿那把劍。」

亞倫噗哧一笑，放開了厄密斯。「那是我設計的，好看嗎？」

「比炎劍好看多了。」厄密斯這是肺腑之言，他可不想再看到那把炎劍了。

亞倫望向與魔像神殿反方向的遠方。

「去找霍普吧，他不是在其他時空率領所有哥雷姆魔像將我困住了嗎？若有他的幫忙，一定能拿下柯賽爾。」

在這最後的時刻，亞倫決定相信「自己」。

另一個世界的他在許久以前種下了希望的種子，是時候讓種子開花結果了。

「跟我來吧，我知道在哪。」厄密斯帶領兩人朝前往神殿的正確方向走去。「我先警告你，霍普是完全無法控制的，他從不讓我踏進他的夢裡。」

「我知道，要是能控制他，你早就在其他世界幹掉穆恩了。」

「什麼意思？就算沒霍普我還是有機會贏的好嗎？」

「還眞敢說，霍普救你的次數多到我都懶得算了。」

穆恩哼了一聲，決定轉移話題：「我們先去找加克會合，柯賽爾隨時有可能回來不是嗎？」

亞倫點點頭，他運用薩滿的能力，很快聽見了加克的聲音，雙方一來一往溝通下，沒多久加克便趕來會合了。

只不過，來的不只他一人。

「嗚嗚嗚，你們一走魔像都醒來了，怎麼回事！」

「亞倫，你不是說巨龍不會飛的嗎！」

「不管你們去哪我都跟，拜託不要丟下我！」

穆恩面無表情瞪著緊緊黏在加克身後的冒險者們。

雖然加克沒能成功拿下巨龍，但他一路上救了許多落難的冒險者，此刻儼然已經成爲首都遠征團的團長了。冒險者們把他當作救命稻草，說什麼也不肯離開這位哥雷姆國第一騎士。

「亞倫，拜託讓我們一起同行！」加克所救的冒險者裡，當然也包含了泰歐斯。可憐的他第一時間就發現自己的炎劍對巨龍毫無效果，只能帶著隊員們狼狽地東躲西藏，最後在千鈞一髮之際被加克所救。面對生命威脅，泰歐斯完全顧不得面子了。

「離開你們我們會死的！那個巨龍是石像，只有魔紋劍才能對他造成傷害啊！」

在場有幾位冒險者先前靠著拚命清掃墓穴換來了魔紋劍，然而這並不代表他們具備跟巨龍對抗的實力。就如穆恩所說，那是需要幾十人合力才有辦法拿下的怪物。

「沒關係，跟我們走吧，我們會盡力抵擋巨龍的。」亞倫露出令人安心的笑容，柔聲安撫在場眾人。

只有他的隊友知道，巨龍就是因爲他才醒的。

「我們趕時間，走了。」厄密斯開口催促。他不喜歡這麼多人，不過在這種危急的情況下，人手多一點確實沒有壞處。

「自己顧好自己啊，我可不負責保護你們。」穆恩走在亞倫身旁，毫不客氣地把醜話說在前頭。

亞倫吩咐加克帶路，自己則把厄密斯拉到一邊，在隊伍後方悄聲告知情報。他詳細說明了柯賽爾與戴菲斯的事，當厄密斯得知戴菲斯的特殊體質時，表情轉爲驚訝。

「……眞的？他身爲哥雷姆人，卻絲毫不受魔花毒素影響？」

「感覺是，他的自癒能力奇差，完全沒有轉變成薩滿的跡象。我以爲只要體內累積的毒素夠多，誰都能變成薩滿……」

「確實如此，我並非哥雷姆人，但也成爲了薩滿。」

「什麼？」亞倫錯愕得停下腳步。「你不是哥雷姆人？可是你……」

厄密斯根據自己在原本那個世界查閱到的文獻解釋：「在哥雷姆國滅亡後，那個世界的人們才眞正注意到魔花怪物的威脅。當時所有哥雷姆人都死了，他們只能找其他人服用魔花毒，最後只有我成功撐過來。」

那時候，世界各地的菁英聚集在了一起，在末日逐漸逼近的壓力下，他們對厄密斯進行的實驗成功了，沒想到卻加速迎來末日。

「被迫成爲薩滿的過程一定很痛苦。」亞倫悲傷地說。

「不知道，早就忘了。我只知道自己是在距離哥雷姆相當遙遠的地方醒來。」厄密斯眞心不在乎遺失的過去。「我對薩滿也算有研究，可還是第一次得知有人對魔花毒免疫。如果這是眞的……」

厄密斯深深凝視著亞倫，鄭重地表示：「那哥雷姆人就有救了，因爲那個人很可能擁有魔花毒的抗體。有了他的抗體，說不定能研發出解藥。」

亞倫愣住了。

他停頓許久，重新開口時嗓音都在顫抖：「你是說……我……我們還有救嗎？可以徹底擺脫魔花，重新變回人類？」

「很有可能，前提是柯賽爾得交出他弟弟。」

「我一定會逼他交出來！」亞倫無比振奮，他的聲音大到讓前方幾個冒險者回過頭，驚疑不定地看著他。

所幸魔像神殿離城堡不遠，在加克的指揮與穆恩熟練的帶領下，眾人一路避開巨龍的視線，途中還又多收了幾個狼狽的冒險者，順利抵達了神殿。

饒是旅行經驗豐富的一眾冒險者，乍見魔像神殿仍忍不住感到震撼。

神殿沉默地矗立在寬廣的花園之中，看得出來善於雕刻與繪畫的哥雷姆人花費了大量心力打造，紋路精緻的魔紋如藤蔓一般遍布整棟建築，即使歷經百年依然微微散發著白色幽光。守護神殿的魔像們或攀附在神殿的屋頂上與石柱旁，或佇立在神殿外，與神殿遙遙相望。

「這裡就是供奉魔像之神霍普真身的神殿，請大家不要碰觸裡頭的任何東西。」加克像個導遊般，帶著大家踏上神殿前的大道。

十幾尊石造魔像分立於大道兩側，手上持著武器，神情莊嚴肅穆。冒險者們瑟縮在一起，生怕一不小心這些魔像就會動起來。

亞倫跟厄密斯對視一眼，一同走到隊伍最前方。

「加克，我們要入侵霍普的夢境，過程中不能遭受任何打擾。」亞倫交代。

加克點點頭，在抵達神殿門口時，要求冒險者們止步。

「為什麼不能進去？」

「就是說，這樣我們就沒地方躲了不是嗎？」

加克無奈地嘆息，他深刻感受到冒險者們有多惜命了。

「是誰說要跟著我們的？這裡就是我們的目的地，不爽的話自己找地方躲，去去。」穆恩不耐煩地揮手趕人。

此話一出，冒險者們面面相覷，接著全都安靜下來。雖然心懷不滿，可誰也沒有離開。

「算、算了。」泰歐斯摸摸鼻子，對其他人喊話：「反正這神殿挺大的，我們自己能找到躲藏處，你們說是吧？」

「沒……沒錯！說不定還能找到地下密道呢！」

冒險者們紛紛避開穆恩的視線，各自散開找地方躲了。

沒辦法，最頂尖的薩滿、哥雷姆國最強的魔像，以及穆恩與加克都在這裡了，待在這支隊伍附近才是最安全的。

穆恩哼了一聲，跟著亞倫與厄密斯走進神殿。

一踏入大廳，他便對上霍普的雙眼，那對玻璃眼珠讓他一時失神地停住腳步。

他明白內心這種悵然若失的感覺從何而來。在其他世界裡，這個魔像肯定是他非常重視的朋友。

三人來到霍普面前，內心皆是百感交集。

亞倫的手放在霍普的魔紋上，細細描繪紋路，目光溫柔地仰頭凝視魔像。

「謝謝你，是你讓這個本該被魔花吞噬殆盡的世界多了一絲希望。」亞倫真誠地對他說。「現在只差一步就能拯救哥雷姆國了，請你助我們一臂之力。」

待亞倫語畢，厄密斯的手也放到霍普身上，兩人互看一眼，確認彼此都準備好後，同時閉上眼睛，潛入魔像之神的夢裡。

+

亞倫緩緩睜開雙眸。

映入眼簾的是一望無際的青草綠地，以及一扇巨大的石門。

他愣愣地東張西望，這裡除了石門外什麼都沒有，連厄密斯也不見了。

「跟傳聞中一樣……」他不敢置信地喃喃。

在哥雷姆國，只有位高權重的薩滿才被允許進入霍普的夢境聆聽神諭，可從沒有人成功過。

自古以來，那些薩滿的說詞都一樣——除了門以外什麼也沒有。

亞倫站在門前，他不太確定自己是不是被拒絕了。

然而他才剛踏出一步，石門便發出隆隆聲響，緩緩向外開啟。

耀眼的白光從門扉內透出，亞倫怔了怔，隨即握緊拳頭，踏著堅定的步伐走進門後的世界。

當他重新睜眼時，發覺自己又回到了哥雷姆城堡。

不過眼前這座城堡異常破舊，外頭世界的那座城堡由於慘遭巨龍肆虐，大概有八成受到損壞，部分外牆與地面也龜裂了，但這座城堡更慘，幾乎只剩下骨幹，半邊牆壁都不見了，城堡的外觀像是被咬了一口般，缺少一大塊，明媚的陽光直接照入整個大廳，點亮了廳內破舊的王座。

「亞倫。」

這一次，亞倫清晰地聽見了那個在他年幼時，曾經呼喚他的聲音。

他回眸望去，終於與魔像之神對上眼。

霍普背著巨弓，站在坍塌的大門口前。

像是早已預料到這天會到來，霍普對亞倫伸出一隻手，沉默地表達邀請。

亞倫綻放笑容，踏著輕快的步伐走去，將手放到魔像厚實的掌心上。

「走。」魔像用生澀含糊的嗓音對他說。

「你要帶我去哪裡？我有話要跟你說。」

霍普搖搖頭又點點頭，他歪了歪頭，似乎在思考該怎麼向他解釋。

看著霍普憨態可掬的模樣，亞倫笑了笑，不再追問。他任憑霍普帶著他走出崩毀大半的城堡，來到了空蕩蕩的廢墟廣場上。

當那個再熟悉不過的身影映入眼簾時，他登時睜大了雙眼。

眞正的魔像之神孤身一人站在陽光灑落的廢墟當中，對他露出溫柔的笑容，緩緩攤開雙手。

「歡迎來到霍普的夢境，另一個世界的我。」

親手摧毀自身世界的那個亞倫帶著悲傷的微笑，和厄密斯同樣鮮紅的眼眸深深凝視著踏入霍普夢境的亞倫。

亞倫傻愣在原地，一時之間不知該如何反應。他有太多話想問，可面對這個迎來最壞結局的自己，他一句話也說不出口。

「不必介意我。眞正的我已經死了，我只是一縷懷有執念的殘魂罷了，因爲太想見到哥雷姆國沒被毀滅的模樣，所以才守在這裡。」紅眸亞倫搖了搖頭。

亞倫明白多說無益，能夠安慰對方的最佳方法就是拯救哥雷姆國。

「你從建國之初就一直待在這裡嗎？」

紅眸亞倫點點頭。

「當我得知世界是因我而毀滅後，我找出了所有僅存的文獻研究哥雷姆國的歷史，接觸了星辰湖中每一顆能碰到的星星，無論哪顆星星都告訴我，哥雷姆國最後會滅亡。」紅眸亞倫說。「沒有魔花就不會有哥雷姆國，但只要持續依賴魔花，有朝一日必定會滅國。因此我希望……霍普能從根本改變這個國家。」

漫天白色花瓣從空中飄落，周遭的景色逐漸改變。

兩人站在星辰湖的水面上，瑰麗的銀河璀璨了平靜無波的湖面，點點繁星從天邊延伸而下，讓人有種置身於星空的錯覺。

「霍普為了保護我，從不讓任何人踏進他的夢裡。他並沒有陷入沉睡，只是一直在等待行動的時機。」紅眸亞倫望向站在亞倫身旁的霍普。「他一直注視著你，堅守著我的指令等待你。」

「所以他才會對我說話……」聞言，亞倫不免感到驚訝，畢竟自古以來哥雷姆人都認為魔像霍普處於沉睡之中。

「他的指令是什麼？殺了我嗎？」

「是的，他會盡全力殺死變成怪物的你。」紅眸亞倫坦然回應，他並不感到抱歉，因為他知道另一個自己肯定會同意這麼做。「我本來希望……在無數個平行時空裡，會有一個我完全沒有變成怪物的時空，在那裡我可以幸福地守護我的國家。果然還是太天真了嗎？」

「是很天真。」亞倫毫不留情地吐槽自己。「就算你沒變成怪物，總有一天也會有其他人變成怪物，毀滅哥雷姆國。」

「不過還有希望。」說完，亞倫趕緊補充。「我們找到讓哥雷姆人擺脫魔花控制的機會了，是厄密斯發現的！他爲了你穿越好幾個時空，終於見到了希望。」

「厄密斯？」紅眸亞倫愣了一下，隨即露出悲傷的神情。「他也太亂來了。我明明已經透過遺書告訴他，這是我的選擇，爲什麼他就是不肯放棄？」

「你不見他嗎？他肯定很想見你，因爲只有你跟他擁有共同的回憶……那些回憶是無可取代的。」這份遺憾是亞倫怎樣也無法彌補厄密斯的，所以他迫切希望眼前的另一個自己能讓步。

「見到我只會令他更無法放下，他是個執著的人。」紅眸亞倫苦笑。「更何況，見我什麼有用呢？眞正的我已經死了……人不能永遠活在夢裡，否則有朝一日夢醒了，要如何鼓起勇氣面對現實？」

聽了這番肺腑之言，亞倫有種想哭的衝動。

他能深切體會這個人的感受。

另一個世界的他想必曾與厄密斯度過一段漫長的幸福時光，否則滅國的事實不會傷得兩人如此之深。

「在我死前，我思考過厄密斯會怎麼想……可是當我從霍普那裡得知他不惜穿越時空也要拯救我時……」

紅眸亞倫闔上雙眼，剔透的淚珠從他的眼角滑落。

「我很想叫他放棄，但這個落魄的我要如何說服他放棄呢？看到我這麼悲傷的樣子，只會加深他拯救我的決心而已，倒不如避而不見，讓他早點放棄。」

「你不用說服他，也不用擔心他再穿越到其他世界。」亞倫上前握住另一個自己的手，堅定的神情令紅眸亞倫怔了怔。

「我會讓這個世界成爲他的最後一站。我已經徹底掌握了滅國的原因，厄密斯也看見希望了，這很有可能是他最後一次見到你的機會。你放心，他會放下的，因爲——」亞倫握緊對方的雙手，雙眸綻放一絲光彩。「因爲我會努力讓自己過得幸福，也會讓這個國家恢復繁榮。現在還有許多哥雷姆人活著，他們記得這個國家的故事、傳承了這個國家的文化，甚至持續改良著魔紋技藝，不管是我還是哥雷姆國都會好好的。厄密斯想要的，不就是這樣的未來嗎？」

紅眸亞倫說不出話。

他歷經過太多的絕望，都不曉得自己還能露出這樣的表情。

最初發現星辰湖能夠連結到其他世界的人是他，他透過那座湖接觸了許多星星碎片，可無論哪個碎片都是破滅的結局。

於是，他再也無法發自內心地笑了。

可是這個世界的他明知道其他世界的結局、明明親眼目睹國家覆滅，卻仍重新振作了起來，告訴他這次能走向好的結局。

那充滿希望的模樣帶來了救贖，使得紅眸亞倫哭了。

他從建國之初就守在這裡，一直一直祈禱著。

他想看到一個世界，在那個世界裡，自己什麼也沒有失去，他記得所有珍惜的人事物，沒有變成怪物，哥雷姆國也沒有毀滅，所有人都幸福快樂地活著。

僅僅是如此而已。爲了這個幸福快樂的結局，他等了幾百年，如今終於在眼前的亞倫身上看到希望。

「雖然我歷經了一次滅國，當年珍視的人們都不在了。但是……」亞倫想起至今以來的旅程，以及小木偶艾爾艾特。「因爲有魔像的存在，我才明白縱使重要的人不在了，他們的愛仍會以另一種形式陪在我的身邊。」

亞倫望向霍普，由衷地說：「而因爲霍普來到這個世界，改變了哥雷姆國，我才能明白這一點。所以……」

亞倫將紅眸亞倫的雙手舉至自己胸前，猶如祈禱一般，帶著虔誠的神情闔上雙眼。「請助我一臂之力吧，我們期盼的未來就在眼前了。」

紅眸亞倫微微點頭，輕聲開口：「我知道了。」

他側頭與霍普四目相接，在霍普頷首後，紅眸亞倫對亞倫說：「我可以改變霍普的指令，不過只能維持一下子，畢竟眞正的我已經死了，僅剩的這抹殘魂力量有限。」

「沒關係，一下子就足夠了。」

紅眸亞倫微微一笑，放開了亞倫，向後退了幾步。

「霍普會指引你離開這裡的，你先走吧，我還有話要跟厄密斯說。」

聽他這樣說，亞倫放心了。

他跟上霍普的腳步，最後又回頭看了一眼紅眸的自己。他有預感，這一別他們就不會再見面了。「好好和他道別，他眞的很在乎你。」

「我會的。」紅眸亞倫的神情不再猶豫不決，他露出釋懷的笑，對亞倫揮了揮手。

「再見了，這個世界的我……請你一定要幸福。」

第十章

「總有一天，哥雷姆國會成為世上最幸福美好的國家。」

在小木偶的記憶裡，那名坐在王座上的男人曾帶著燦爛的笑容，對他如此說道。

「在這個國家，人們不必擔心老死，也不必擔心摯愛會離自己而去。所有國民都在安康富裕的環境裡，永遠幸福快樂地生活著，這就是我想交給亞倫的國家。」

國王站起身，將小木偶抱在懷中，凝望著一旁透著微光的彩繪玻璃窗。

「作為我的分身，我希望你跟我一樣疼愛那孩子，無論何時你都要記住，有些事只有我能做到，而相對的，你也有許多只有你才能做到的事，知道嗎？」

這段話他始終銘記在心。

所以他從未放棄挽救亞倫的生命，即使必須跟亞倫為敵也在所不惜，因為國王會不惜用任何手段拯救亞倫，他也是。

「該死，去哪了？」空曠的實驗室裡響起一個男人焦躁憤怒的嗓音。

艾爾艾特一動也不動，聽著柯賽爾一邊咒罵一邊讓荊棘延展至實驗室的每個角落，可不管哪個地方都找不到小木偶。

百年來厄密斯嚴密地看守著亞倫的本體，使得柯賽爾一點下手的機會都沒有，如今千載難逢的機會終於來了。方才燒死亞倫的分身後，為了在第一時間奪走亞倫的本體，柯賽爾用荊棘綑綁住小木偶後就急忙走了，想不到小木偶竟在這短短的時間內割斷了荊棘，並在他回來之前躲了起來。

渴求鮮血的荊棘能輕易逮到血肉之軀，但艾爾艾特是個木偶，想靠荊棘找到並不容易。趕著去追擊亞倫的柯賽爾崩潰地一手掃開桌上的實驗儀器，接著走向戴菲斯所沉眠的冰棺，凝視著戴菲斯。

他的手放到棺蓋上，無數赤褐荊棘霎時攀爬而上，幾乎蓋住了整座冰棺。

「只差一步了，等我。」他吐了一口氣，握緊拳頭，轉身朝大門而去。

待實驗室唯一的門被重重關上，艾爾艾特抖了下身子，從戴菲斯潔白無瑕的白袍底下緩緩鑽出來。

森森寒氣令他的身子結了一層霜，不過艾爾艾特不在乎。他小心翼翼貼著冰棺，努力不去碰到冰棺中的那個人。

稍早他掙脫荊棘後，實在找不到合適的藏身處，後來才想到一個柯賽爾絕不會用荊棘搜索的地方——那座冰棺。

所幸他先前跟隨了厄密斯一陣子，對實驗儀器還算有概念，於是很快找到了開啟冰棺的方法。他偷偷打開一條縫鑽進去，還好沒把人弄醒。

雖然眞的醒了也不要緊，因爲他正有此意。

這是唯一能阻止柯賽爾的辦法，戴菲斯是柯賽爾最大的弱點。

此刻艾爾艾特並不知道，戴菲斯可能是製作魔花毒解藥的關鍵，他只知道把戴菲斯弄醒了，就能相當程度地制住柯賽爾。

艾爾艾特抽出匕首，奮力插進棺蓋縫隙，準備撬開棺材。

他相信戴菲斯不會介意的，畢竟永生從來就不是這個人的願望。

+

柯賽爾拖著沉重的步伐，重新來到城堡外頭。

他感到異常焦慮，他很久沒使用這個身體了，這個身體和荊棘之身相比顯得沉重而笨拙，可打造分身既耗時又耗魔力，他現在不曉得亞倫他們在哪裡，必須展開全城搜索，不能浪費任何一點時間。

要是晚了，亞倫被藏到他永遠找不著的地方，他肯定會後悔一輩子。

柯賽爾深吸一口氣，展開雙臂，無數荊棘從他腳下破土而出，飛快地蔓延出去。遠方傳來冒險者們的哭喊與荊棘侵門踏戶摧毀建築的聲響，這讓他心情十分舒暢。

不過他不打算把所有人的血吸食殆盡，厄密斯的話確實震懾了他，他可不想變成失去記憶的怪物。

巨龍重重降落在他身後，發出駭人的低吼，阿斯比收起了翅膀，忠誠地等待他下令。

「等著吧，我們很快就會自由了。」柯賽爾的語氣滿溢自信，彷彿對此深信不疑。

說他瘋了也無所謂，當個瘋子比當救世主好多了，救世主必須顧及全人類，而瘋子可以隨心所欲。

哥雷姆王子一行人逃不了的，只要他們的心臟還在跳動，就逃不過荊棘的追殺。

忽然間，荊棘全數停滯下來。

「原來在那裡啊。」柯賽爾的嘴角上揚，對此並不意外。

沒有人能入侵霍普的心靈，他早就試過了，一樣被擋在門外。那位魔像之神從不回應任何祈禱，躲在霍普的神殿是沒用的。

巨龍趴下來，乖巧地讓柯賽爾跳到自己身上。

石製的巨大翅膀伸展開來，幾乎遮住了整座廣場，巨龍飛上高空，一眼便瞧見遠方的魔像神殿，以最快的速度振翅飛去。

面對眼前的狀況，守在神殿門口的穆恩並不意外。

安頓好亞倫與厄密斯後，他便跟加克一同守在神殿大門前。柯賽爾怕他們逃掉，絕對會想盡辦法搜索他們，穆恩很清楚遲早會被發現，只是也來得太快了。霍普都還沒甦醒，柯賽爾就先到了。

穆恩悄聲詢問加克：「喂，這附近有密道之類的嗎？或許我們可以帶著裡面那三個一起逃跑？」

加克無語了一會，老實地回：「有是有，但太窄了，霍普進不去。」

「那怎麼辦？那兩個怪物太強，我們打不過的。」

「請不要說這種喪氣話。殿下賜予您的劍無論是對付魔像還是魔花怪都十分合適，只要您掌握到敵人的心臟所在處，就能一劍斃命。」

「最好光靠那把劍就能贏！」穆恩氣憤地駁斥。他提高了音量，對附近的其他冒險者喊道：「喂，如果不想死就給我動起來！亞倫他們正在努力喚醒哥雷姆國的魔像王，魔像王是唯一能打敗那些怪物的希望，要是他掛了，誰也別想活！那個操控荊棘的怪物跟巨龍不會放過任何人的！」

聞言，躲在暗處的冒險者們臉都綠了。在場有不少人經歷過羅格城的騷亂，親眼見識了荊棘的厲害，那種不管逃到哪荊棘都有辦法追上的恐懼，令人想忘都難。

「不要啊！穆恩，你想想辦法吧！我們也打不過啊！」

「光憑我們打不贏的！」

眾人慌得如熱鍋上的螞蟻，唯獨加克例外。魔像騎士雙手持劍，以低沉而平穩的嗓音開口：「我們的目的不是打敗他們，只要成功拖到霍普醒來我們就贏了，知道嗎？」

眾人紛紛閉上嘴巴，愣愣地看向魔像騎士。

「別看輕自己，在戰場上，沒人有辦法獨自橫掃千軍，想獲勝就必須齊心協力。」加克挪動步伐，回身環顧探出頭的冒險者們，姿態挺拔地背對著巨龍。「大家不用怕，跟著我，我會帶領你們活下來的。」

聞言，冒險者們逐漸恢復冷靜，一個個站了出來。

若騎士有一個代名詞，那麼一定叫做加克，因爲無論何時，他都不會拋下有難的人不管。加克的存在就是安定軍心的力量，那沉穩的語氣和背影就是最可靠的希望。

「隨你便，我看除了打也沒其他辦法了。」穆恩聳聳肩。其實他也被加克打動了，只是努力裝出無所謂的樣子。

加克點點頭，按住穆恩的肩膀。「那最重要的任務就交給你了，穆恩。我們會協助你的。」

「……什麼？」

聽完加克給他分派的任務，穆恩臉色大變。

「不不我做不來別想叫我做——」

「沒時間猶豫了！快點！」

穆恩用最狠毒的話大罵了加克幾句，隨後心不甘情不願地離開神殿入口。加克知道穆恩罵歸罵，還是會好好完成任務，因此趕緊喝令在場所有冒險者拿出攻略巨龍的道具。

「你們身上應該都有繩索吧？拿出來，越多越好。」

「有有有，爲了爬城牆，我帶了很多在身上！」

「我也是！我們隊伍每個人都帶了！」

加克點點頭。當初他看穆恩利用麻繩從巨龍身上垂降下來時，就想過會不會人人都有攜帶，果然，面對這座城牆高聳、建築密集的城市，冒險者們早就備好充足的麻繩用以爬牆及穿梭於建築之間。他命令冒險者們各自帶開，最後只剩他自己留在神殿前。

「不會吧？聚集在這裡做什麼？」不多時，柯賽爾滿溢著調侃的嗓音從上方傳來。這位瘋狂的薩滿研究員站在龍背上，神情睥睨地表示：「魔像之神不會理會任何祈禱，就算對象是那個王子也一樣！」

「會不會不是由你來決定。」加克毫不畏懼地將劍尖指向他，語調鏗鏘有力：「我絕不會讓你接近他們，他們是哥雷姆國的未來，而我的職責是守護哥雷姆國的一切。」

「是嗎？那就看你能撐到什麼時候！」柯賽爾很有自信，因爲體型如此巨大且會飛的魔像，放眼哥雷姆國就只有阿斯比，他擁有壓倒性的優勢。

他伸出手，喝令巨龍：「阿斯比，把神殿裡的那兩人抓出來！」

巨龍怒吼一聲，朝著神殿入口俯衝而下，可就在他即將撞上神殿的那一刻，加克消失了。

銀光一閃，當所有人注意到時，加克已經出現在巨龍的頭頂上空。他雙手持劍，藉著下落之勢重重踩在龍頭上，魔紋劍也跟著插入龍首半截，巨龍猝不及防地往下一滑，下巴砸在神殿前方。

「就是現在！」加克大喝一聲，冒險者們隨即從躲藏處衝出來，分成五支小隊各自奔向巨龍，動作俐落地將繩子纏上巨龍的四肢與尾巴。

「你們不要做無謂的掙扎了！」柯賽爾面目猙獰地怒斥，巨龍很快重新穩住身子，用力搧起翅膀，然而他的後腳才剛離地，身子便歪向一邊。

「不好意思啊，我們已經綁好了。」泰歐斯得意地對巨龍大喊，巨龍的前腳被繩子綁住，繩子另一端則繫在神殿的柱子上。

巨龍憤怒地用力一扯，繩子立刻斷了。他發出刺耳的怒吼，準備重新飛上高空，可是這次又有另一隻腳被綁住，害他重心再度一歪，於是巨龍氣得不飛了，轉而去咬礙事的冒險者們。

「嗚咿咿！」

被巨龍追殺的冒險者們慘叫著逃跑，就在這時，加克閃現在眾人面前，用他的魔紋劍擋下巨龍。

「有魔紋武器的人攻擊他！你們的武器有辦法對他造成傷害，沒有的就持續用繩子限制住他！」

加克宏亮的嗓音響徹整個廣場，冒險者們不再畏懼，充滿鬥志地叫喊著一擁而上。在場沒有一個人能對巨龍造成明顯傷害，可他們宛如打不死的蟑螂，一個被解決另一個又衝上去，讓巨龍應接不暇。

「一群混蛋，活膩了是吧！」柯賽爾一個震怒，赤褐荊棘從四面八方破土而出，就要撲向冒險者們。

可幾乎是同一時間，銳利的劍鋒抵住了他的頸側。

「活膩的是你。」那個叛逆狂妄的騎士語帶笑意，在他身後輕聲說道：「準備好受死了嗎？」

「你！」

赤褐荊棘從柯賽爾身上冒出，凶猛地朝穆恩襲去，穆恩往後拉開距離，一劍將所有荊棘斬斷。

「我看你還是先顧好自己吧，還想再回家一次嗎？」穆恩與柯賽爾一同站在龍背上，充滿惡意地嘲弄眼前的敵人。

「你這窮追不捨的混帳，區區一個人類根本沒辦法活多久，何必這麼拚命？反正你又不可能永生，既然早晚都要死，現在死有差嗎？」

「當然有差，死皮賴臉地活在世上，說不定還能遇到有趣的事。」穆恩雙手一攤。「死心吧，只要我還對自己抱有希望，就不會放棄活下去。現在的我對自己可是寄予厚望，你殺不死我的。」

他跟那個王子約好了，既然亞倫要留在哥雷姆國，他也要留在這裡。亞倫並不是那麼完美的人，無法獨自撐起整個國家的，所以他要努力變得更加優秀，與亞倫並肩撐起哥雷姆國。

他邁開步伐，沿著傾斜的龍背朝柯賽爾俯衝而去，見大量荊棘包圍過來，穆恩神色一凜，以最快速度將荊棘一一砍斷，如此凌厲的攻勢逼得柯賽爾不得不後退，可就在柯賽爾舉起手時，底下傳來宏亮的呼喊。

「穆恩，趁現在！」

「知道了！」穆恩二話不說立刻掉頭，讓柯賽爾一時反應不過來。當他發現穆恩正全力衝向巨龍的尾巴時，雙目陡然圓睜。

「住手！」他激動地怒吼，身周的荊棘也高速追擊穆恩。

原因無他，巨龍的弱點正是在尾巴。關鍵的心臟魔紋位於尾巴尖端，而此刻那條尾巴被冒險者們用數條繩子拉住了，正笨拙地拍打著。

穆恩狂奔而去，終於看到不遠處那道烙印在尾巴尖端的心臟魔紋。只要將劍戳進心臟裡面，就能徹底解決巨龍。

他往旁邊一閃，躲過一波荊棘的攻擊，順帶回頭瞧了一眼柯賽爾。柯賽爾如惡鬼一般瞪著他，接著一陣天搖地動，害得他差點從龍背上滑下來。

冒險者們驚慌不已地尖叫，穆恩視線往下一掃，這才發現神殿前的魔像們僵硬地扭動著，似乎就要醒了。

「你敢殺了阿斯比試試看！我絕對不會饒過你！」柯賽爾惡狠狠地威脅穆恩，可依然阻止不了穆恩的腳步。

在這危急時刻，一個回憶清晰地浮現在柯賽爾的腦海。

那是他先前透過薩滿的能力所看見的場景，在沉睡巨龍的夢裡，戴菲斯站在巨龍身前，輕輕撫摸著巨龍的頭。

在滅國之前，戴菲斯是最後一個獲准挑戰爲巨龍調整飛翔魔紋的魔紋師。那時戴菲斯日復一日地修改魔紋翅膀，還刻意挑在人煙稀少的清晨進行，其他皇家魔紋師看不起他的實力，而外行人也瞧不出特別之處，說穿了就是誰也沒把他放在心上，畢竟每年都有前來挑戰的魔紋師。

只有戴菲斯自己清楚，他成功了。

「我知道你可以飛了，但現在還不是時候。」戴菲斯低下頭，用自己的額頭碰觸巨龍的頭，小聲地說。「等時機到了，請你帶我飛上天空，前往魔花鎮拯救我的哥哥，他被困在魔花鎮的研究所裡。」

巨龍發出輕柔的低吟，彷彿在給予他承諾。

「快了，等我實現我的計畫後，你就載著我前往魔花鎮，我們去把柯賽爾救出來，然後逃離這個國家。我們可以自由自在地生活，翱翔於世界的任何一個角落。」

戴菲斯微微一笑，宛如在祈禱一般，語氣由衷而虔誠：「而倘若我遭遇不測……請你代替我守護柯賽爾。」

柯賽爾站在他身後，默默注視著他。

像是害怕毀了這份美好的回憶，直到夢境結束，柯賽爾都沒有打擾戴菲斯。

如果巨龍被擊倒了，這份回憶以及戴菲斯的願望，都會跟著徹底消失。

巨龍阿斯比是他們夢想的一部分，也是他們的守護者，他不會讓任何人摧毀掉巨龍。

「休想……你們休想毀掉他！」柯賽爾的雙眼布滿血絲，咆哮聲響徹了整個戰場。

這一刻，神殿外的魔像紛紛抬起頭。

一尊尊人型石像用力一搧翅膀，朝穆恩飛撲而去，其他魔像則攻擊那些用麻繩綁住巨龍的冒險者。眾人紛紛發出慘叫，突如其來的攻勢連加克也阻止不了，只能看著大家慘遭圍攻，連穆恩也被打得一時敗退，從巨龍身上摔下來。

「穆恩！」

加克驚慌地趕過去接住穆恩，兩人仰頭望向恢復自由的巨龍，以及被魔像圍繞、居高臨下狠狠瞪著他們的柯賽爾。

「敢阻礙我們的人，一個也別想活！」柯賽爾的手指向加克和穆恩，被他操控的魔像們霎時氣勢洶洶地衝過去。見狀，加克迅速把穆恩推到自己身後。

「你做什麼？」穆恩一個踉蹌，慌張地詢問，加克卻對他搖了搖頭。

穆恩愣在那裡，有生以來他從未遭遇過類似的困境，正當他試圖理解這是什麼情況時，魔像們已經逼到了眼前——

「加克！」

一道白色流星劃破天際，搶在所有魔像之前降落在加克身前。

當所有人注意到那不是星星，而是白色光箭時，天空降下了光箭幻化而成的璀璨流星雨。

光箭如雨點般落到廣場上，不僅貫穿了一尊尊魔像，更將巨龍打得墜落在地。眾人慌張地四處閃躲，可他們很快發現，這些光箭似乎就只是光，不會對人體造成傷害。

這場流星雨讓穆恩的內心泛起陣陣漣漪，他幾乎是反射性往神殿門口望去，一眼便看見一道熟悉的身影。

人稱魔像之神的霍普手持巨弓，朝天空拉開了弓弦，魔力凝聚而成的光箭搭在他的巨弓上，隨著鬆開弓弦，箭矢射向高空，在最高點綻出耀眼的閃光，接著無數光箭猶如煙花落到地面。

在流星雨之下，巨龍收起了翅膀，溫順地趴伏在地，所有魔像則轉而將武器指向柯賽爾。

亞倫從霍普身後走出來，眼神堅定地注視滿臉不敢置信的柯賽爾。

哥雷姆王子帶著不容任何人拒絕的氣勢，緩緩開口了。

「到此爲止了，柯賽爾。」

✦

在現實世界的亞倫與霍普一同走出神殿時，只能存在於夢中世界的紅眸亞倫回到了自己原本的居所。他站在風光明媚、盛開著白色魔花的庭院，等待著那個人的到來。

厚重的石門被推開，對方踩著有條不紊的步伐，以他熟悉的神情與姿態來到庭院。

這一刻，紅眸亞倫嘴角上揚，綻放出燦爛的笑容。

看著這張不帶一絲悲傷的笑顏，厄密斯停下腳步，失了魂似的盯著他。

「對不起，當初沒有知會你一聲就離開了。」紅眸亞倫走上前，那熟悉的臉龐讓他忍不住熱淚盈眶。

厄密斯一直想見他，他又何嘗不是呢？畢竟過去那麼長一段時間裡，他們始終彼此相伴。

「我聽說你爲了我穿越了好幾次，我很抱歉，讓你奔波這麼久……」他執起厄密斯的手，珍惜地放到自己胸前，並微笑著說道：「別再穿越到其他世界了，好嗎？我已經沒事了。」

「……眞的嗎？」

紅眸亞倫點點頭。

「我已經等到我要的結局了，這個世界的我讓我看到了希望。」

那個亞倫還記得哥雷姆國的一切，逝去的至親也仍以其他方式陪伴在左右，而他最珍愛的哥雷姆國也沒有完全毀滅。總有一天，活下來的哥雷姆人會和亞倫一起使這個國家恢復繁榮。

「是你……你改變了這個世界，讓我等到了這個結局。」紅眸亞倫闔上雙眼，任憑欣喜的淚水緩緩滑落。「謝謝你，拯救了我。」

「我並沒有拯救你，是我害死你的。」厄密斯握緊他的手，痛苦地別開臉。「若不是因爲我的關係，你也不會得知眞相，你原本可以創造一個嶄新的世界，是我……逼迫你面對過去。」

「別這樣想……對我而言，親手摧毀深愛的一切，卻將之遺忘幸福快樂地活著，沒有比這更可悲的事了。還好有你，是你幫助我從那虛假的美夢中清醒……」

紅眸亞倫伸出另一隻手觸碰厄密斯的臉頰，讓厄密斯轉回頭。

「是你讓我有了贖罪的機會。雖然我沒辦法拯救自己的哥雷姆國，但我可以拯救其他世界的哥雷姆國。」

凝視著那溫柔的眉眼，厄密斯握住那隻貼著自己臉頰的手，內心也有股想哭的衝動。他像是要把對方的樣貌深深刻進心底一般，專注地凝視紅眸亞倫的雙眼。

「只差一步了，這一次我會讓你變回人類，也會讓哥雷姆國回到應有的模樣。」

紅眸亞倫明白他會說到做到，他太了解厄密斯了。

「厄密斯，你願意聽我的最後一個願望嗎？」

「你說。」厄密斯毫不猶豫地答。

紅眸亞倫微微一笑，他的金髮在微光中閃閃發亮，雙眼就如世上最清澈的河流，兩人沐浴在徐徐微風中，彷彿什麼都沒有改變。

「我希望你能幸福。眞正的我已經死了，如今最後一縷殘魂也獲得了救贖。請你放下我，爲自己而活，這個世界的亞倫會代替我陪在你身邊，他是我的理想，往後要過的人生也是我原本該有的人生。所以……當你想起這個跟你認識的我時，請你看著那個成爲了國王的我，告訴自己，『亞倫』過得很幸福。他已經得償所願了，該換你去尋找自己的幸福了。」

紅眸亞倫含著淚，眸中滿是對厄密斯的不捨。

「答應我，好嗎？」

厄密斯握緊他的手，難掩哽咽地開口。

「我答應你。」

庭院裡盛開的白色魔花散發耀眼白光，點點光芒逐漸覆蓋了整個世界。

「我會祈禱你能幸福的，厄密斯——」

在最後，厄密斯看見紅眸亞倫燦笑著對他如此說道。

他終於回想起自己不斷穿越到其他世界的原因之一。

那個原因很單純，他想再看到亞倫毫無陰霾的笑容，僅此而已。

厄密斯緩緩睜開雙眼，重新回到了魔像神殿。

霍普先前所在的地方空蕩蕩的，厄密斯見狀立刻明白了情況。他緩緩走向神殿門口，發現高大的霍普站在神殿前，沉默地注視被其他魔像壓制在地上的柯賽爾。

在霍普面前施展薩滿的能力是沒有用的，再多的荊棘，霍普一箭就能解決，再強的魔像也抵抗不了霍普的命令。這個由最強魔花怪親手打造出來的魔像是薩滿的剋星，連厄密斯都贏不過了，更何況是還未成爲最終型態的柯賽爾。

「你們這些瘋子，休想要我交出戴菲斯！」柯賽爾奮力掙扎，憤怒地高喊。「我絕不會告訴你們他在哪裡，就算殺了我也不會得到答案的！」

「怎麼辦，用刑？」穆恩不耐地轉頭詢問身旁的亞倫。

亞倫搖搖頭。「他畢竟是北極星計畫的受害者，這麼做太過分了。」

「那不然你說該怎麼——」

「我來吧。」厄密斯打斷了穆恩的話。

無數驚訝的目光落到他身上，在眾目睽睽之下，厄密斯來到柯賽爾身前。

「你的事我已經聽說了，讓我告訴你眞相吧。不管是我還是亞倫，都救不了你弟弟的。」

「你騙人！強大薩滿的血液中含有巨量魔花毒，就連體內毫無魔花毒素的人喝了，也能變成薩滿，所以你們是必要的——」

「我知道，因爲我不是哥雷姆人。」厄密斯平靜地回應。

柯賽爾睜大眼睛，這下他說不出話了。

「我出身的地方聚集了世界各地的菁英，他們對魔花的研究比你們魔花鎭要來得透徹，因爲在那個世界，研究失敗的代價是世界末日，他們可是以性命作爲賭注。」厄密斯蹲下身，語重心長地對趴在地上的柯賽爾說：「你弟弟對魔花毒素免疫，拿同樣的毒去餵他不會起任何作用的。你們的研究團隊當年已經證明了這點不是嗎？」

柯賽爾依舊沒有作聲。

「你們從小到大服用的魔花祕藥多到數不清吧？沒有一種藥物能讓戴菲斯成爲薩滿，甚至連提升他的自癒能力都沒辦法。都這樣了，你還不願面對嗎？你的痴心妄想只會徒增他的痛苦而已。」

「你閉嘴！不試試看怎麼會知道？」

「你有問過他想不想試嗎？你認爲他也跟你一樣想要這樣的未來？」厄密斯站起身，

環顧周遭後，加重了語氣質問：「所有人都死光，只剩你們活著？還是大家一起死？這就是你們商量好的未來？這只是你個人的願望而已吧。」

「吵死了！要是能跟他商量的話，我也想商量啊！但他是將死之人，我怎麼可能喚醒他！」柯賽爾狠狠瞪著厄密斯，不過見到亞倫一行人焦急的樣子，他頓時又不氣了。

藏匿戴菲斯的處所只有他知道在哪。只要他不說，王子變成怪物就是遲早的事，若到時候眞如那個王子所說，世界會因此被毀滅，那他的願望也算達成了。

「想找就自己找啊，我到死也不會告訴你們的……」他正想大肆嘲弄，話說到一半卻僵住了。

就如同厄密斯會在亞倫身上放一朵魔花隨時戒備，他也是。要是戴菲斯出了什麼狀況，他可以透過魔花聽見。

而他現在震驚地聽見了戴菲斯的聲音。

亞倫等人根本不曉得發生了什麼事，他們只知道柯賽爾臉色突然變得異常慘白，接著便瘋狂掙扎起來。

「放開我！讓我回去！」

「啥？瘋了不成，再怎樣我們也不可能讓你回去好嗎？」

「他要發動瞬移了！」一看腳底下的土壤開始鬆動，厄密斯馬上一把抓住柯賽爾的手臂，冒險者們則嚇得紛紛閃到一邊。

「放開我！再晚就來不及了！」

「要走一起走！」亞倫趕緊拉著兩個騎士一起衝上前，並用荊棘捲住了柯賽爾，他可不會放過這個機會。

柯賽爾極盡所能用了最難聽的字眼辱罵亞倫一行人，可是再耗下去，戴菲斯就真的要死了，迫於時間壓力，他只能先帶著這群人一起瞬移。

在與柯賽爾一同墜入深不見底的黑洞之際，亞倫回頭對霍普喊道：「霍普，這裡就交給你了，我們等等回來！」

霍普點點頭，他知道自己要做什麼。

他再度舉起巨弓，白色光箭浮現在弓弦上，光芒耀眼得宛如天上的明星，令所有冒險者看得目不轉睛。

很快，霍普的身後又浮現幾十支光箭，這些光箭齊齊一轉箭尖，與搭在弓上的那支光箭呈平行角度，當霍普射出箭矢時，所有光箭也伴隨那支箭一同衝上天空，而後朝四面八方散開來，逐漸在黑夜中遠去並消失。

下一刻，點點燦爛白光降臨整個哥雷姆國。

哥雷姆國境內的每個人都目睹了這奇蹟的一幕，壯麗的白色流星雨持續不斷劃過夜空，所有人彷彿沐浴在星星所化成的雨幕之下。

「是流星！我第一次看到真正的流星！」

奧爾哈村裡，小女孩尤娜坐在石巨人的肩膀上，興奮地指著天空。白色光箭墜落在金黃麥田裡，整片麥田像鍍上了一層流金，在黑暗中閃閃發光。

「這一定是神蹟，是神蹟啊各位！哥雷姆國自古以來從未有過這種規模的流星雨！霍普大人的武器是弓和光箭，這些流星一定是他射出的箭！只有這樣才能解釋這場流星雨啊！」

阿德拉鎮的魔像之神信徒們聚集在神殿前的廣場，欣喜若狂地歡呼著迎接流星雨，而其他居民與守護這座城鎮的魔像們也一齊仰望夜空，驚呼連連地看著星星如雨點般墜落。

「是我的錯覺嗎？那些星星似乎正朝這裡落下來……」

「你沒看錯，真的在墜落啊啊！怎麼辦，伊登艾！世界要毀滅了嗎？」

羅格城的魔紋師們驚慌不已地詢問他們的首領，伊登艾瞧了瞧天空，淡定地回：「這種規模我們也擋不下，看著辦。」

「嗚嗚嗚不要啊我還不想死！」

魔紋師們哭喪著臉抱在一起，只有伊登艾十分冷靜地看著流星落向地面。當他發現那不是星星而是光箭時，才微微睜大了雙眼。

「振作點，這不是流星──」

他話還來不及說完，羅格城驀地一陣天搖地動，居民們與親朋好友緊抱在一起，哭得彷彿世界末日來臨了。

然而很快，他們注意到了天搖地動的真相。

「等等，那是魔像嗎？怎麼會從那個地方走出來？我們的修復工程還沒進展到那個區域吧？」

「天上也有！目前飛行魔像不是只有伊登艾有辦法修復嗎？怎麼回事？」

羅格城的魔像們挪動僵硬的四肢，一個個走上大街小巷，他們呆滯地四下張望，似乎也搞不清楚發生了什麼事。

這一刻，伊登艾明白了。

這不是世界末日，而是末日的終結，乍然而現的光箭之雨破解了所有沉睡魔像的詛咒。

「那些光箭射斷了用來抵擋外來者的荊棘！」

「怎麼辦，這樣誰都能發現我們魔花鎮的所在地了！」

魔花鎮的居民們急得如熱鍋上的螞蟻。自從滅國後，魔花鎮便封閉起來，可眼下無數光箭大規模破壞了荊棘，這下要再回到以前的模樣可難了。

「算了吧。」鎮長制止了眾人想重新封鎖城鎮的行爲。

他凝視著天上的流星，心有所悟。

時隔百年，哥雷姆國的王子終於要登上本該屬於他的王座了。

「所有人集合起來吧，從現在開始，我們要面對現實了。」

時代即將改變，他們必須重新面對世人。他們必須徹底放棄那個可笑的研究計畫，並將魔花相關的知識分享給所有哥雷姆人，唯有如此才能夠贖罪。

一顆流星降落在空無一物的荒野上，光芒穿透地面，一路抵達了地底深處的實驗室。

那個日後被視爲哥雷姆國英雄的男人躺在冰棺中，茫然地東張西望。

他意識渙散、呼吸困難，不僅如此，他全身都虛弱無力，唯一慶幸的是他已經感覺不到痛。

他可以毫無痛苦地離去，可是他的任務還未完成，一件都還未完成，這讓他無法甘心離世。

「戴菲斯！」柯賽爾跌跌撞撞地衝到棺材旁，崩潰地準備闔上棺蓋。「你等我一下，我會——」

「等等。」戴菲斯咳了一聲，制止了他。

柯賽爾的手停滯在半空中，他全身僵硬，像失去了說話能力似的，怔怔盯著戴菲斯。

此時亞倫等人也追了過來，當他們看到冰棺被打開時，皆是爲之一愣，隨後很快發現了原因。

「艾爾艾特！」亞倫欣喜地抱住撲過來的小木偶。「太好了，你沒事。」

「做得好。」厄密斯低聲誇讚他的小助手。幸好艾爾艾特打開了冰棺，否則他們可能永遠都找不到戴菲斯。

大夥兒識相地站在後方，不去打擾兄弟倆睽違百年的重逢。一切已成定局，如今就看柯賽爾能不能接受了。

「那些人呢？我記得我被他們綁來實驗室……怎麼都不見了？我又被他們關起來了嗎？」戴菲斯茫然地詢問哥哥，沉睡百年的他記憶仍停留在當年臨死之際。

柯賽爾沉默了一會，搖了搖頭。

「他們都死了。」

「眞的嗎？」戴菲斯喜出望外，開心得雙眸都綻放出光彩。「終於……那些人終於死了……所以我們……成功了嗎？北極星計畫被阻止了嗎？」

柯賽爾不知該怎麼回答。

他想起自己百年來的堅持，也想起厄密斯對他說過的話。

看著戴菲斯小心翼翼的模樣，他感到胸口一疼。

自己就是北極星計畫的最後一個推手，這種話他怎樣都說不出口。

「嗯，你做得很好，幾乎被阻止了。」柯賽爾握住他的手，努力用稀鬆平常的語氣說。「高層得知研究團隊對我們做了什麼了，他們已經知錯，並且會竭盡全力終止北極星計畫，所有參與計畫的人也統統付出代價了。」

聞言，戴菲斯不禁熱淚盈眶。

「太好了……」他不斷重複這段話，深深注視著柯賽爾。「所有人都付出代價，你也沒事……太好了……我很擔心你會遭遇不測……」

「你的魔像救了我，每個跟我作對的敵人都因爲他吃足了苦頭。」

戴菲斯發出輕笑，然而笑聲很快變成了咳嗽聲。

「戴菲斯！」

「沒事的……你放心……請你……收留阿斯比……他跟我們一樣……之前都無法自由行動……我沒辦法跟你一起去旅行了……可是阿斯比可以……」

「一定，我會帶他走。」柯賽爾急切地想重新闔上棺蓋。「戴菲斯，你聽我說，現在還不是時候，我一定會救你，你——」

想不到，戴菲斯搖了搖頭。

他露出笑容，而看見這個坦然的笑，柯賽爾明白了。戴菲斯早就接受了即將死亡的事實，也沒想過要掙扎。

他顫抖著手，眼睜睜看著戴菲斯再度開口。

「剛剛……你跟我說『幾乎』要阻止北極星計畫了……還差哪一步嗎？」

柯賽爾沉默不語。

他還想堅持，但戴菲斯殷殷期盼的眼神令他終於醒悟。

戴菲斯的夢想一直以來都沒變。他的弟弟想要的並不是永生，也不是毀滅世界，自始至終，戴菲斯都只想阻止北極星計畫。

「所有哥雷姆人都有變成薩滿的可能……可是他們發現你的身體對魔花毒免疫，也就是說，如果有你的抗體，他們就能製作出魔花毒的解藥，讓所有人都變回人類……」

他希望戴菲斯拒絕，只要拒絕了，即使會死他也要跟全世界對抗。

可惜戴菲斯從來就不是這種人。

「眞的嗎？太棒了……那就拿去吧。」戴菲斯毫不猶豫，露出燦爛的笑容。「就由我來……徹底終結北極星計畫吧……」

戴菲斯看著柯賽爾的臉龐，努力握緊他的手。「不要哭，柯賽爾……就算研究團隊的人沒傷害我……我也很快就會死……這是遲早的事。至少，北極星計畫已經如願被推翻了……」

他虛弱地闔上雙眼，直到最後一刻依然緊緊握著柯賽爾的手。「終於……讓你獲得自由了……你在那裡等了很久吧，對不起……我來太晚了……」

柯賽爾帶著哭腔回應：「一點也不久。」

他一直緊握著，緊握到那隻手再也沒有力氣為止。

然後他輕輕闔上棺蓋，重新把陷入永眠的戴菲斯冰封起來。

至此，柯賽爾長達百年的執著劃下了句點。

他的計畫因兩人的夢想而起，最終也因兩人的夢想而放下。

尾聲

很久以前，大陸上流傳著一個故事。

傳說，有個國家叫哥雷姆國，這個國家受到命運詛咒，守護國土的魔像陷入了沉睡，大量荊棘在國境邊界豎起高牆，困住了人民，令哥雷姆人只能在殘破的家園中努力求生存。多年來，許多勇者都想闖入哥雷姆國解開詛咒，可惜全都失敗了。

直到百年後，有一支隊伍來到哥雷姆國，喚醒了魔像之神，才總算終結了這個國家的悲劇。

那一天，哥雷姆國迎來盛大的流星雨，無數流星墜落到國境的每一個角落，喚醒了所有沉睡的魔像、射穿了所有封鎖國境的荊棘。

在流星雨之夜過後，哥雷姆國的詛咒解除，這個曾經滅亡的國度迎來了希望的曙光，所有哥雷姆國民歡欣鼓舞，造訪這個國家的冒險者們則親眼見證了傳說的誕生。

而那名拯救哥雷姆國的英雄，就如那些古老歌謠所傳頌的結局一般，即將成爲哥雷姆國王。

這名英雄擁有許多故事，有人說身爲魔紋師的他是流亡在外的哥雷姆後裔，爲了拯救祖國歷經艱辛，最後感動了魔像之神，不僅成功拯救國家，更被魔像之神欽點爲王；也有人說其實他就是當年的哥雷姆王子，他沉睡了足足百年，最後率領夥伴打倒了滅國魔法師，重新奪回自己的國家。

更有人說，他才是眞正的魔像之神，因爲連魔像之神都服從於他。

無論如何，這名魔紋師得到了所有人民的支持，說他是順應民心登上王位也好、被魔像神欽點爲王也罷，無人對他成爲國王有任何意見。

而他的夥伴也各個爲人稱道，例如隊伍中的魔像騎士，據說在流星雨降下之前，當巨龍在首都肆虐時，是魔像騎士一一把落難的冒險者救起，並率領眾人制服巨龍，那份強大與仁慈吸引了眾多冒險者，不少冒險者因仰慕他而甘願留在哥雷姆國追隨他。雖然過去魔像騎士本就是英雄，但這一次，人們所讚頌的將是嶄新的事蹟。

而另一個騎士的名聲……呃，就沒那麼好了。這名人類騎士從以前就惡名昭彰，有人說他是貧民窟出身，也有人說他原本是貴族，他成爲冒險者後，幹了不少令人詬病的骯髒勾當，卻在遇到那位魔紋師後徹底改變了。人類騎士一改以往的作風，跟在魔紋師身邊爲對方披荊斬棘，最後連冒險者也不幹了，留了下來幫忙治理國家。

他們還有一個充滿傳奇色彩的隊友，據說其實正是摧毀哥雷姆國的魔法師，不過這話可不能在哥雷姆人面前說，因爲魔法師率領著菁英團隊研發了魔花毒的解藥，拯救了所有哥雷姆人，現在也是人民眼中的偉大英雄。

在哥雷姆國的重要人物與魔花鎮民眾的大力宣導下，薩滿已經不再是哥雷姆人崇拜的存在了，人人都知道變成薩滿的可怕之處，並努力擺脫了魔花的掌控。他們依然會使用魔花製作顏料，卻再也不會食用魔花了。

如今，距離那場帶來奇蹟的流星雨已經過去幾年。

就在今天，哥雷姆國將迎來嶄新的歷史。

長夜將盡，曙光逐漸點亮整個哥雷姆國。曾經傾頹的魔像神殿恢復了莊嚴的樣貌，守護哥雷姆國的魔像之神佇立在神殿內，一如往常維持著舉弓的姿勢直視前方，彷彿什麼也沒有改變。

魔像之神面前站了一名金髮青年。

青年身著作工精緻的正裝，披著厚重的華麗披風，隻身一人待在神殿裡，仰望眼前的魔像。

他的手放到灰石魔像的魔紋上，細細描繪著上頭的紋路。

湛藍魔紋在陽光下散發微光，線條優美流暢，彷彿原本就該是這個顏色。

「你果然在這。」一道低沉的嗓音從門口傳來。「今天是你登基的日子不是嗎？怎麼還待在這？」

青年揚起淺淺的笑容，回頭看向他的王國首席研究員。

「厄密斯。」亞倫喊了一聲對方的名字，不再留戀地背對魔像，朝厄密斯走去。「你怎麼找到我的？現在已經沒有薩滿的能力了不是嗎？」

發明魔花毒的解藥後，厄密斯自己也喝下了解藥，終結了自己的怪物生涯。如今厄密斯跟亞倫一樣，都是普通人類了。

他們再也聽不見魔像的聲音，亦無法潛入魔像的心靈，更不用說操控荊棘。可他們都甘願接受這個結果，不老不死太過漫長孤單，他們想作爲人類迎來生命的盡頭。

「我只是猜測你會想來檢查一下那個霍普有沒有問題，畢竟今天會有很多人觀禮。」

厄密斯蹙起眉頭，目光越過亞倫落在霍普身上。

眼前的魔像不是他們所認識的那個霍普，這個霍普身上的魔紋顏料，是用厄密斯仍是魔花怪時所擁有的藍色魔花製作的。

在流星雨之夜過後，霍普陷入了長眠。這一次，所有人都明白他不會再醒來了，因爲霍普只有在亞倫成爲失去理智的怪物時才會甦醒。

製作藍紋霍普是亞倫提議的，他知道原本的白紋霍普是爲他而生，一旦他死了，霍普恐怕也會跟著自我了斷。若是哥雷姆人自古以來信仰的魔像之神死去，恐怕會造成全國恐慌，爲了避免這個局面，亞倫祕密聘請工匠打造了一個跟霍普一模一樣的石像，並親手畫上藍色魔紋。

藍紋霍普的任務是守護死後的他，除非哪天他詐屍復活，才有可能讓藍紋霍普自我了斷，但那是不可能的。他已經變成普通人類，只要躺進棺木就是永遠躺著了。

「他看起來跟另一個我創造的白紋霍普一樣，對吧？不會有人懷疑吧？」

聽了亞倫的擔憂，厄密斯無奈地回：「你不是把當時目擊白紋霍普的冒險者統統收買了嗎？所有提及霍普是白紋的書籍也被你們銷毀了。都做到了這種地步還有人懷疑的話，那裝傻不就得了？」

「你說的對。我別的不會，裝傻倒是挺擅長的。」聽厄密斯這麼說，亞倫放心了。

眞正的霍普被他藏了起來，他想霍普會喜歡那個地方的。他跟厄密斯後來在國內找到了跟霍普夢中十分相似的庭院。

據厄密斯所說，那個庭院是另一個亞倫的其中一處居所，對方就是在那裡打造出霍普的。而那個庭院目前已經成爲厄密斯的私有領地，所以亞倫更不擔心霍普會被發現，他相信厄密斯會好好守護霍普的。

他跟著厄密斯走到戶外，明媚的陽光讓他微微瞇起雙眼。

「陛下，您怎麼還待在這？」一名匆匆路過的魔紋師看到他，頓時嚇傻了。「剛剛穆恩還在一樓大廳大呼小叫質問所有人您去哪了呢，快回去吧。」

「天不是才剛亮嗎？他也太急了吧。」亞倫忍俊不禁，不疾不徐地與厄密斯一同返回城堡。

「他可能跟那個魔像騎士相處太久，被傳染了。」厄密斯面無表情地說。「我也是被他叫出來找你的。他怕你迷路了，你一旦迷路的話，連自己在哪都不知道。」

「你們太小看我了，這裡誰不會給我指路？我憑著逢人就問路，遲早能找到目的地的。」

厄密斯搖搖頭，他放棄勸說了，他原本認識的亞倫也是個路痴，這個屬性不會因爲來到平行時空就治好。

「前陣子冒險者協會分部告訴了我一個消息，他們說大陸另一頭出現了巨龍，許多冒險者都搶著去討伐。你覺得會是他嗎？」

「誰知道？討不討伐都無所謂，打不過吧。」厄密斯的回應十分冷淡，他是眞心認爲沒差。

「好歹也是你曾經的同事。」亞倫笑著揶揄。

「我才不想跟那種傢伙當同事。」厄密斯撇過頭，語氣帶著些許不屑。

魔花毒解藥之所以能順利完成，是集結了許多人的力量。除了對魔花了解最爲透徹的厄密斯，以及畢生都投注於魔花研究的柯賽爾，他們還重金聘請了世界各地的菁英加入團隊，因此解藥才能在短短幾年內就被研發出來。

當然，促使解藥誕生的最關鍵人物仍是戴菲斯。

就如厄密斯所說，戴菲斯擁有魔花毒抗體，有了這個抗體，他們才有辦法研發解藥。

在解藥正式問世後，魔花鎮爲戴菲斯舉行了隆重的葬禮，並在北極星計畫研究所的原址建立了一座紀念碑。北極星計畫不再是僅有少數人知曉的祕密，如今只要造訪魔花鎮，人們就能知道過去曾有這段故事，並且了解到有個男人終其一生都致力於阻止北極星計畫。甚至他還在生命最後獻出了自己的身體，徹底終結北極星計畫，讓所有哥雷姆人免於變成怪物的命運。

葬禮舉行的那一天，亞倫親臨現場。當時他站在紀念碑前方致詞，當說到自己要代替過去的哥雷姆人向所有受害者致歉時，柯賽爾一語不發盯著他。

在親手爲戴菲斯下葬後，柯賽爾沉默地將戴菲斯的魔紋師面具交給了亞倫。

這一刻，亞倫明白了他的用意。他收下面具，並向柯賽爾承諾這張面具會被收藏在城堡中的魔紋師殿堂。

往後所有踏入殿堂的魔紋師，都會透過這張面具得知這對兄弟的故事。

而這便是柯賽爾唯一遺留的物品。

在那之後，柯賽爾乘著巨龍離開了哥雷姆國，亞倫很清楚他不會再回來了。

巨龍現身於世界各地的消息不時會透過冒險者協會傳到亞倫耳裡，或許有一天，巨龍會返回哥雷姆國，但至少在柯賽爾還活著的時候不會。

「我看我還是跟協會說一下好了，那頭龍無法用一般方式擊敗，打贏也不會噴任何財寶的。」亞倫深知冒險者的習性，只要沒有利益，他們就不會再前去找碴。雖然柯賽爾把他害得很慘，但這個國家也對柯賽爾造成了很大的傷害，身為國王，他必須代表這個國家給予柯賽爾一定程度的補償。

「隨便你。」厄密斯隨口回應。他側目看向亞倫，年輕的哥雷姆王正喃喃著接下來要做的事，臉上卻帶著笑意，神情也是滿足的。

成為國王必定會相當忙碌，尤其是這個國家曾經一度覆滅。縱使這些年來，哥雷姆國的許多地方都成功重建了，想讓一個國家再度繁榮起來仍不是容易的事。

不過厄密斯很清楚，亞倫對此甘之如飴。哥雷姆國依舊保有他深愛的模樣，需要守護的子民也還在，另一個亞倫心心念念的未來，如今正閃閃發光地在他眼前開展。

「陛下，您終於回來了！」

「您去哪了啊嗚嗚，穆恩大人氣得快把屋頂給掀了！」

「快快，我帶您去找穆恩大人！」

亞倫一踏進大廳，人們立刻哭喪著臉圍上來，恨不得用飛的把他送去穆恩身邊。

而亞倫笑盈盈的，顯然一點也不擔心。「別急，離典禮開始還早呢，你們看我衣服都換好了——」

「最重要的東西都忘了你他媽還敢說都換好！」

此話一出，全場靜默。

敢這樣跟哥雷姆國王說話的人只有一個，那人正站在眾人身後，他現在很火。

「登基典禮就要開始了你還敢出去晃！是要在人群中致詞是不是？」

眾目睽睽之下，穆恩火冒三丈地快步走過來，一把抓住亞倫。

他身穿正式的黑色軍裝，步伐輕盈有力，其中一隻手習慣性地放在劍柄上，那打扮就跟厄密斯曾見過的他一樣。

那個暴君即使當上國王，也習慣穿著方便活動的服裝，腰間佩帶著鍾愛的長劍。可這個穆恩腰間的配劍不是炎劍，而是亞倫賜予的白紋劍；他的身分也不是哥雷姆國王，而是輔佐國王的宰相。

私底下，穆恩被戲稱爲黑心宰相，因爲在流星雨之夜過後，他立刻派人瘋狂搜刮了首都所有廢棄宅邸中的財寶，以作爲建國資金，甚至國王都還沒登基他就急著收關稅。眼下登基典禮在即，除了本國人與受邀嘉賓，一堆想圍觀典禮的異國旅客全被他收了門票擋在城外。據說他很早就開始布局，哥雷姆王的傳奇故事有一部分是他透過冒險者傳出去的，以藉此吸引觀光人潮促進經濟。

也因此，他家王子的登基典禮相當豪華，即使哥雷姆國已經不再像以前那般富裕，典禮該有的依然一項沒少，就連亞倫身上的衣服也無比精緻，絲毫不遜色於百年前全盛時期的哥雷姆王所穿的服裝。

「我應該沒有漏掉的東西吧？真漏了什麼，叫大家把注意力放在我的談吐跟外貌上不就好了嗎？」

「你這白痴！」

眾人默默看著國王被拉走，隨後繼續忙自己的事，他們全都習慣這一幕了。

厄密斯目送著他們上樓，亞倫回首對他歉然一笑，而他搖搖頭，表示不用介意。

他的目標已經達成了，他穿越了許多世界，終於等到這個結局。這是另一個亞倫的遺願，也是他旅途的終點。

只要看到這個世界的亞倫幸福，他就滿足了。

「說起來，你今天也會露面不是嗎？真的打算穿這樣就好？」亞倫跟隨穆恩走在長廊上，心情很好地揶揄前方那位披風飄揚的騎士。「你以前不是說過，要是你成爲有錢人，一定會把自己打扮得很浮誇，衣服不只要用最好的料子，還必須鑲滿各式各樣的珠寶，這身裝扮跟你說的差有點多啊。」

穆恩哼了一聲，沒好氣地回：「我後來才發現這樣的衣服才最好穿，有錢人的衣服一點也不實穿，活動起來礙手礙腳的，也只有你這類從小就穿慣這種衣服的傢伙才忍受得了。」

「沒關係，我不介意，不管你穿什麼我都喜歡。」

猝不及防被調戲了一句，穆恩覺得整個人都要起雞皮疙瘩了，可他很氣地發現自己並沒有眞的起雞皮疙瘩。

他們一路往樓上走，最後來到了王座前。

曾經被灰塵掩蓋光芒的王座煥然一新，莊嚴地矗立在大廳正前方。

穆恩深吸一口氣，努力冷靜下來提醒亞倫：「你難道忘了嗎？每個坐在這張椅子上的人，都必須擁有一樣東西。」

「一個忠心耿耿又死心塌地的騎士？」

「才不是！」

亞倫輕笑，他低頭注視穆恩握著他的手，內心其實明白答案是什麼。

「我不介意的，穆恩。就算沒有它，我依然是哥雷姆國王。」

「我介意。」

穆恩強硬的回應讓亞倫沉默了。

「那個東西就跟哥雷姆國一樣，是你父親留給你的，也是在你醒來後，唯一陪伴著你的遺物。它是屬於你的，我要看到你戴著它成爲國王。」

穆恩從懷中掏出那枚一直由他保管的戒指。

哥雷姆王戒，這枚戒指在無數個平行時空裡都歸他所有，但這一次，他要物歸原主。

「如果你無法承擔這枚戒指的重量，就由我來替你分擔。如果無法離開哥雷姆國，就由我陪你留在這個國家。所以沒什麼好猶豫的，是時候戴上這枚戒指了。」

穆恩牽起亞倫的手，凝視著亞倫的目光專注而沉著。

亞倫呆愣地盯著那雙眼眸，內心深處被微微觸動。

他沒法承擔戒指所象徵的重責，所以當初輕易把王戒送給了穆恩。沒想到穆恩都懂，還幫他保管了王戒，一直等到今天。

「眞的……沒關係嗎？」他垂下頭，語氣難得顯露一絲膽怯，這般脆弱的模樣只會在穆恩面前展現。

「當初走出羅格城墓穴時我早說了，我會爲你排除萬難。」穆恩堅定地回應。

那琥珀色的眼瞳澄澈得宛若朝陽，驅散了亞倫心裡最後一絲不安。

覆滿薄繭的手珍惜地把他的手捧在掌心，並將哥雷姆王戒緩緩戴到他的手指上。

然後，他看見穆恩的嘴角勾起一抹自信的弧度。「還記得吧，我的陛下？」

亞倫忍不住笑了，他的雙眸滿溢著喜悅，嘴角浮現淺淺的酒窩。

「我記得的。」

就算其他人都說穆恩慣於背叛又說謊成性，那又如何？亞倫知道，穆恩對他的承諾都是眞的，無論何時都不會丟下他。

即使身分有所改變，穆恩依然是他的騎士。

「那我也該將這個還給你了。」亞倫也從懷中取出一枚戒指，見到這枚熟悉的金戒指，穆恩頓時傻住了。

「你在登基的日子還帶著這個幹麼？你現在不是冒險者了，隨身帶著這個便宜貨會被笑的。」

確實，跟亞倫手上的哥雷姆王戒相比，這枚金戒指只是某個貴族打發情婦的禮物，就各種方面而言都跟王戒差得遠了，但亞倫並不這麼認爲。

「我不覺得有什麼好笑的，因爲這枚戒指跟我的王戒一樣，都是我們的親人所留下的遺物，親人的愛是無價的不是嗎？」亞倫低頭凝視金戒指。由於他長年帶在身上，戒指早就被他擦得光滑晶亮，唯有上面的刮痕能夠證明歲月的痕跡。

他同樣始終在等待穆恩哪天能拿回去，雖然這枚戒指象徵著一段難以面對的過往，卻也是穆恩此生唯一得到過的母愛，他不希望穆恩丟失這份親情。

「不管你過去是怎樣的人都沒關係，對我來說，你就是你。」亞倫將戒指放到穆恩的掌心，目光溫柔。「我會給你更好更富裕的生活，所以你再也不用想著賣掉它了。請把它好好收起來吧，這是你的母親唯一留給你的東西。」

穆恩注視著掌心上的金戒指。

那曾是一段他想割捨又遺忘不了的過去，不過他已經不介意了。沒必要刻意擺脫那段回憶，反正現在的他該有的都有了，再也不用埋怨什麼。撇除那些不美好的記憶，戒指確實就如亞倫所說，是他母親唯一留給他的遺物。

他收起戒指，重新與眼前這名給予他一切的青年對上目光。

在其他時空成爲哥雷姆王的人生太沒意思了，比起自己孤單地成爲國王，還不如待在這個人身旁，守護對方的未來。

這份滿溢胸口的情感促使穆恩執起那隻承擔著哥雷姆國未來的手，緩緩舉至自己唇邊。他的陛下含笑看著他，眼裡全是他的身影。

就在此時，大廳的大門猛然被打開，騎士長加克匆匆走了進來。「陛下，您在這嗎？有事情要跟您確——」

他話說到一半，便識相地閉上嘴。

穆恩一秒黑了臉，隨即放開亞倫的手，往後拉開一步距離。

「沒事的，穆恩。雖然你現在不是陛下的騎士了，但這麼做沒問題的。如果你會不好意思，我晚點再進來。」加克明白自己來得不是時候，連忙安撫某個惱羞的宰相，可惜這關愛的態度造成了反效果。

「誰不好意思了！況且我只是抓著他的手，你又知道我要做什麼了？我只是在檢查他戒指有沒有戴好不行嗎！」穆恩面紅耳赤地駁斥，一旁的亞倫笑得肩膀都在抖。

「可以、可以，這個場合確實要把戒指戴好──嗯？」

加克的目光落到亞倫的手指上。當他見到哥雷姆王戒好好地戴在亞倫手上時，徹底僵住了。

「陛下……您……」他震驚得連嗓音都微微顫抖。加克知道亞倫早就把王戒送給了穆恩，對此他雖感遺憾卻沒多說什麼，畢竟那時剛醒來的亞倫一無所有，王戒是身上唯一的財物。沒有錢還想要一個陌生人為自己賣命，那也太天眞了。

他也不意外穆恩會歸還王戒，只是不知為何，當他見到那枚戒指戴在昔日的哥雷姆王子手上時，仍有種想哭的衝動。

明明沒有眼淚，加克卻莫名哽咽起來：「您終於戴上這枚王戒了，打從百年前，我就在等待這一天的到來。」

他看著亞倫長大，深知自家王子擁有一顆溫柔的心，總是善待周遭的人事物。即使亞倫還有許多不足的地方，他依然對王子殿下的未來充滿期待。

若亞倫成為哥雷姆王，那肯定會令這個地方成為一個溫暖明亮的國度。在這裡，不管是魔像還是人類都能幸福快樂地生活，這才是加克理想的哥雷姆國。

如今王戒就戴在亞倫手上，他頓時有了如願以償的感覺。

亞倫上前握住加克的雙手，笑著安撫魔像騎士。「讓你久等了。」

他才剛講完，穆恩便在後頭大呼小叫：「你什麼時候在這裡的？不要跟我說你全都看到了！」

他回眸望去，只見穆恩站在王座後方，氣呼呼地揪著小木偶艾爾艾特的後領。小木偶對穆恩揮著小小的拳頭，一副要跟穆恩幹架的模樣。

「好了好了，他可能只是剛好經過。」眼看雙方就要打起來，亞倫連忙上前抱過艾爾艾特。

這時他才發現艾爾艾特背著包包，身上還穿戴了厄密斯給他的披風，儼然像是要出遠門似的。

他訝異地與小木偶對視。「艾爾艾特，你要去哪裡？」

艾爾艾特沉默地望著他，只是亞倫再也聽不見艾爾艾特的聲音了，他看著小木偶翻出隨身筆記本，寫下「旅行」兩字。

亞倫愣了愣，頓時想起艾爾艾特被創造出來的原因。

小木偶身上寄託了他父王的另一個夢想——作爲一個普通人活著。

現在一切塵埃落定，是時候實現了。

小木偶環抱住亞倫的頸子，代替曾經的哥雷姆王擁抱他。

這幾年他一直待在厄密斯身邊，作爲助手研發解藥，在解藥問世後，又返回首都協助亞倫修復家園。現在亞倫即將戴上王冠，艾爾艾特也認爲時候到了，雖然他還是會感到擔憂，他不確定亞倫能不能順利當好一個國王。

直到剛才在王座後方目睹了一切。

倫。

那一刻，他知道自己可以放下了。亞倫已經準備好成爲國王，穆恩也會在一旁守護亞倫。

新的時代即將來臨，他可以放下牽掛，去實踐前任哥雷姆王的另一個夢想，這才是他該做的事。

「你眞的要走了嗎？不再待一陣子？」

艾爾艾特指向窗外，正當亞倫納悶這是什麼意思時，加克幫忙解釋：「艾爾艾特的意思是，等太陽下山他就要出發了，他會等到登基典禮結束再走。」

亞倫點點頭，抱緊了小木偶。

「謝謝你……因爲有你，我才能走到這裡。」如果當時他沒聽見艾爾艾特的聲音，肯定會不知該如何是好，是艾爾艾特引導他離開了城堡。

小木偶摸摸他的後腦勺，隨後鬆開手。

他從亞倫身上跳下來，指向大門。

加克心領神會，恭敬地對亞倫開口：「國王陛下，城外觀禮的賓客已經排到天邊去了，要準備打開城門了嗎？」

聞言，亞倫明白自己該向前邁進了。他對艾爾艾特展露笑容，踏著堅定的步伐朝大門走去。「讓他們進來吧，是時候讓世人重新看見哥雷姆國了。」

「國王陛下，容我提醒你，今天各國都會派遣使者來祝賀，你的致詞內容準備好了吧？」穆恩跟上亞倫的腳步，言詞雖然客氣，語氣卻一如既往的嘲諷。

「當然，這我最擅長了。」亞倫自信地回應，他早就準備好很久了。

從今天起，他要讓哥雷姆人重新爲自己的國家感到驕傲，也要讓世界各地知道哥雷姆國的美好。

他跨越了重重困難，最後終於弄清楚自己所鍾愛的事物。只要能一生守護這個國家，對哥雷姆王子而言，就是最幸福快樂的結局。

（全文完）

番外一　那個王子的結局

在某個豔陽高照的正午，一輛黑色馬車緩緩駛入哥雷姆國的首都。

逗留在佩爾泰斯的異國旅客紛紛停下腳步，他們緊盯著這輛馬車，讚賞地發出驚歎。精緻華麗的馬車並不少見，可是只有在哥雷姆國才能見到魔像拉的馬車。

渾身繪有細膩紅紋的四匹石像馬踏著整齊劃一的步伐前行，就連駕駛馬車的車夫也是一個跟人類體型相仿的木偶。

旅客們嘖嘖稱奇，不禁懷疑馬車裡該不會也坐著魔像乘客，有個旅客按捺不住，向身後的攤販打聽起了馬車的來歷。

「這輛馬車是我們國王陛下的馬車，石像馬跟木偶車夫的魔紋全是他親手繪製，很厲害吧？」攤販親切地回答。

「啥？國王陛下的馬車？」那位旅客瞠目結舌地看著馬車行駛而過。「等等，既然是國王，為何前後都沒有護衛跟隨？我們國家的國王陛下出巡時，身邊一定都有一堆護衛和隨扈啊！」

「陛下曾表示，當今人口不像百年前那麼多，希望我們能把勞力用在必要的地方，所以護衛的工作幾乎都是由魔像負責，外出也不需隨扈服侍。」

「你們國王也太隨興了吧……魔像擋得了強大的敵人，可擋不了人心的險惡啊，說不定會有人下毒害他呢。」

「放心吧，陛下這趟行程帶上了他的最強騎士，有他在沒人傷得了陛下。」

「哈，原來陛下帶著他啊。」隔壁攤販聞言忍不住大笑出聲。「怪不得這陣子首都特別和平，原來是這個原因！」

「是哪位騎士？魔像騎士加克嗎？」說到最強騎士，旅客第一個想到的就是名聞遐邇的魔像騎士，位於首都的冒險者協會分部裡還擺放了加克的雕像。

「當然不是，我說的是陛下的騎士。雖然騎士這個稱呼已經是過去的事了，現在那位騎士是陛下的宰相。」

提到宰相大人，攤販們各個神色微妙。

「有他在，別說是下毒了，就連謊報營業額也會被看穿，上次有個賣花的小販爲了少繳點稅謊報營業額，結果宰相大人立刻拿出其他同類型攤商的資料指出不合理之處，把對方的臉打得啪啪響，最後還重罰一筆。」

「就是說，不過是賣個花，能有多少利潤！連這也要查，簡直魔鬼！」

在一眾攤販憤慨的抱怨聲中，馬車駛離了商街，最終抵達城堡。

不等魔像車夫下車開門，馬車門便先被開啟，一雙黑靴踏出馬車，輕盈地落到地上。叫人吐錢從不手軟的宰相閣下穿著純黑軍服，一手放在劍柄上，一手掌心朝上伸向車門口。

隨後，一隻纖細白皙的手放到了他的掌心。

在穆恩的攙扶下，哥雷姆王以優雅的姿態走下馬車。

雖然是哥雷姆國的兩位大人物，兩人此刻的表情卻莊重不到哪裡去，尤其是以黑心出名的宰相。他的臉上帶著戲謔的笑容，興致高昂地發表這趟長達半個月的旅程的感想。

「啊——太好玩了，這次的旅行有夠暢快。你還記得那個國王的樣子嗎？我們離開時他的臉臭得不得了。」

亞倫低頭輕笑。「還不都怪你，人家那麼熱情地問你是哪裡人，結果你居然直接回『就是被你滅掉的那個貧民窟』。」

「我不過是照實回答而已，這樣也有錯？」

「當然沒錯，只是你害我們差點被以爲是去復仇的。」想到當時氣氛彷彿凝結成冰的場面，亞倫便又好氣又好笑。他憑藉三寸不爛之舌才順利讓晤談重新進行，不過也多虧如此，他趁機談了不少對哥雷姆國有利的貿易條件。

雖然眞正讓該國國王臉臭的原因不是這件事就是了。

「陛下！」一道焦急的嗓音從城堡大門傳出，魔像騎士長三步併作兩步地飛快走來，身後跟著一群快跟不上他的士兵。

「陛下，我已經聽說了，你們又喝酒鬧事了對吧？不是跟您說在外一定要注重形象嗎？在哥雷姆國就算了，在別的國家喝酒鬧事成何體統！」

穆恩喃喃說了句「果然」，打算裝傻溜走，可立刻被魔像騎士抓住肩膀。

「穆恩，你不會以爲沒有你的事吧？喬裝成平民去當地酒館喝酒的主意是不是你提的？」

聽著加克冷靜到令人發寒的語調，穆恩趕緊解釋：「喝酒不是我提議的，而且我哪知道會被發現？」

說來話長，那天晤談結束後，亞倫跟穆恩閒著無聊，便在深夜跑出去找樂子。兩人換了一身冒險者裝扮，來到首都平民區的酒館嘗鮮，而酒館正好在舉辦卡牌比賽，亞倫很好奇，就親自下場試玩了。沒想到他學得快，一下子就抓到訣竅連贏了好幾把，引發了其他酒客的不滿，導致他們離開酒館時被幾個流氓圍住。想當然耳，那些人都被眞流氓穆恩痛揍了一頓。

不巧的是，爲了給予哥雷姆國的貴客好印象，這段時間首都各處的衛兵都在加強巡邏，這一鬧事馬上引來衛兵，結果卻發現其中一方當事者就是哥雷姆國的貴客，當場都傻眼了。

僅僅一夜之間，這件事便在穆恩的祖國傳開，鬧得沸沸揚揚。畢竟在這個強調社會階級的國度，貴族跟平民是不可能踏入彼此的區域的，尤其在貴族眼中，他們所住地區以外的任何地方都是治安不良的危險地帶，可哥雷姆國的國王跟宰相卻歡樂地在平民酒館跟民眾玩在一起。

而在他們逗留的期間，穆恩見到了疑似是他父親的人。

對方面帶虛僞的笑容接近他，明顯想跟他攀關係，穆恩看著那個男人，從頭到尾心如止水。

他已經沒有爲自己討公道甚至報仇的想法，因爲他已經不在意了，如今他找到了自己的歸處，這個男人再也無法影響他一絲一毫。

於是穆恩嘲笑對方厚臉皮，硬要裝熟，欣賞完那個男人羞憤的神色後，便拍拍屁股走人。

當然，他們也順道拜訪了穆恩原先效忠的「主人」，當年穆恩便是在這名貴族麾下接受騎士訓練的。對穆恩而言，那並不是一段愉快的過去，但對那名貴族來說也是。因爲穆恩當年之所以能逃出來，就是利用人家掌上明珠的戀慕之心，以私奔爲由騙了一堆錢讓人家幫忙把風才順利逃走的。

所以儘管穆恩不太想面對，亞倫還是帶了一堆賠禮，拖著穆恩登門向那位貴族千金道歉。

所幸他們帶的厚禮價值珍貴，那位千金也已經找到好的姻緣，穆恩知道自己必須跟過去做個了斷，於是在經過一番誠懇致歉後，他取得了貴族一家的原諒，不管是欺騙的事還是逃跑的事。

雖然發生的事情不少，在兩人眼中，這趟穆恩的返鄉之旅仍是相當愉快，但在留守哥雷姆國的加克看來可一點也不。

當他聽到信使回報狀況時，整個人都暈了。他還以爲這幾年來這兩人應該成熟了許多，行事也比較謹愼了，結果根本是自欺欺人。

「好了好了，今天晚上還要舉辦舞會，有很多東西要準備不是嗎？檢討就留待之後，我們先去忙了。」亞倫趕緊轉移話題，他抓住穆恩的手，不等加克回應便帶著人跑了。

「陛下——唉……」

加克站在原地目送兩人逐漸遠去的身影，深深嘆了口氣。

成功逃跑的兩人倒是很開心，他們愜意地走在城堡之中，魔像侍衛們恭敬地向他們點頭致意，一路上鮮少遇見人類。

「陛下，很高興見到您及時趕回來了。」一名女子迎面而來，她對亞倫行了禮，隨即言簡意賅地匯報：「託陛下的福，舞會準備得相當順利。我已經照您所說的，向首都人民昭告舉行舞會一事，佩爾泰斯的民眾都很期待。」

「謝謝，辛苦妳了。」亞倫笑著應答，看著被他從羅格城挖角來的夏琳，他的內心感到頗為滿意。

夏琳變回人類後，便接受了亞倫的邀請來到城堡工作。身為羅格城領主家族的後代，夏琳本身的教育程度自然不差，完全能夠勝任處理繁瑣的庶務。

今晚是哥雷姆國復興後，值得紀念的第一場舞會，亞倫可不希望出什麼差錯。

這幾年來為了重振荒廢地區，哥雷姆國的經費頗為吃緊，基本上舉辦不了奢華的活動，於是他選擇籌備一場平民舞會，舞會地點就在原先巨龍阿斯比所待的城堡庭院，任何人都可以參加，唯一的條件就是不許盛裝出席。

乍聽之下頗為荒唐，但穆恩讓他明白了舞會最重要的不是華麗的廳堂與禮服，而是擁有能夠共舞的人。如今他成為了這個國家的王，他也想跟國民分享這份單純的快樂。

亞倫回到房間，三兩下便換好了衣服，他凝視著鏡中的自己，不禁感到有些懷念。

此刻他穿的是幾年前在羅格城冒險的服裝，當時他已經習慣了冒險者的生活，雖然這套裝扮不若平日的裝束華麗，他依然感到自在。

在擺脫魔花的掌控後，亞倫不再像以前一樣體弱多病，不僅可以正常活動，身體也強健不少。而救國之旅令他的氣質產生了些微轉變，穆恩曾說一開始他一看就知道是個不諳世事的富家公子，可這些年的歷練使他舉手投足間多了幾分幹練，言行也變得較為率性，不再總是文質彬彬了。

這時，亞倫想到了父親的身影。

沒有早一點與父親交接國務，是他一輩子的遺憾，不過這幾年來他時常出城訪查、親自監督建設進度，一路走來也累積了不少心得。他已經是能夠獨當一面的王了，對於政策有自己的一套想法。

走出房間，他趁著空檔簡單跟眾臣開了一次會議，又利用剩餘的時間批閱累積的公文。當工作告一段落時，黑夜都穿著點綴星光的禮服降臨哥雷姆國了。

他伸展了下身子，踏著輕盈有力的步伐來到城堡庭院。

魔花藤懸掛在樹木與城牆上，在黑夜中散發微光，會場外圍的長桌上擺放了許多美食供賓客享用。這場舞會最令穆恩滿意的就是沒花太多錢，食物是常見的民間佳餚，場布則使用哥雷姆國自產的天然素材，連樂隊也是直接聘請擅長樂器的在地人，以及剛好停留在首都的吟遊詩人。

賓客大多抵達了，此刻正彼此愉快地談天說地，當中還包含了不少異國人。由於迫切需要人力，哥雷姆國的移民政策十分寬鬆，如今吟遊詩人比起讚美哥雷姆人的姣好外貌，更偏好稱頌哥雷姆國包容各方民族的施政方針。

亞倫露出完美的微笑，俐落地邁開腳步。不用僕從特地提醒賓客國王駕臨，也不用侍衛跟隨在後，賓客們一見到他都紛紛停下交談，恭敬有禮地讓出一條路。

在場唯一不恭敬的，只有他曾經的騎士。穆恩穿著冒險者時期的黑色衣裝，手持酒杯朝他挑眉，這副令人懷念的模樣讓亞倫加深了笑意。

「陛下，您是不是在城堡迷路了？否則怎麼這麼晚才出現？」穆恩隨手將酒杯交給旁邊的僕從，揚起嘲弄的笑。

「眞是過分呢，我可是爲了你的事才忙到這麼晚。」亞倫半眞半假地調侃回去。

語畢，他環顧賓客們，不疾不徐地開口。

「謝謝大家來參加哥雷姆國復國後的第一場舞會。」他捨棄了優美的詞藻，以平民的語彙說道。「哥雷姆國曾是一個繁榮富裕的國家，百年前的舞會肯定比現在要盛大數百倍，但我認爲……舞會最重要的不是華美的服裝與絢麗的珠寶，而是賓客。」說到這裡，他望向來到人群最前方的穆恩。

「在這場舞會裡，所有人都是平等的，請大家不用有所顧忌，盡情地與身邊的人交流吧。」亞倫微微一笑。「現在，就讓身爲舞會主辦人的我來開場。」

聞言，眾多賓客瞬間屏息，無不期盼地看著他。

這位俊美的哥雷姆國王再度成爲無數少女夢想中的白馬王子，可偏偏他背叛了少女們的期待，將示意邀請的手伸向又喝起酒的某人，語氣溫柔得令人心碎：「不知我是否有這個榮幸邀請你共舞呢，宰相閣下？」

這個舉動讓穆恩當場嗆到，現場一片鴉雀無聲，只聽得到宰相閣下咳嗽的聲音。

穆恩瞪著亞倫，很想問這人有什麼毛病。說到底他們兩個都是男的吧？這代表必定有人得跳女步，不管是誰跳了女步，都絕對會成爲眾人茶餘飯後的話題，他可不想變成被取笑的對象！

可就算是他也知道，拒絕邀舞是件很失禮的事，而國王的面子就是他的面子。

「陛下竟然邀請我，眞是備感榮幸啊。」話雖這麼說，任誰都聽得出來穆恩是在挖苦。他放下酒杯，涼涼地表示：「但是陛下，我們兩個都是男人，總有一個人要跳女步。這個跳女步的男人，怕是要成爲眾所矚目的焦點了。」

周遭響起噗哧一笑的聲音，眾人的神情從驚愕逐漸轉爲看好戲的樣子。

亞倫是挺想讓穆恩跳女步的，不過他明白穆恩沒那個臉皮這麼做，至少目前沒有。他嘴角一勾，輕快地走上前。

「這有什麼難？」他握住穆恩的手，另一手則放到穆恩的胳膊上，自動自發地擔任起女方的角色。「沒辦法，既然是我主辦的第一場舞會，就讓我成爲焦點吧。閣下不介意吧？」

不等穆恩回答，亞倫直接以眼神示意樂隊奏樂。他可是迫不及待地接下這個任務，因爲這次他跳了，下次就可以用自己上回跳過女步爲由，在眾目睽睽之下逼迫穆恩跳女步。

「啥？」穆恩還沒反應過來，樂音已經流瀉而出。「喂，等等，你認眞的嗎？第一場舞會就想成爲笑柄是不是？我旅行過這麼多國家，從沒聽說哪個國王他媽的跳女步！」

他激動得髒話都飆出來了，之前他們是在無人的森林裡跳舞，所以鬧著玩也沒關係，可眼下四周全是人，一個弄不好就會鬧笑話傳遍哥雷姆國。只是嘴上這麼罵，他跟亞倫實在一同練習過太多次了，所以亞倫一拉著他起舞，他就反射性跟上了。

很快，事實證明穆恩多慮了，周遭沒有任何嘲笑聲與談論聲，所有人都目不轉睛盯著他們，甚至情不自禁地低低讚歎。

亞倫的舞姿可說是無懈可擊，他是受過正統舞蹈訓練的哥雷姆王子，縱使樂曲旋律稍嫌簡單，他依然有辦法跳得華麗優美。

他的臉上泛著溫柔的笑意，深深凝視著穆恩的雙眼，在穆恩的引領下翩翩起舞。即便身穿樸素的服裝，哥雷姆王子的姿態仍優雅得彷彿處在富麗堂皇的大廳，身影恍若一場美麗的夢境，吸引在場賓客紛紛墜入其中。

此刻，穆恩終於理解了亞倫的意思，與亞倫相視而笑。

幾年前，他們曾在森林單獨共舞，一個是亡命天涯的騎士、一個是一無所有的王子，兩人只有彼此；如今他們擁有了整個國家，一切截然不同了，唯一不變的是舞伴。

這一次，他們可以將這份單純的美好分享給更多人。

復國之路仍舊相當漫長，然而不要緊的，因爲這個國家的國王，已經帶領人們重新找回了希望。

番外二　向星星祈禱的魔法師

很久以前，有一位長生不老的魔法師，從他有記憶以來，自己一直是孤單一人。他不明白為何只有自己存在於這個世界上，為了尋找同伴，他踏上了旅程。

魔法師知道這個世界曾經繁榮過，因為到處都有人生活過的痕跡，而他也在已成廢墟的圖書館裡閱覽過書籍，得知過去有許多的生物。他似乎屬於一個名為人類的物種，卻又不算是人類。

一路上，他見到許多人類的骸骨，這些遺骸無不被荊棘纏繞，綻放在枯骨上的魔花無比鮮豔美麗。他起初還不明白，直到發現一名人類留下來的日記，才明白人類滅絕的原因正是因為他——更正確來說，是因為名為魔花怪的生物。

也是在這時，他才了解到原來這世上不只他一個魔花怪，第一個魔花怪來自哥雷姆國，那個魔花怪在短時間內摧毀了整個哥雷姆國，在那之後數十年，僅存的人類為了求生，致力於研究阻止魔花怪的方法，而他也是其中一員。為了這個世界的存續，他就這麼化為了怪物，卻並未成功帶來希望，更因此不幸失去了作為人類的記憶。

雖然他活下來了，卻什麼都不剩了。唯一與他相伴的只有無盡的時間，與這顆寂寞的星球。

什麼都好，他漫無目的地旅行，最終來到了哥雷姆國。也是這個選擇，使他的人生從此徹底改變。

那一天，他踏上哥雷姆國的領土，這個國家放眼望去遍地荊棘與魔花，破碎的骸骨與荊棘彼此糾纏散落各處，曾經繁華一時的城市徹底沒落，即便眼前是漫天花瓣飛舞的美景，可是除了他以外，沒有任何人可以欣賞——

本該是如此的，但他竟在城堡廢墟中看見一個身影。

金髮青年背對著他，踮著腳尖站在石塊上，一點一點地刻著巨大木雕。

似乎是察覺到他的接近，青年回過頭來，與他四目相接。

那一刻，魔法師看見一對如最純粹的紅寶石般美麗的紅色眼瞳，以及一張找不出一絲缺點也看不出眞實年紀的年輕臉孔。

青年不敢置信地盯著他，隨後綻放出燦爛的笑容。

「我以爲這世上除了我之外沒有其他人了。」

青年代替他說出了他內心最想說的話。

金髮青年名爲亞倫，他與魔法師一樣失去了身爲人類的記憶，不過他比魔法師好一點，他還勉強記得自己原先的名字。

「厄密斯這個名字是你自己取的嗎？」在兩人告知彼此名字時，亞倫似乎覺得這個名字有點奇怪，他嘴角勾著笑意，語帶好奇詢問。

「隨便取的。」有關自己的一切，厄密斯全忘記了。「這個名字源自一本人類所創作的繪本，繪本裡的吃人怪物就叫厄密斯。」

「你的喜好眞奇怪。如果是我的話，會用書裡王子的名字當作自己的名字。」亞倫豎起一根食指，理所當然地表示，但說完後，他整個人突然顯得有點恍惚。

「怎麼了？」

亞倫回過神，搖了搖頭。「沒什麼，只是覺得『王子』對我而言好像特別具有意義，也許過去我跟這個地方的王子有所關聯吧，不過這些都不重要了。」

亞倫握住厄密斯的雙手，露出單純的微笑。「就算想起過去的事也沒有用，這世上只剩下我們兩個了，比起過往的回憶，我比較在意跟你共處的回憶。」

厄密斯頓時不知該怎麼反應。

他僵硬地站在原地，最後默默收回了自己的手，假裝什麼事也沒發生。「我要去探索其他地方了。」

「幹麼這樣，你受不了我了嗎？」亞倫用荊棘捲住厄密斯的手，還故意在對方身周開滿了白色魔花，彰顯自己的存在。

「我沒有。」厄密斯心煩地用荊棘推開那些白色魔花，無奈亞倫又纏了上來。

那張英俊的臉笑咪咪看著他。「還是說，害羞了？」

「才沒有！」

厄密斯最終還是留在了哥雷姆國，他在思考是否該讓這個世界再度恢復繁榮，爲此他必須了解這個世界過去的樣貌，也要避免世界再度滅亡。

他常會選擇一個風光明媚的地方，在微風的吹拂下慢慢咀嚼書中的文字，他的魔花怪同伴則喜歡坐在他身旁，一邊哼著不成調的歌曲一邊製作雕像。亞倫雕刻過各式各樣的素材，可惜他似乎沒有這方面的天分，怎麼雕怎麼醜。

亞倫也跟他說過自己開始雕刻的理由，原因是想創造新的生命。

「因爲太寂寞了，所以我想創造一些玩伴來陪自己。」亞倫吹飛木偶上的木屑，憐愛地摸了摸剛成形的小木偶。「我還在尋找讓這些可愛的小傢伙動起來的方法。反正我們有無盡的時間與魔力，只要找到方法了，一定有能力實現的。」

厄密斯參觀過亞倫的收藏室，裡面放了各式各樣的雕像，外型從人類到動物，甚至連只存在於幻想中的奇異生物都有。

與亞倫不同，厄密斯更偏好透過閱讀來尋找解答，他在哥雷姆國各地的廢墟裡找到許多書籍，其中也包含了附有插畫的書。他知道亞倫很喜歡這類書，凡是跟圖像有關的書都是他的同伴所鍾愛的。

然而這些舊時代遺留的書籍都並未記載哥雷姆國滅亡的原因，好幾本書詳細描述了哥雷姆國當年的榮景，就是沒有一本提及哥雷姆國是如何滅亡的。厄密斯推測這恐怕是因爲這個國家是在極短的時間內滅亡，而亞倫多半就是那個滅了自己國家的魔花怪，但他猜想亞倫肯定渾然不知。

某天厄密斯又在探索廢墟時，偶然發現了一座畫廊，裡面有亞倫的畫像，而且還是被放置在展示歷代皇室成員畫像的房間。

根據一旁的說明文字，他得知亞倫其實是哥雷姆國的王子。雖然畫像中的王子有著一對蔚藍的眼眸，但相貌與亞倫如出一轍，想必不會有錯。當下厄密斯沒有多想，便把自己的發現告訴了亞倫。

「你說我是這個國家的王子？」亞倫放下雕刻到一半的人形石像，無奈地笑了。「你確定嗎？會不會是你在夢中看見王子般的我了？如果是這樣，那——」

「才不是。」厄密斯冷冷地打斷他，並用荊棘將畫像捲到亞倫面前。「這個人分明就是你，我不可能認錯。你的本名叫亞爾戴倫．柯斯特，是哥雷姆國唯一的王儲。」

亞倫瞇起眼睛仔細打量。「我覺得現在的我好像比較英俊，這幅畫沒有完全把我的神韻還原。」

「……我要走了。」

「別這樣，等我一下。」亞倫一把摟住厄密斯的手臂。「你在哪發現這幅畫的？帶我去看看。」

「你先保證你不會胡言亂語。」

「好，保證不會。」亞倫露出純良無害的微笑，故作誠懇地回答。

無可奈何之下，厄密斯帶著亞倫來到原本畫像所在的畫廊，亞倫的目光立刻被牆上一幅幅栩栩如生的畫作吸引。他盯著據說是哥雷姆國王與皇后的那兩幅畫像，久久無法移開視線。

看著他出神的模樣，厄密斯頓時有點擔心。

在他的印象中，亞倫是個耀眼的人，那對溫潤的紅眸總是滿溢神采，就算明知世界已毀滅也能樂觀地面對一切。

可亞倫現在的狀態簡直可以用失魂落魄來形容，雖然他最後笑著說自己依舊什麼也想不起來，但厄密斯看得出來，他笑得有些勉強。

也就是從那一天開始，亞倫陷入了沉眠。

這一睡便是幾十年，所幸對魔花怪而言，幾十年不過是一眨眼的時間，在這段期間厄密斯找到了讓雕像活起來的魔法。

他後悔讓亞倫得知自己的身世，爲了讓亞倫心情好轉，他翻遍了整個首都的書籍，終於找到一本記載著如何繪製「魔紋」的書。魔紋是人類所創造出的特殊魔法，不同的紋路所能發揮的效用也不同，而厄密斯在仔細研讀之後，終於摸索出了將魔紋應用於雕像的可能。

他將這本書珍藏起來，等待著亞倫醒來的那天。過不了多久，在某個平凡無奇的夜晚，厄密斯再度與亞倫相會了。

剛清醒的金髮青年背對著月色站在露臺上，表情十分悲傷，眼角泛著淚水。

「厄密斯，我做了一個好眞實的夢。」

兩人同時走向彼此，最後在月光無法觸及之處相遇。

「夢中的我是一個王子，我有深愛我的雙親，城堡裡的人都對我無比親切溫柔。在那個世界，每個人的臉上都洋溢著幸福的笑容，偶爾我跟著父王踏出城堡時，會看見街上到處是熱烈歡迎我們的人民……大家都好開心，無論走到哪都好熱鬧。」他握住厄密斯的雙臂，顫抖著肩膀低泣。「夢中的我一度以爲這就是我的全世界，讓這份幸福延續下去本該是我的義務……可是、可是爲什麼，他們都不見了？」

厄密斯僵硬地站在原地。

「亞倫，那只是一場夢。」他語氣沉重地回應。「那說不定只是想像而已，不一定是真的。」

「可是這個世界到處都是那場夢的影子！這是我的國家啊，躺在這裡的骸骨全是我的子民！爲什麼……」

「亞倫！」厄密斯大喝一聲，讓亞倫瞬間僵在原地。

「亞倫，不管怎樣都過去了，冷靜下來。」他伸出雙手，有生以來第一次將另一個人摟進懷裡。他將亞倫的頭按在自己肩頭，像是在說服亞倫也說服自己似的開口：「你說過，就算想起過去的事也沒用，這世上只剩下我們了。比起過去，我們該重視的是現在不是嗎？我們還有許多事要做，記得嗎？我們要重建這個世界。」

亞倫許久沒有回話，過了好一陣子才緩緩點頭。

厄密斯放開亞倫，仔細觀察對方的神色。雖然亞倫冷靜下來了，臉上還是帶著哀傷，對此他感到更加懊悔。要是時間能重來，他會立刻毀了那座畫廊。

「你不是說想讓雕像動起來嗎？我找到方法了。」他趕忙拿出自己珍藏的書籍，交到亞倫手上。「這是人類留下來的魔法，我認爲只要在雕像身上畫上魔紋，它們就能動起來了。」

亞倫翻開書，裡面收錄了各式各樣絢麗的魔紋，書中鉅細靡遺地描述了每個魔紋的功用，其中確實有不少都能運用在驅使雕像活動上，只是或許過去人類沒想過要創造這樣的存在，便也沒有進一步研究。

這個發現使亞倫的情緒稍稍平復，他將書緊緊抱在懷中，總算擠出一絲笑容。

「謝謝你，厄密斯。如果沒有你……我現在說不定已經瘋了。」

如果一開始什麼都不曾擁有，他可能還不會這麼難過。可是……那個夢境告訴他，他曾經是個擁有全世界的人，如今卻孑然一身，這叫他該如何接受？

更何況，他本該是那個守護世界的人，光是去想自己爲何會獨自留在這裡，他便感到恐懼。

在那之後，亞倫更加投入製作雕像，並學習繪製魔紋，魔紋教學書很快被他翻得破破爛爛。每當厄密斯想找他時，往往都是在城堡的收藏室找到他的蹤影。

在漫長的時光中，亞倫的魔紋技藝越發精進，一切彷彿恢復了正常，亞倫再度露出笑容，還會拉著厄密斯到處跑。

「厄密斯，你看。」有天，亞倫帶厄密斯來到一座一望無際的湖泊旁。兩人站在湖泊上，明鏡般澄澈的湖面映著夜空中的無數繁星，整座湖泊閃閃發光，放眼望去有種置身於星空的錯覺。

「你知道銀河嗎？」亞倫拉著厄密斯的雙手，面對著他含笑詢問。

「知道，無數繁星所匯聚的河流。」厄密斯仰望著星空，這個世界是如此的純粹乾淨，時常能看見銀河。

「是的，宇宙孕育著銀河，銀河孕育著星星，星星孕育著世界。換句話說，銀河是聚集了萬千世界的一條河。而我發現只要在這裡靜下心來感受，便能見到銀河。」

一片白色花瓣飄落在平靜無波的湖面，掀起陣陣漣漪。

這一刻，整個湖面映出了另一片星空，璀璨無比的銀河浮現在兩人腳下。

厄密斯雖然見過不少次銀河，卻從未見過如此美麗的銀河，每一顆星星是如此閃耀，在黑暗中靜靜散發光芒，無數絕美的星子聚集在一起，形成一條壯麗的河流。

「每一顆星星都孕育著獨立的世界，他們各自發展，卻又與彼此有著千絲萬縷的關聯，既不相同，但又相似。這些星星與我們如此的近，只要你伸出手，便可觸及。」

「我們碰不到星星，亞倫。」厄密斯毫不留情地否定。「書上有說到，星星在千里外的高空，即使是我們也碰觸不到。」

亞倫被這番話逗笑了。「人類的能力有限，可是我們不同。」

他放開魔法師，向後走了幾步，雙手負在身後，笑咪咪地看著厄密斯。

很快，厄密斯陡然睜大雙眼，因爲亞倫在湖中的倒影突然自己動了，那個亞倫朝他招了招手。

「你怎麼做到的？」

「你說呢？」站在湖面上的亞倫優雅地轉了幾圈，還拉著厄密斯一塊轉起圈來。「靜下心來，你一定能看到星星。」

厄密斯焦躁地反問：「你拉著我轉，我是要怎麼靜下心來？」

「那就是你能力不夠了，你看我的倒影還是好好的。」亞倫哈哈大笑，他的倒影依舊待在原本的位置，仰望近在周遭的繁星。

白色花瓣如粉雪般從天而降，輕柔地落在湖面，每一圈漣漪都顯現出不同的景色。在被亞倫拉著跳舞的同時，厄密斯的眼角餘光瞧見被漣漪打亂的模糊景象，其中有襯著彩虹的哥雷姆國城堡、不知在向誰歡呼的人們、相談甚歡的國王皇后，以及笑得十分燦爛的年幼亞倫。

「亞倫，這些是怎麼回事？」

「是星星的碎片喔。」亞倫的澄澈雙眸洋溢著真摯的情感。「很美對吧？這些都是……我最珍貴的星星碎片。」

厄密斯很想要亞倫忘掉那些早該遺忘的過去，可是看亞倫這麼開心的樣子，他實在捨不得說。

然而他該說的。

因為在那個夜晚過後，亞倫就失蹤了。

厄密斯找遍了城堡的每個角落，用荊棘搜索了整個哥雷姆國，無論哪裡都找不到亞倫。唯一能找到的，只有一封留在魔像收藏室的信，以及放在信封裡的月光石戒指。

給厄密斯

對不起，其實我已經拾回那些失去的記憶了，只是一直找不到機會告訴你。

你不是想知道這個世界的過去嗎？我可以告訴你。

曾經，有個王子誕生在一個幸福美滿的國家，可在他成年的那天，他化為一個可怕的怪物，把他的國家連同整個世界毀滅了。

成爲怪物的代價就是，王子失去了他身爲人類的記憶，但星星告訴了他眞相，幫助他想起了那些遺失的記憶。

他悲痛欲絕，想要改變過去，無奈世界毀滅已成事實，無論他如何神通廣大，都回不到過去。

不過他發現，雖然改變不了自己所在的世界，但他可以改變那些還未發生悲劇的世界。所以，他將最後的希望投注到其他世界裡，祈禱其他世界能夠平安。

至於王子本人，由於罪孽過於深重，他無法承擔這般沉重的罪惡感，於是幾經思考後，他決定把毀滅世界的怪物燒死。

這樣死去的亡魂再也不用哭泣，這個世界再也不用害怕噩夢又一次降臨，因爲那頭窮凶惡極的怪物終於死了。

所以當你看到這封信時，我已經不在這世上了。

對不起，厄密斯，請原諒我不告而別。

我無法背負這樣的罪孽活下去。

這枚戒指交給你，這是我父王留下的戒指，也是哥雷姆國王家代代相傳的傳家戒。這本該由我繼承，但我已無顏收下這枚王戒，也不忍心帶著它陪葬，所以我想拜託你收下它，它是作爲王子的我最珍貴的寶物。

亞倫

「混蛋……你這個笨蛋……」

讀到最後，厄密斯的手顫抖著，淚水早已模糊了視線。他跪坐在地，懊悔萬分地哭泣。

「不是說好要一起重建這個世界嗎？你怎麼可以就這樣放棄……」

過往那些約定與美好回憶被殘酷的現實撕碎，他無法相信亞倫就這麼消失了，只能捏著信痛哭。他擁有近乎無盡的壽命，卻永遠失去了能與他共度時光的人。

回過神來，厄密斯發現自己又站在那座澄澈如鏡的湖泊上。他茫然地盯著湖泊，湖面映出的是這個世界的星空。

「亞倫……」他跪坐下來，無論他如何呼喚，湖面依舊只有他自己的影子。如果星星眞的存在，他好希望能有一個機會讓他彌補自身的過錯。

一次也好，他想再見到那個人。

他希望能做一個夢。

在這個夢裡，哥雷姆國沒有滅亡，亞倫順利從他父王手上繼承了王戒，所有人都幸福快樂，他也能待在亞倫身邊，兩人一同沒有遺憾地笑著活下去。

如此誠心的祈禱，終於讓他看見了另一個世界。

眨眼間，他置身於亞倫所說的銀河，璀璨的星辰在身旁閃耀，看似觸手可及，卻又遙遠無比。

他沉入了這條世上最美的河流，星光令他神搖目眩，在朦朧之中，他漫步在銀河裡，星星紛紛告訴他關於他和亞倫之間的故事，然而他充耳不聞，一眼便望見一顆離他特別遙遠的星星。

那顆星星在黑暗中不斷閃爍，他一步步向前，也不知走了多久，畢竟時間在這裡是沒有意義的。

最後，他緩緩將那顆星星捧在手中，令人眼眶發酸的溫暖從掌心傳來。不知爲何，他感覺亞倫碰過這顆星星。

一滴淚落在星星上，接著星星發出耀眼的光芒，白光逐漸籠罩了他的視野。

當白光散去，他發現自己站在湖邊，正當他思索著到底發生了什麼事時，一道小心翼翼的嗓音從背後傳來。

「喂，你還好嗎？心情憂鬱的話可以找人說說，犯不著這樣一直盯著湖啊，世界如此廣大，除了跳湖以外，一定還有其他解決辦法的。」

厄密斯錯愕地轉頭，有個老人站在他身後。

不僅如此，放眼望去周圍全是人，這裡似乎是一座熱鬧的湖邊小鎮，不遠處的街上傳來陣陣歡聲笑語，湖面飄盪著數艘小船，遠方甚至響起悠揚的樂聲。這幅從未見過的光景震撼了厄密斯，他抓著老人詢問了好一番，這才得知自己來到了人類還未滅亡的世界。

他難以置信地回頭望著湖泊。

老人以爲他還是想不開，於是拍了拍他的肩，好心勸說：「如果你不想找人談，就去神殿找霍普祈禱吧。無論何時，魔像之神都會保佑我們的。」

「……什麼？」

他完全搞不清楚狀況，直到來到霍普的雕像面前，才漸漸明白發生了什麼事。

這裡是被亞倫改變了命運的那個世界。

亞倫在死前喚醒了魔像霍普，並透過星辰湖讓霍普穿越到哥雷姆國誕生之前，企圖從根本改變這個國家。許多年後，厄密斯才明白，也許亞倫早就了解到殺了自己也沒辦法改變哥雷姆國滅亡的命運，所以才選擇這種作法。

「亞倫。」他握緊拳頭，低聲呢喃著這個名字。

亞倫本來可以成為嶄新世界的神，跟他還有魔像們幸福地活下去，是他親手摧毀了這一切。

然而星星回應了他的祈禱，讓他跟隨霍普的腳步來到這個世界。

他凝視著霍普，默默下定了決心。

「你等著……這一次，我一定會挽回一切。」

而這便是，魔法師漫長旅程的開端。

後記　為你們獻上的後記

野生的大羊駝出現在後記了！這次的後記一樣充滿劇透，麻煩大家先把正文看完再看後記了。

雖然亞倫的復國之路還很漫長，但艱難的救國之旅終於劃下了句點，希望你們喜歡這個結局。

對厄密斯來說，這個結果是令人開心的，這次的路線集結了所有通往完美結局的必要條件，也成功達到了他想要的好結局。

他失敗過太多次，早已習慣孤軍奮戰，可這個世界的亞倫說服了他改變做法，接納其他人成為盟友，也因此才能順利成功。

雖然厄密斯的番外很虐，但在那個不存在穆恩的世界裡，他是亞倫的官配（？）。厄密斯的宿命跟穆恩一樣，都是將亞倫從悲哀的命運中解救出來，某個平行世界的穆恩藉由殺死亞倫讓亞倫得到解脫，而在番外裡，厄密斯為亞倫帶來了眞相，打碎了虛假的美夢。儘管厄密斯認為是他害死亞倫的，但對那個亞倫而言，這反而是種解脫。

順帶一提，大家若回去看第一集的第一章就會發現，吟遊詩人一開始就唱出了穆恩的宿命，這次穆恩同樣終結了亞倫的悲劇，只是使用的方法不同而已。

而第四集有個地方讓我苦思很久，就是攻略巨龍的部分。巨龍是石頭打造的，就算魔紋劍有辦法對他造成傷害，也不是穆恩一人能拿下的怪物，想到後來，我不禁妄想起《妖孽王子》的世界觀可以像《寶可夢》那樣有屬性相剋的設定，《寶可夢》有一集動畫是主角小智跟擁有大岩蛇的小剛對決，本來皮卡丘要落敗了，結果關鍵時刻皮卡丘破壞了天花板的灑水器，讓水噴到大岩蛇身上取得勝利，因爲大岩蛇怕水。同理，巨龍也是石頭做的，所以對他灑水就能獲勝了吧……但大家可以想像那個畫面有多滑稽嗎？都到最後一集了，在打最終BOOS時忽然天降大雨，巨龍發出「嗚嗚啊啊」的慘叫倒在地上暈過去，這時作者突然告訴你一個新設定，因爲巨龍是岩系寶可夢，岩系寶可夢的弱點是水所以他被打敗了喔啾咪——

怎麼可能啊！我會被所有讀者打爆吧！

最後我還是乖乖選擇用其他方法攻略巨龍了，希望大家喜歡穆恩攻略巨龍的過程。

（他的冒險者同行表示非常不喜歡）

至於巨龍的兩位主人，不管是戴菲斯還是柯賽爾，其實都希望有人能對他們伸出援手，因此戴菲斯向國王暗示自己的身分，柯賽爾一抓住亞倫便一股腦地把自己的過去都講出來。

他們想要摧毀北極星計畫，也渴望被拯救，可惜直到滅國之前，兩人都沒有得到救贖。爲了讓哥雷姆人永生，他們成了犧牲者，戴菲斯比他哥哥幸運一點，在逃出研究所後遇到許多好人，可柯賽爾一直待在研究所，導致性格越發扭曲偏執。

可惜柯賽爾這次撞上了那個被命運眷顧的男人，大家可以看到穆恩在絕佳的時機搶走亞倫，又狗屎運地等到厄密斯來救援，最終決戰時還莫名其妙有一堆打手幫忙，柯賽爾最後快被氣死也不是沒道理。（厄密斯涼涼地表示終於有其他人能體會穆恩有多難纏了）

最後我一定要吐槽一下結尾。

一開始我就決定好亞倫跟穆恩最終會交換戒指，交換戒指對他們來說具有很重要的意義，當初他們會把戒指給彼此，多少有不想面對過去的成分在，所以能換回來代表他們已經克服心魔了。

結果被我寫得好像亞倫即將出嫁到底是怎樣，亞倫先是被前男友（？）護送回城堡，然後跟現任男友（？）交換戒指後，女方家長一號艾爾艾特表現得宛如老父親在最後一刻終於認可女婿並祝福出嫁的女兒，女方家長二號加克見到亞倫戴戒指也感動得亂七八糟。加克這麼感動是因爲他看到了戒指戴在正確的人手上，我卻寫得彷彿是看見亞倫出嫁很感動！這跟我原先在腦內幻想的氛圍不太一樣啊！

無論如何，故事總算結束了，雖然要讓哥雷姆國再度恢復繁榮肯定是漫長艱辛的過程，但亞倫已經做好了準備。

這次他不會再迷失自我，也不會再因膽怯而裹足不前，總有一天，他會成爲令他父王驕傲的國王。

那麼，爲大家獻上的後記就到這邊爲止了，在此感謝辛苦的編輯、百忙之中抽空繪製封面的喵四郎老師、協力讓這部作品順利出版的所有人員，以及看到這裡的你們。

有任何感想歡迎到我的社群網站留言，謝謝大家！

草草泥

國家圖書館出版品預行編目資料

妖孽王子的救國日常. 4, 爲你獻上的結局／ 草草泥著. -- 初版. -- 臺北市；城邦原創出版：家庭傳媒城邦分公司發行, 民110.03
面； 公分

ISBN 978-986-06165-0-7（平裝）

863.57 110001985

妖孽王子的救國日常 04（完）
爲你獻上的結局

作　　者／草草泥
企畫選書／楊馥蔓
責任編輯／陳思涵

行銷業務／林政杰
總 編 輯／楊馥蔓
總 經 理／伍文翠
發 行 人／何飛鵬
法律顧問／元禾法律事務所　王子文律師
出　　版／城邦原創股份有限公司
台北市中山區民生東路二段 141 號 6 樓
電話：(02) 2509-5506　傳眞：(02) 2500-1933
E-mail：service@popo.tw
發　　行／英屬蓋曼群島商家庭傳媒股份有限公司城邦分公司
聯絡地址：台北市中山區民生東路二段 141 號 11 樓
書虫客服服務專線：(02) 25007718．(02) 25007719
24小時傳眞服務：(02) 25001990．(02) 25001991
服務時間：週一至週五09:30-12:00．13:30-17:00
郵撥帳號：19863813　戶名：書虫股份有限公司
讀者服務信箱 email：service@readingclub.com.tw
城邦讀書花園網址：www.cite.com.tw
香港發行所／城邦（香港）出版集團有限公司
地址：香港灣仔駱克道 193 號東超商業中心 1 樓
email：hkcite@biznetvigator.com
電話：(852)25086231　傳眞：(852) 25789337
馬新發行所／城邦（馬新）出版集團 Cité(M)Sdn. Bhd.
41, Jalan Radin Anum, Bandar Baru Sri Petaling,
57000 Kuala Lumpur, Malaysia.
電話：(603) 90578822　傳眞：(603) 90576622
email:cite@cite.com.my

封面插畫／喵四郎
封面設計／蔡佩紋
印　　刷／漾格科技股份有限公司
電腦排版／陳瑜安
經 銷 商／聯合發行股份有限公司
客服專線：(02)2917-8022　傳眞：(02)2911-0053

■ 2021 年（民 110）3 月初版　　Printed in Taiwan

定價／270元

ISBN　978-986-06165-0-7